あの夏《なつ》の花火《はなび》と、きみの笑顔《えがお》をおぼえてる。

咲妃《さき》・著　三湊《みなと》かおり・絵

野いちごジュニア文庫

「旭陽《あさひ》と仲直《なかなお》りがしたい」

——余命半年《よめいはんとし》。

残《のこ》された時間《じかん》がはっきりと見《み》えたあの日《ひ》、一番《いちばん》に浮《う》かんだのは初恋《はつこい》の思《おも》い出《で》だった。

小学生《しょうがくせい》のころ、大好《だいす》きだった幼《おさな》なじみがいた。

登下校中《とうげこうちゅう》に触《ふ》れた、温《あたた》かい手《て》のひら。

まわりのみんなを明《あか》るくさせるような眩《まぶ》しい笑顔《えがお》。

そのすべてが、大好《だいす》きだった。

でも、その初恋《はつこい》の思《おも》い出《で》は、

「澪音《みお》と一緒《いっしょ》にいたくない」

傷《きず》つくことから逃《に》げ出《だ》したあの日《ひ》から、苦《にが》い思《おも》い出《で》に変《か》わってしまっていた。

だけど、残《のこ》された時間《じかん》がわずかなら。

あの初恋《はつこい》が、私《わたし》にとって最初《さいしょ》で最期《さいご》の恋《こい》になってしまうのなら——。
最高《さいこう》の思《おも》い出《で》に塗《ぬ》り替《か》えてしまいたい。
そう願《ねが》った。

忘《わす》れたふりをしていたけれど、本当《ほんとう》はずっと忘《わす》れたくなんてなかったんだ。
雲《くも》を消《け》し飛《と》ばしてしまうような、最高《さいこう》の笑顔《えがお》を向《む》けられていた過去《かこ》を。

もう一度《いちど》だけでいい。
太陽《たいよう》のようなその笑顔《えがお》を私《わたし》に見《み》せて。
それだけで私《わたし》、幸《しあわ》せだったって、心《こころ》から思《おも》えるから。

あの夏《なつ》の花《はな》火《び》と、きみの笑《え》顔《がお》をおぼえてる。

登場人物《とうじょうじんぶつ》紹介《しょうかい》

花岡《はなおか》 澪音《みお》

以前《いぜん》患《わずら》った小児《しょうに》がんが再発《さいはつ》し、あと半年《はんとし》しか生《い》きられない女《おんな》の子《こ》。初恋相手《はつこいあいて》の旭陽《あさひ》と、以前《いぜん》のように話《はな》したいと思《おも》っているけれど…。

三浦《みうら》 旭陽《あさひ》

澪音《みお》の幼《おさな》なじみ。人目《ひとめ》を惹《ひ》くイケメンで、いつもクラスの中心《ちゅうしん》にいる。小学生《しょうがくせい》の時《とき》にあるきっかけで澪音《みお》と疎遠《そえん》になってしまった。

花岡《はなおか》 莉音《りお》

澪音《みお》の姉《あね》。勉強《べんきょう》も運動《うんどう》もできて県内《けんない》でもトップクラスの高校《こうこう》に通《かよ》っている。

姉妹《しまい》

文化祭委員《ぶんかさいいいん》

加藤《かとう》 朱里《あかり》

小学生時代《しょうがくせいじだい》から澪音《みお》と旭陽《あさひ》を知《し》る親友《しんゆう》。ふたりが以前《いぜん》のように仲《なか》良《よ》くできるよう応援《おうえん》している。

親友《しんゆう》

福岡《ふくおか》 大輝《だいき》

野球部《やきゅうぶ》 所属《しょぞく》で、クラスのムードメーカー的存在《てきそんざい》。旭陽《あさひ》と仲《なか》が良《よ》く、小学生《しょうがくせい》の頃《ころ》はクラブで一緒《いっしょ》に野球《やきゅう》をしていた。

親友《しんゆう》

あらすじ

病気《びょうき》のため、**余命半年《よめいはんとし》と告《つ》げられた女《おんな》の子《こ》・澪音《みお》。**命《いのち》が尽《つ》きてしまう前《まえ》の**最後《さいご》の願《ねが》いは…**

疎遠《そえん》になってしまった**幼《おさな》なじみ・旭陽《あさひ》**と、前《まえ》のように笑顔《えがお》で話《はな》すこと―。

そんな中《なか》、中学最後《ちゅうがくさいご》の文化祭《ぶんかさい》で**旭陽《あさひ》と一緒《いっしょ》に委員《いいん》をやることに！**

昔《むかし》の距離《きょり》を取《と》り戻《もど》していくふたりの間《あいだ》には、**幼《おさな》なじみ以上《いじょう》の気《き》持《も》ち**が芽《め》生《ば》えていく。

けれど、病気《びょうき》は日《ひ》に日《ひ》に澪《み》音《お》を苦《くる》しめていき…。

「お前《まえ》なんか隠《かく》してない？」

異変《いへん》を感《かん》じ、澪《み》音《お》に寄《よ》り添《そ》おうとする旭陽《あさひ》。

でも、旭陽《あさひ》を思《おも》う澪《み》音《お》はある決断《けつだん》をして…？

一生分《いっしょうぶん》の初恋《はつこい》に感動《かんどう》のピュアストーリー！

続《つづ》きは小説《しょうせつ》を読《よ》んでね！

もくじ

第一章《だいいっしょう》

期待《きたい》と不安《ふあん》の四月《しがつ》

初恋《はつこい》の人《ひと》

「澪音《みお》！　おはよう！　聞《き》いてよ、昨日《きのう》の推《お》しも最高《さいこう》だったんだよ」

教室《きょうしつ》に入《はい》ってすぐ、そう言《い》いながら駆《か》け寄《よ》ってきた親友《しんゆう》に笑《わら》いかける。

「おはよー！　私《わたし》も見《み》たよ。朱里《あかり》があまりにも毎日言《まいにちい》うから曲《きょく》まで覚《おぼ》えちゃってた」

「えっ、見《み》てくれたの!?　最《さい》っ高《こう》だったよね！　やっぱ自慢《じまん》の推《お》し」

大《たい》してない荷物《にもつ》をおろして、親友《しんゆう》である加藤朱里《かとうあかり》の話《はなし》に耳《みみ》を傾《かたむ》ける。

私《わたし》、花岡澪音《はなおかみお》は中学三年生《ちゅうがくさんねんせい》になったばかり。

慣《な》れ親《した》しんだ学校《がっこう》やクラスメイトに少《すこ》しの寂《さび》しさを感《かん》じる中学最後《ちゅうがくさいご》の四月《しがつ》は、いつもよりも少《すこ》し暖《あたた》かく、桜《さくら》が散《ち》るのも早《はや》いようだった。

「なあなあ、これ本物《ほんもの》みたいじゃね？」

「うわっ、びびった。リアルすぎんだろ、なに持《も》ってんだよ」

「昨日見《きのうみ》つけて買《か》った。これで、旭陽《あさひ》びびらせようぜ？」

こそこそ話《はな》しながら私《わたし》の前《まえ》の席《せき》に座《すわ》った男子《だんし》たちに、目《め》を向《む》ける。

彼《かれ》らが手《て》に持《も》つ大《おお》きなムカデのレプリカは、たしかにリアルで気持《きも》ち悪《わる》かった。

内心《ないしん》驚《おどろ》かされていた私《わたし》は、少《すこ》しだけ椅子《いす》を引《ひ》き、その偽物《にせもの》から視線《しせん》を逸《そ》らす。

あれが仕掛《しか》けられるなんて、旭陽《あさひ》もきっと驚《おどろ》くに違《ちが》いない。

相変《あいか》わらず推《お》しに夢中《むちゅう》な朱里《あかり》は気《き》づいていないようだったけれど、ひそひそと計画《けいかく》されるいたずらに私《わたし》は人知《ひとし》れず鳥肌《とりはだ》を立《た》てていた。

●　●　●　●　●　●　●　●　●　●　●　●　●　●　●

そんな計画《けいかく》もすっかり忘《わす》れてしまっていた、お昼休《ひるやす》み。

食事《しょくじ》を終《お》えた私《わたし》と朱里《あかり》は、歯《は》ブラシを用意《ようい》しながら笑《わら》い合《あ》っていた。

「あはは、ほんっとしょうもない！」

「なんでよ、面白《おもしろ》いでしょ⁉」

「もう、早《はや》く歯磨《はみが》き行《い》かないと」

「たしかに。もうこんな時間《じかん》？」

限《かぎ》られた昼休《ひるやす》みだというのに、朱里《あかり》といると楽《たの》しくて少《すこ》しも動《うご》きは進《すす》まない。給食《きゅうしょく》を食《た》べて歯磨《はみが》きを終《お》えるころには、始業時間《しぎょうじかん》が近《ちか》づいていることもよくあった。

まわりのクラスメイトはというと、とっくにお昼《ひる》ご飯《はん》を終《お》えて、各々休《おのおのやす》み時間《じかん》を過《す》ごしている。

「うわっ!! 気持《きも》ち悪《わる》っ!! なんだよこれ!? まじびびったー!!」

そのとき、教室《きょうしつ》の中央《ちゅうおう》から大《おお》きな悲鳴《ひめい》が上《あ》がり、クラス中《じゅう》の視線《しせん》が集《あつ》まった。

私《わたし》と朱里《あかり》もふざけ合《あ》うのをやめて、注目《ちゅうもく》の先《さき》へと視線《しせん》を向《む》ける。

その先《さき》にいたのは、クラスの人気者《にんきもの》である三浦旭陽《みうらあさひ》だった。

大《おお》げさな動《うご》きで席《せき》を立《た》ち、身震《みぶる》いする彼《かれ》に笑《わら》いが飛《と》び交《か》う。

「あはは、超《ちょう》びびってんじゃん!」

「いえーい! 大成功《だいせいこう》!」

「ばっか、ふざけんなよ!」

その集団《しゅうだん》は楽《たの》しそうに大笑《おおわら》いをしていたかと思《おも》えば、派手《はで》に掴《つか》み合《あ》いを始《はじ》めた。

一気《いっき》にクラスの注目《ちゅうもく》を集《あつ》めた彼《かれ》らに、朱里《あかり》は呆《あき》れた表情《ひょうじょう》を向《む》けていた。

「また、あいつらは何《なに》かしょうもないことしてんの?」

呆《あき》れを含《ふく》んだ朱里《あかり》の声《こえ》に、私《わたし》は小《ちい》さく笑《わら》いを零《こぼ》した。

大《おお》きな悲鳴《ひめい》の理由《りゆう》が、旭陽《あさひ》に仕掛《しか》けられた大《おお》きなムカデのレプリカであることにはすぐ気《き》がついた。今《いま》の今《いま》まですっかり忘《わす》れていたけれど、朝《あさ》のいたずら計画《けいかく》が予定《よてい》どおり実行《じっこう》されたのだ。

「朝《あさ》、企《たくら》んでた計画《けいかく》じゃん？　ほら、ムカデの」

「何《なに》それ、知《し》らないんだけど」

「朱里《あかり》は推《お》しに夢中《むちゅう》だったから」

朱里《あかり》に説明《せつめい》しながら、あまりにもリアルだったムカデを思《おも》い出《だ》し、私《わたし》は密《ひそ》かに鳥肌《とりはだ》を立《た》てる。

思《おも》い返《かえ》すだけでこんなにも気持《きも》ちが悪《わる》いん

だもん、そりゃ旭陽《あさひ》だって驚《おどろ》くよね。

そんなことを思《おも》いながら、私《わたし》は再《ふたた》びクラスの中央《ちゅうおう》にいる彼《かれ》らに視線《しせん》を戻《もど》した。

「何《なに》やってんの？」

ちょうど、近《ちか》くにいた女《おんな》の子《こ》が笑《わら》いながら旭陽《あさひ》に声《こえ》をかけたところだった。

一際大《ひときわおお》きな笑《わら》い声《ごえ》を上《あ》げてはしゃいでいた旭陽《あさひ》は、その女《おんな》の子《こ》にも変《か》わらない笑顔《えがお》を向《む》けた。

無邪気《むじゃき》で曇《くも》りのない笑顔《えがお》を向《む》けられた女《おんな》の子《こ》の表情《ひょうじょう》が気《き》になり、思《おも》わず様子《ようす》をうかがってしまう。可愛《かわい》らしい笑顔《えがお》を浮《う》かべたその頬《ほお》がほんのりと色《いろ》づいているのを確認《かくにん》し、私《わたし》は無自覚《むじかく》に頬杖《ほおづえ》をついていた。

こそこそと筆箱《ふでばこ》に何《なに》かを収納《しゅうのう》した旭陽《あさひ》は、すぐにその筆箱《ふでばこ》を彼女《かのじょ》に差《さ》し出《だ》した。

楽《たの》しげな笑顔《えがお》を浮《う》かべながら。

「こいつが変《へん》なペン持《も》っててさ、見《み》てみろよ」

差《さ》し出《だ》された筆箱《ふでばこ》を受《う》け取《と》って疑《うたが》いもせず蓋《ふた》を開《あ》けた女《おんな》の子《こ》は、「きゃっ」と可愛《かわい》らしい悲鳴《ひめい》を上《あ》げてその筆箱《ふでばこ》を机《つくえ》に落《お》とした。

その中《なか》には、きっと先《さき》ほどのムカデのレプリカが仕込《しこ》まれていたのだろう。遠《とお》くにいる私《わたし》には見《み》えないけれど。

「偽物《にせもの》でしたあ〜！」

意地悪《いじわる》をしたあととは思《おも》えない楽《たの》しそうで無邪気《むじゃき》な笑顔《えがお》が見《み》えて、私《わたし》は思《おも》わず視線《しせん》を奪《うば》われていた。

クラスの中心《ちゅうしん》にふさわしい、輝《かがや》かしい笑顔《えがお》。

横顔《よこがお》でさえ目《め》を奪《うば》われるその笑顔《えがお》を、真正面《ましょうめん》から向《む》けられた女《おんな》の子《こ》は、もちろん怒《おこ》るわけなんてない。むしろ、どこかうれしそうに声《こえ》を明《あか》るくして、わざとらしく頬《ほお》を膨《ふく》らませていた。

「もーっ！　ほんっとくだらない！　ばかっ！」

可愛《かわい》らしくそう言《い》って、旭陽《あさひ》の肩《かた》を控《ひか》えめに叩《たた》く。

親《した》しげな二人《ふたり》の様子《ようす》を、私《わたし》は頬杖《ほおづえ》をしたままうかがっていた。

クラスの中心《ちゅうしん》で決《けっ》して優等生《ゆうとうせい》ではないけれど、間違《まちが》いなく人《ひと》を惹《ひ》き寄《よ》せる。

そんな旭陽《あさひ》は、私《わたし》の幼《おさな》なじみだった。家《いえ》も隣同士《となりどうし》で家族《かぞく》ぐるみで交流《こうりゅう》もある。

なんでも話《はな》せてしまうほどに仲《なか》がよく、特別《とくべつ》で大切《たいせつ》な――。

だけど、小学四年生《しょうがくよねんせい》のある日《ひ》。

『澪音《みお》と一緒《いっしょ》にいたくない』

旭陽《あさひ》のひとことがきっかけで、私《わたし》たちの関係《かんけい》は大《おお》きく変《か》わってしまった。

そのときの絶望《ぜつぼう》にも似《に》た感情《かんじょう》を思《おも》い出《だ》し、ギュッと固《かた》く拳《こぶし》を握《にぎ》りしめる。

あの日以来《ひいらい》、私《わたし》たちは何年《なんねん》も口《くち》をきいていない。

遠《とお》くに見《み》える笑顔《えがお》に、親《した》しかったころの笑顔《えがお》が重《かさ》なる。まわりまで明《あか》るくしてしまう彼《かれ》の笑顔《えがお》は、私《わたし》が大好《だいす》きだったころから何一《なにひと》つ変《か》わっていなかった。

この春《はる》、中学三年生《ちゅうがくさんねんせい》になった私《わたし》と旭陽《あさひ》は、小学四年生《しょうがくよねんせい》ぶりに同《おな》じクラスになった。

五年《ごねん》という時《とき》をへても変《か》わらず人目《ひとめ》を惹《ひ》く彼《かれ》に、私《わたし》は今《いま》も目《め》を奪《うば》われている。

……見《み》つめすぎていたからだろうか。

ほんの一瞬《いっしゅん》、こちらに目《め》を向《む》けた旭陽《あさひ》と視線《しせん》が合《あ》った。

途端《とたん》に心臓《しんぞう》がドクりと落《お》ちつかない音《おと》を立《た》て、私《わたし》は思《おも》わず頬杖《ほおづえ》をやめた。

妙《みょう》な緊張感《きんちょうかん》の中《なか》、目《め》が合《あ》った彼《かれ》の顔《かお》から笑顔《えがお》が消《き》えると同時《どうじ》にスっと目《め》が細《ほそ》められる。

そのあからさまな表情《ひょうじょう》の変化《へんか》に、頭《あたま》がひんやりと冷《つめ》たくなる感覚《かんかく》がした。

ほんの一瞬《いっしゅん》のはずが、長《なが》く感《かん》じるような息苦《いきぐる》しさに襲《おそ》われる。

旭陽《あさひ》の視線《しせん》が外《はず》されると同時《どうじ》にどっと力《ちから》が抜《ぬ》けた私《わたし》は、小《ちい》さくため息《いき》をついて立《た》ち上《あ》がった。

「朱里《あかり》。歯磨《はみが》き行《い》くよ」

「え？　あ、うん」

合《あ》わせるように立《た》ち上《あ》がった朱里《あかり》をちらっと見《み》ると、すたすたと教室《きょうしつ》を出《で》る。

扉《とびら》を閉《し》めた教室《きょうしつ》からは、旭陽《あさひ》たちの笑《わら》い声《ごえ》が聞《き》こえてきた。

私《わたし》はそれを背中《せなか》で聞《き》きながら、唇《くちびる》をギュッと噛《か》みしめていた。

その表情《ひょうじょう》をうかがうように顔《かお》を覗《のぞ》き込《こ》んできた朱里《あかり》と視線《しせん》が交《まじ》わり、目《め》を伏《ふ》せる。

「澪音《みお》、旭陽《あさひ》とさ……」

「あー次《つぎ》って国語《こくご》だっけ？　サボっちゃおうかなぁ」

朱里《あかり》が言《い》いかけた言葉《ことば》には気《き》づかないふりをして、適当《てきとう》な話《はなし》を口《くち》にした。

わかりやすく話題《わだい》を避《さ》けた私《わたし》に、朱里《あかり》もそれ以上追求《いじょうついきゅう》してこなかった。

変《か》わらない笑顔《えがお》、大好《だいす》きだった笑顔《えがお》。

だけど、その笑顔《えがお》が私《わたし》に向《む》けられることは、私《わたし》の初恋《はつこい》が静《しず》かに終《お》わったあの日《ひ》から一度《いちど》もない。

幼《おさな》いころの初恋《はつこい》にしがみついたままだなんてばかみたいだけれど、それでももう一度《いちど》、笑顔《えがお》の旭陽《あさひ》と話《はな》したい。

それが今《いま》、私《わたし》が無理《むり》をしてでも学校《がっこう》に通《かよ》い続《つづ》ける理由《りゆう》の一《ひと》つだった。


渡《わた》り廊下《ろうか》の窓《まど》から見《み》える散《ち》りかけの桜《さくら》の木《き》は、穏《おだ》やかな風《かぜ》に花《はな》びらを託《たく》す。

歯磨《はみが》きを終《お》えてすぐに朱里《あかり》と別《わか》れた私《わたし》は、保健室《ほけんしつ》に向《む》かう途中《とちゅう》、渡《わた》り廊下《ろうか》で立《た》ち止《ど》まった。風《かぜ》に乗《の》って旅立《たびだ》っていく花《はな》びらに目《め》を奪《うば》われるように、空《そら》を見上《みあ》げる。

「花岡《はなおか》？　どうした？　体調悪《たいちょうわる》いか？」

始業《しぎょう》のチャイムを気《き》にも留《と》めず、ぼんやりと空《そら》を眺《なが》めていた私《わたし》。

聞《き》こえてきた声《こえ》に振《ふ》り返《かえ》ると、これから授業《じゅぎょう》へと向《む》かう担任《たんにん》が立《た》っていた。

「ううん、大丈夫《だいじょうぶ》」

「本当《ほんとう》か？　しんどかったら保健室《ほけんしつ》連れて行《い》くぞ」

心配《しんぱい》そうに顔《かお》を覗《のぞ》き込《こ》んできた先生《せんせい》に、私《わたし》は明《あか》るい声《こえ》を出《だ》して笑《わら》った。

「もう！　大丈夫《だいじょうぶ》だってば！　特別扱《とくべつあつか》いはいらないって言《い》ってんじゃん！」

先生《せんせい》は、困《こま》ったように眉《まゆ》を下《さ》げて頷《うなず》いた。

「特別扱《とくべつあつか》いされたくなかったら、授業《じゅぎょう》は真面目《まじめ》に出《で》ろっていつも言《い》ってんだろ」

注意《ちゅうい》する口調《くちょう》とは裏腹《うらはら》に、気《き》づかうような笑顔《えがお》が向《む》けられる。

私《わたし》は複雑《ふくざつ》な心境《しんきょう》を隠《かく》すように、無理《むり》やり口角《こうかく》を上《あ》げた。

「はーい。でもこの時間《じかん》はもういいや。保健室《ほけんしつ》に行《い》こうと思《おも》ってたし」

「はいはい、無理《むり》するなよ？」

そう言《い》い残《のこ》して校舎《こうしゃ》へと入《はい》っていく先生《せんせい》を見送《みおく》り、私《わたし》は小《ちい》さくため息《いき》を零《こぼ》した。

授業時間《じゅぎょうじかん》に教室《きょうしつ》にいない私《わたし》を、先生《せんせい》たちが怒《おこ》らないのには理由《りゆう》がある。

私《わたし》がクラスメイトにはもちろん、親友《しんゆう》の朱里《あかり》にも言《い》えないでいる秘密《ひみつ》を隠《かく》し持《も》っているからだ。

重《おも》い痛《いた》みが響《ひび》く腰《こし》に手《て》を当《あ》てる。

中学三年生《ちゅうがくさんねんせい》になった四月《しがつ》。

小学生《しょうがくせい》のころに患《わずら》った小児《しょうに》がんが再発《さいはつ》した私《わたし》の余命《よめい》は、残《のこ》り四《よん》か月《げつ》を切《き》っていた。

受《う》け入《い》れた現実《げんじつ》

今《いま》から振《ふ》り返《かえ》ると、体調《たいちょう》の異変《いへん》を明確《めいかく》に自覚《じかく》し始《はじ》めたのは、中学二年生《ちゅうがくにねんせい》になったころだった。

『澪音《みお》、急《いそ》いで！　遅刻《ちこく》しちゃうよ！』

教室《きょうしつ》から音楽室《おんがくしつ》へと向《む》かう途中《とちゅう》の階段《かいだん》で息《いき》が上《あ》がり、足《あし》が上手《うま》く上《あ》がらなくなる。

脳貧血《のうひんけつ》でも起《お》こしているかのように、ジンジンと響《ひび》く頭痛《ずつう》と冷《つめ》たい指先《ゆびさき》。

『あーっ、私《わたし》、楽譜忘《がくふわす》れてる！　朱里《あかり》、先《さき》に行《い》って！』

『えっ!?　もう！　ただえさえ最近遅刻多《さいきんちこくおお》いのに！　上手《うま》く言《い》っておくから急《いそ》いでね！』

もう動《うご》けないと感《かん》じてとっさに口《くち》にした適当《てきとう》な理由《りゆう》を、朱里《あかり》は素直《すなお》に受《う》け取《と》って階段《かいだん》を駆《か》けのぼっていった。

朱里《あかり》が見《み》えなくなるまで無理《むり》やり口角《こうかく》を上《あ》げ、ひらひらと手《て》を振《ふ》り続《つづ》ける。

その足音《あしおと》が消《き》えたのを確認《かくにん》して、私《わたし》は崩《くず》れるように階段《かいだん》へと座《すわ》り込《こ》んだ。

大《おお》きく息《いき》を吐《は》き、呼吸《こきゅう》を整《ととの》える。

もともと体力《たいりょく》がないほうだと自覚《じかく》していたけれど、このころからはさらに疲《つか》れやすくなっていた。通《かよ》い慣《な》れた登下校《とうげこう》の道《みち》ですら疲《つか》れてしまう日《ひ》があって。走《はし》る体力《たいりょく》もなくて。遅刻《ちこく》が増《ふ》えて……。

『花岡《はなおか》！　また音楽出《おんがくで》なかっただろ！　ちゃんとバレるんだからな？』

『あーごめんなさい！　次《つぎ》は出《で》るから！』

『お前《まえ》なあ……！』

授業《じゅぎょう》にも出《で》られないことが増《ふ》えた私《わたし》は、体調《たいちょう》の悪《わる》さを誤魔化《ごまか》すように自然《しぜん》と不真面目《ふまじめ》な生徒《せいと》を演《えん》じるようになっていた。

今《いま》になって改《あらた》めて思《おも》い返《かえ》すと、おかしいと思《おも》う小《ちい》さな前兆《ぜんちょう》はそれより前《まえ》にもたくさんあったと思《おも》う。

『少《すこ》しくらい、運動《うんどう》しないとね……』

だけど当時《とうじ》の私《わたし》は、その前兆《ぜんちょう》をすべて、長《なが》い闘病生活《とうびょうせいかつ》と制限《せいげん》されている運動《うんどう》による体力不足《たいりょくぶそく》だと思《おも》い込《こ》んでいた。

だから、こんな些細《ささい》な移動《いどう》で疲《つか》れるほど病気《びょうき》が進行《しんこう》していたことに、私《わたし》は気《き》づけなかったのだ。

がんの再発《さいはつ》と転移《てんい》が発覚《はっかく》したのは、ちょうど季節性《きせつせい》の感染症《かんせんしょう》が流行《りゅうこう》する二月《にがつ》だった。

『酷《ひど》い熱《ねつ》。病院《びょういん》で見《み》てもらったほうがいいね』

『うん。クラスでも流行《はや》ってたから』

流行《りゅうこう》に乗《の》るように体調《たいちょう》を崩《くず》した私《わたし》は、何日《なんにち》か高熱《こうねつ》が続《つづ》いて病院《びょういん》へ行《い》った。

信《しん》じられないくらいの高熱《こうねつ》で、体《からだ》の節々《ふしぶし》が痛《いた》んで苦《くる》しかったことを覚《おぼ》えている。

今年《ことし》の感染症《かんせんしょう》は酷《ひど》い。やっぱり運動《うんどう》をしていないから、免疫力《めんえきりょく》が下《さ》がっているのだろうか……。

ぼんやりとそんなことを考《かんが》えながら精密検査《せいみつけんさ》を受《う》ける。

熱《ねつ》が下《さ》がるまで入院《にゅういん》することになった私《わたし》は、病棟《びょうとう》へと移動《いどう》して抵抗《ていこう》もなくベッドへと潜《もぐ》り込《こ》んだ。

『あー、この感《かん》じ。久《ひさ》しぶりだなあ』

『なに言《い》ってんの。熱《ねつ》あるんだから大人《おとな》しく寝《ね》てな』

幼《おさな》いころからの入院生活《にゅういんせいかつ》で、病院《びょういん》のベッドには慣《な》れてしまっていた。

姉《あね》の莉音《りお》は、くつろぐようにしてベッドに入《はい》る私《わたし》を呆《あき》れた顔《かお》で見《み》つめ、半《なか》ば強引《ごういん》に布団《ふとん》をかけた。

のんびりと時間《じかん》を過《す》ごしていた私《わたし》にとって、その絶望《ぜつぼう》が現《あらわ》れたのは突然《とつぜん》だった。

『澪音《みお》……』

ドアが開《ひら》かれて視線《しせん》を向《む》けた先《さき》には、真《ま》っ青《さお》な顔《かお》で無理《むり》やり口角《こうかく》を上《あ》げる母《はは》がいた。

その絶望《ぜつぼう》を感《かん》じさせるような表情《ひょうじょう》を見《み》るのは、初《はじ》めてではなかった。

小学四年生《しょうがくよねんせい》の私《わたし》に小児《しょうに》がんが見《み》つかったとき、母《はは》は今《いま》とまったく同《おな》じ表情《ひょうじょう》で私《わたし》に笑《わら》いかけたのだ。

だからなんとなく、母《はは》が先生《せんせい》から聞《き》いてきた話《はなし》の内容《ないよう》がわかってしまって、なんだか力《ちから》が抜《ぬ》けた。

『あは、お母《かあ》さん、下手《へた》くそだなあ……』

運動不足《うんどうぶそく》だなんて、そんな簡単《かんたん》な原因《げんいん》じゃなかったんだ。それなら、苦《くる》しくて当然《とうぜん》だよね。

目《め》を逸《そ》らし続《つづ》けていた苦《くる》しさの要因《よういん》を受《う》け止《と》めたら急《きゅう》に体《からだ》の力《ちから》が抜《ぬ》けて、諦《あきら》めにも似《に》た感情《かんじょう》が簡単《かんたん》に溢《あふ》れ出《だ》していた。

気《き》づかないうちに再発《さいはつ》し、あっという間《ま》に骨《ほね》や血液《けつえき》にまで転移《てんい》したがんはかなり進《すす》んでおり、完治《かんち》する可能性《かのうせい》は限《かぎ》りなく少《すく》ない。延命治療《えんめいちりょう》をしなければ、余命《よめい》は半年《はんとし》ほど。

必死《ひっし》に隠《かく》そうとする母《はは》を説得《せっとく》して父《ちち》から無理《むり》やり聞《き》いた診断結果《しんだんけっか》は、噛《か》み砕《くだ》くとそんな内容《ないよう》だった。

『でもね、澪音《みお》。延命治療《えんめいちりょう》っていうのがあってね』

諦《あきら》めたように笑《わら》う私《わたし》に対《たい》して、必死《ひっし》に明《あか》るく振《ふ》る舞《ま》う母《はは》は見《み》ていられなかった。

その後《ご》、両親《りょうしん》とともにお医者《いしゃ》さんから延命治療《えんめいちりょう》についての説明《せつめい》を受《う》けることになった。

難《むずか》しい話《はなし》だったけれど、長《なが》い付《つ》き合《あ》いになる主治医《しゅじい》の先生《せんせい》の説明《せつめい》はわかりやすく、治《ち》療《りょう》内容《ないよう》の苦《くる》しさは小四《しょうよん》のころの経験《けいけん》から簡単《かんたん》に想像《そうぞう》できるものだった。

『澪音《みお》……ごめんね、健康《けんこう》に産《う》んであげられなくてごめん』

母《はは》の涙《なみだ》が見《み》たくなくて、小四《しょうよん》からの三年間《さんねんかん》、辛《つら》い闘病生活《とうびょうせいかつ》を耐《た》え抜《ぬ》いたはずだった。

中学《ちゅうがく》からは学校《がっこう》へ行《い》けて、やっと、私《わたし》の人生《じんせい》が始《はじ》まると思《おも》っていた。

それなのに、まさか二度目《にどめ》があるなんて――。

それに今度《こんど》は、耐《た》え抜《ぬ》いた先《さき》の希望《きぼう》すら少《すく》ない。

苦《くる》しんだ先《さき》に得《え》られる数年《すうねん》の命《いのち》には、当時《とうじ》の私《わたし》は魅力《みりょく》を感《かん》じられていなかった。

『澪音《みお》が、決《き》めていいから』

泣《な》きそうな感情《かんじょう》を隠《かく》せていない母《はは》の顔《かお》は、治療《ちりょう》を望《のぞ》むことが正解《せいかい》だと伝《つた》えていた。

だけど……。

闘病生活《とうびょうせいかつ》を経験《けいけん》した上《うえ》で受《う》けた主治医《しゅじい》からの説明《せつめい》は、絶望《ぜつぼう》を知《し》るには十分《じゅうぶん》だった。治療《ちりょう》を望《のぞ》まなかった場合《ばあい》の短《みじか》すぎる自分《じぶん》のタイムリミットを、受《う》け入《い》れられたわけではない。だけど、家族《かぞく》が望《のぞ》む治療《ちりょう》を受《う》けると宣言《せんげん》することもできずにいた。

私《わたし》の素直《すなお》な思《おも》いを伝《つた》えれば、家族《かぞく》から笑顔《えがお》が消《き》えてしまうことは簡単《かんたん》に想像《そうぞう》できて、それも怖《こわ》くて仕方《しかた》なかった。

『今日《きょう》は疲《つか》れちゃったし、もう寝《ね》ようかなあ。それでまた考《かんが》えるよ！　みんなももう帰《かえ》って！　ね？』

あまり覚《おぼ》えていないけれど、その日の私《わたし》はとにかく笑顔《えがお》を見《み》せていたと思《おも》う。どうしようもないぐちゃぐちゃの頭《あたま》のままで、両親《りょうしん》の涙《なみだ》には気《き》づかないふりをして――。

そんな私《わたし》に寄《よ》り添《そ》ってくれたのは、莉音《りお》ねぇだった。

家族《かぞく》を帰《かえ》して病室《びょうしつ》で一人《ひとり》頭《あたま》を抱《かか》えていたところに、莉音《りお》ねぇは戻《もど》ってきた。

『あれ？　莉音《りお》ねぇどしたの？　忘《わす》れ物《もの》？』

取《と》り繕《つくろ》うようにへらりと口角《こうかく》を上《あ》げた私《わたし》を、莉音《りお》ねぇは静《しず》かに抱《だ》きしめた。

その力《ちから》の強《つよ》さに、無理《むり》に入《い》れた表情筋《ひょうじょうきん》の力《ちから》が抜《ぬ》けていく。

『澪音《みお》。もう頑張《がんば》らなくていい』

小児《しょうに》がんがわかったとき、小学六年生《しょうがくろくねんせい》だった莉音《りお》ねぇは酷《ひど》く落《お》ち込《こ》んでいた。

勉強《べんきょう》も運動《うんどう》もできて、県内《けんない》で一番《いちばん》の高校《こうこう》に付属《ふぞく》する中学受験《ちゅうがくじゅけん》を控《ひか》えていた自慢《じまん》の姉《あね》は、あっという間《ま》に萎《しぼ》んでいった。

当時《とうじ》の私《わたし》には、それも酷《ひど》く辛《つら》かった。

ずっとそばにいてくれて優《やさ》しい姉《あね》だけれど、私《わたし》のせいで莉音《りお》ねぇの人生《じんせい》が壊《こわ》れていくのは悲《かな》しいことだった。

『大丈夫《だいじょうぶ》。澪音《みお》が決《き》めたことを私《わたし》は応援《おうえん》するから。私《わたし》が澪音《みお》を支《ささ》えるから』

だけどその日《ひ》の莉音《りお》ねぇが見《み》せたのは、弱々《よわよわ》しく気《き》づかうように笑《わら》っていた過去《かこ》とは明《あき》らかに違《ちが》う凛《りん》とした笑顔《えがお》だった。

その笑顔《えがお》を見《み》た私《わたし》の目《め》からは自然《しぜん》と涙《なみだ》が

溢《あふ》れ出《だ》していた。

『……私《わたし》、もう頑張《がんば》れない』

ぽつりと声《こえ》に出《だ》してしまうと、やりきれない感情《かんじょう》が溢《あふ》れ出《だ》した。

『小学生《しょうがくせい》のころの治療《ちりょう》、本当《ほんとう》に辛《つら》かったの。辛《つら》かったけど、私《わたし》のせいでみんなを泣《な》かせてたのがわかってたから。それ以上辛《いじょうつら》い思《おも》いさせるのが嫌《いや》だから頑張《がんば》ったの。なのに、半年《はんとし》って何《なに》？　延命《えんめい》って何《なに》……？　もう、無理《むり》だよ』

家族《かぞく》を責《せ》めるような最低《さいてい》なことを言《い》っているのはわかっていた。だけど、溢《あふ》れ出《だ》したら止《と》まらない。

『全部意味《ぜんぶいみ》なかった。またこんな思《おも》いをするくらいなら、あのとき諦《あきら》めてたほうがずっとよかった』

感情《かんじょう》のままに真《ま》っ黒《くろ》な心《こころ》を垂《た》れ流《なが》す私《わたし》を、莉音《りお》ねぇは黙《だま》って抱《だ》きしめてくれていた。

自分《じぶん》でもぐちゃぐちゃだった感情《かんじょう》を溢《あふ》れ出《だ》させることで、気持《きも》ちがはっきりと自覚《じかく》できた。

苦《くる》しい治療《ちりょう》をすることは、正直選択肢《しょうじきせんたくし》になかった。

自分勝手《じぶんかって》だけれど、苦《くる》しい思《おも》いをしてまで伸《の》ばす数年間《すうねんかん》の命《いのち》よりも、今《いま》のまま苦《くる》しまずに過《す》ごすほうがいいと、当時《とうじ》の私《わたし》はそう思《おも》っていた。

『私《わたし》、もう苦《くる》しい治療《ちりょう》したくない。短《みじか》くてもいいから、最後《さいご》まで普通《ふつう》に生《い》きたい。家《いえ》のご飯《はん》を食《た》べて学校《がっこう》にも行《い》って過《す》ごしたい』

ありのままの感情《かんじょう》をすっかり出《だ》し切った最後《さいご》に、ぽつりと零《こぼ》れた本音《ほんね》だった。

『でもお母《かあ》さんが泣《な》くのは嫌《いや》だ。お父《とう》さんだって私《わたし》が入院《にゅういん》してるとき、ずっと苦《くる》しそうだった。莉音《りお》ねぇにだって、きっと迷惑《めいわく》ばっかりかけちゃう』

莉音《りお》ねぇは、首《くび》を左右《さゆう》に振《ふ》って私《わたし》を抱《だ》きしめた。

『大丈夫《だいじょうぶ》。家族《かぞく》のことは私《わたし》に任《まか》せて。澪音《みお》は澪音《みお》らしくいたらいい。澪音《みお》がしたいようにしたらいいの、私《わたし》はそれを全力《ぜんりょく》で手伝《てつだ》うよ』

不安《ふあん》なんて微塵《みじん》も感《かん》じさせない強《つよ》い笑顔《えがお》だった。

莉音《りお》ねぇがいてくれたら、私《わたし》は最後《さいご》まで自分《じぶん》らしく生《い》きられる。そう思《おも》うと、少《すこ》しだけ気持《きも》ちが楽《らく》になったような気《き》がした。

小学四年生《しょうがくよねんせい》のとき必死《ひっし》で取《と》り繕《つくろ》った強《つよ》がりの癖《くせ》が、抜《ぬ》けていなかっただけかもしれない。だけど私《わたし》は、自分《じぶん》の運命《うんめい》をまっすぐ受《う》け止《と》めようと、最後《さいご》まで思《おも》うとおり使《つか》い切《き》ろうと、前向《まえむ》きに考《かんが》えられるようになっていた。

叶《かな》えたい願《ねが》い

鳴《な》り響《ひび》いたチャイムの音《おと》で、私《わたし》は目《め》を開《あ》けた。

がさがさと動《うご》きに合《あ》わせて布団《ふとん》の擦《こす》れる音《おと》がする。

辿《たど》りついた保健室《ほけんしつ》で、私《わたし》はぐっすりと眠《ねむ》ってしまっていたようだった。

起《お》き上《あ》がって伸《の》びをすると同時《どうじ》に、制服《せいふく》のポケットから振動《しんどう》を感《かん》じた。

カーテンが閉《と》じられていることを確認《かくにん》し、そっとスマホを取《と》り出《だ》す。

連絡《れんらく》の相手《あいて》は、莉音《りお》ねぇだった。

【体調大丈夫《たいちょうだいじょうぶ》？】

高校二年生《こうこうにねんせい》の莉音《りお》ねぇが通《かよ》う高校《こうこう》は同《おな》じ敷地内《しきちない》にあり、保健室《ほけんしつ》の裏口《うらぐち》からはちょうど高校《こうこう》の校舎《こうしゃ》が見《み》える。

私《わたし》はベッドから起《お》き上《あ》がり、裏口《うらぐち》を出《で》て高校《こうこう》の校舎《こうしゃ》を見上《みあ》げた。

太陽《たいよう》が重《かさ》なった眩《まぶ》しさの中《なか》に莉音《りお》ねぇの教室《きょうしつ》を探《さが》すと、開《ひら》いた窓《まど》の向《む》こうに見慣《みな》れた黒髪《くろかみ》の女子生徒《じょしせいと》が見《み》えた。

黒《くろ》くてきれいな長《なが》い髪《かみ》が風《かぜ》に揺《ゆ》れて乱《みだ》れる。

風《かぜ》を切《き》るように髪《かみ》をかき上《あ》げる莉音《りお》ねぇは、とてもきれいで絵《え》になっていた。

【いっぱい寝《ね》たから大丈夫《だいじょうぶ》!】

そうメッセージを送《おく》って、両手《りょうて》で大《おお》きな丸《まる》を作《つく》る。

少《すこ》しだけ手元《てもと》に視線《しせん》を送《おく》った彼女《かのじょ》はすぐに私《わたし》を見《み》つけ、大《おお》きな仕草《しぐさ》でぶんぶんと手《て》を振《ふ》り返《かえ》した。

きれいで大人《おとな》っぽい外見《がいけん》からクールな性格《せいかく》だと思《おも》われがちな姉《あね》は、実《じつ》は明《あか》るくて無邪気《むじゃき》でずいぶんと人懐《ひとなつ》っこい性格《せいかく》をしている。

姉《あね》の可愛《かわい》らしい一面《いちめん》に私《わたし》は思《おも》わず笑顔《えがお》を零《こぼ》していた。

授業《じゅぎょう》が終《お》わり、賑《にぎ》やかになった廊下《ろうか》から男子生徒《だんしせいと》の声《こえ》が聞《き》こえる。

「あれ、花岡先輩《はなおかせんぱい》じゃね?」

「ほんとだ、超手振《ちょうてふ》ってる、可愛《かわい》い」

ほぼエスカレーター式《しき》で入学《にゅうがく》できる付属高校《ふぞくこうこう》は、中学《ちゅうがく》を卒業《そつぎょう》してもメンバーがあまり変《か》わらない。

だから、同《おな》じ中学《ちゅうがく》に通《かよ》っていた姉《あね》のことを今《いま》の三年生《さんねんせい》は知《し》っている。

姉《あね》を噂《うわさ》する声《こえ》が近《ちか》くの窓《まど》から聞《き》こえてきて、私《わたし》は慌《あわ》ててスマホを握《にぎ》った。

そのメッセージを見《み》た姉《あね》は、慌《あわ》ててまわりを見渡《みわた》し、教室内《きょうしつない》の友人《ゆうじん》と楽《たの》しそうに笑《わら》っていた。

【見《み》られてるからやめて！】

家《いえ》では、私《わたし》のことばかり気《き》にかけてくれている姉《あね》が、楽《たの》しそうに友人《ゆうじん》と話《はな》している。

その姿《すがた》を見《み》て、私《わたし》はどこかホッとしていた。

「あ、莉音先輩《りおせんぱい》じゃん？　莉音《りお》せんぱーい!!」

隣《となり》から聞《き》き慣《な》れた声《こえ》が聞《き》こえて、振《ふ》り向《む》くと朱里《あかり》が大《おお》きく手《て》を振《ふ》っていた。

微《かす》かに聞《き》こえてくる笑《わら》い声《ごえ》とともに、莉音《りお》ねぇが手《て》を振《ふ》り返《かえ》す。

「朱里《あかり》？　どうしたの？」

「ん？　ずいぶんと長《なが》い休憩《きゅうけい》だなって思《おも》って。授業《じゅぎょう》もう終《お》わりましたけど？」

いつの間《ま》にか定着《ていちゃく》してしまった私《わたし》のサボり癖《ぐせ》は、こういうときに好都合《こうつごう》ではあるものの、少《すこ》し複雑《ふくざつ》な気持《きも》ちにもなる。私《わたし》は苦笑《にがわら》いをして誤魔化《ごまか》した。

朱里《あかり》が現《あらわ》れて安心《あんしん》したのか、莉音《りお》ねぇは私《わたし》たちに手《て》を振《ふ》って教室《きょうしつ》に戻《もど》っていった。

迎《むか》えに来《き》たという朱里《あかり》とともに保健室《ほけんしつ》を出《で》て、教室《きょうしつ》に向《む》かって歩《ある》く。

「ねえやっぱり旭陽《あさひ》とのこと、気《き》にしてるよね？」

前置《まえお》きもなく呟《つぶや》いた朱里《あかり》に、私《わたし》はわかりやすく動揺《どうよう》した。

「え!?　いや……別《べつ》に」

自分《じぶん》でもわかるほど下手《へた》な誤魔化《ごまか》しに思《おも》わず苦笑《くしょう》してしまい、私《わたし》は足《あし》を止《と》めて廊下《ろうか》の壁《かべ》にもたれかかった。

優《やさ》しい朱里《あかり》の表情《ひょうじょう》から、私《わたし》の気持《きも》ちはなんとなく気《き》づかれているんだなと察《さっ》する。

「いやー、あのね……？」

なんと言《い》えばいいかわからず言葉《ことば》を詰《つ》まらせた私《わたし》に、朱里《あかり》は小《ちい》さくため息《いき》をついた。

「前《まえ》から知《し》ってる私《わたし》からすると、今《いま》の二人《ふたり》は信《しん》じられないほど不自然《ふしぜん》なんだよ。あんなに仲良《なかよ》かったのに、一言《ひとこと》も話《はな》さないなんて！」

「それはだって……私《わたし》きっと旭陽《あさひ》に嫌《きら》われているし」

そう思《おも》う理由《りゆう》はいくつかあった。

他《ほか》の人《ひと》には誰《だれ》にでも笑顔《えがお》を向《む》けている旭陽《あさひ》が、私《わたし》にだけは笑顔《えがお》を見《み》せない。

それに、小学生《しょうがくせい》のころも入院《にゅういん》の都合《つごう》はあったものの、ほとんど喧嘩別《けんかわか》れのような形《かたち》になっていて、それ以来《いらい》ずっと口《くち》をきいていないのだ。

「そんなことないと思《おも》うけど。ってか澪音《みお》はそのままでいいの？」

朱里《あかり》のまっすぐな瞳《ひとみ》に、私《わたし》は迷《まよ》いながらも余命《よめい》を宣告《せんこく》されてから心《こころ》の中《なか》で大《おお》きくなり続《つづ》けていた願《ねが》いを初《はじ》めて口《くち》にした。

「旭陽《あさひ》と仲直《なかなお》りしたいなって、本当《ほんとう》は思《おも》ってる」

旭陽《あさひ》とのことは、余命《よめい》を宣告《せんこく》されて初《はじ》めて浮上《ふじょう》した私《わたし》の唯一《ゆいいつ》の心残《こころのこ》りだった。

できるのならもう一度《いちど》。

旭陽《あさひ》とくだらないことで笑《わら》い合《あ》いたい。そんな関係性《かんけいせい》に戻《もど》りたい。

あのころの初恋《はつこい》が、私《わたし》の最初《さいしょ》で最後《さいご》の恋《こい》になってしまった。

だから、せめていい思《おも》い出《で》として持《も》っていたい。

そんな自分勝手《じぶんかって》な理由《りゆう》は、誰《だれ》にも言《い》うことができないけれど。

「いいじゃん、絶対《ぜったい》そうするべきだよ。旭陽《あさひ》と澪音《みお》って最高《さいこう》の幼《おさな》なじみって感《かん》じで羨《うらや》ましかったもん」

小学校時代《しょうがっこうじだい》を知《し》る親友《しんゆう》の言葉《ことば》はうれしくて残酷《ざんこく》だった。

私《わたし》たちが仲良《なかよ》しの幼《おさな》なじみだったころを知《し》り、仲違《なかたが》いの瞬間《しゅんかん》まで見届《みと》けた数少《かずすく》ない友人《ゆうじん》なのだ。

その言葉《ことば》は、素直《すなお》なうれしさとともに、切《せつ》ない過去《かこ》を思《おも》い出《だ》させる。

「同《おな》じクラスになってもう二週間《にしゅうかん》もたったけど話《はな》しかけられてないし。ていうか、さっき言《い》ったようにたぶん嫌《きら》われてるし、正直諦《しょうじきあきら》めかけてはいるんだけど」

行動《こうどう》を起《お》こせない自分《じぶん》の勇気《ゆうき》のなさがもどかしかった。

だけど、旭陽《あさひ》を目《め》の前《まえ》にするとどうしても強張《こわば》ってしまうのだ。

朱里《あかり》は、何《なに》かを考《かんが》えるように私《わたし》を見《み》つめていた。

その無言《むごん》が苦《くる》しくて、私《わたし》は別《べつ》の話題《わだい》を口《くち》にする。

「次《つぎ》、文化祭《ぶんかさい》の話《はな》し合《あ》いだよね、先生来《せんせいく》る前《まえ》に戻《もど》らないと」

「ホームルームは出《で》るんだ？　ほんっとずいぶん不真面目《ふまじめ》に育《そだ》ったもんだよ。急《きゅう》にサボり魔《ま》になるんだもん」

普段《ふだん》どおりの呆《あき》れた笑顔《えがお》を見《み》せる朱里《あかり》になんだか少《すこ》しホッとして、私《わたし》たちは教室《きょうしつ》へと足《あし》を動《うご》かした。

「文化祭《ぶんかさい》、気合入《きあいはい》るね！　ついに最後《さいご》だもんね！」

「最後《さいご》、そうだよね……」

朱里《あかり》の何気《なにげ》ない一言《ひとこと》に、私《わたし》は不自然《ふしぜん》に言葉《ことば》を詰《つ》まらせる。

「澪音《みお》？」

「え……？　あ、そうだね……、中学最後《ちゅうがくさいご》だもんね！」

みんなにとって中学最後《ちゅうがくさいご》の文化祭《ぶんかさい》は、私《わたし》にとっては人生最期《じんせいさいご》の文化祭《ぶんかさい》だった。

意味合《いみあ》いは少《すこ》し違《ちが》うけれど、朱里《あかり》の言葉《ことば》どおり気合《きあい》が入《はい》っているのは間違《まちが》いない。

「私《わたし》ね、今年《ことし》は係《かかり》やりたいんだよね」

「えー!?　珍《めずら》しいじゃん！　やろうよ！」

昔《むかし》から明《あか》るくて楽《たの》しいことが大好《だいす》きな朱里《あかり》。

似合《にあ》わないことを言《い》っている私《わたし》を否定《ひてい》しない、彼女《かのじょ》の優《やさ》しさがうれしかった。

第二章《だいにしょう》　一歩踏《いっぽふ》み出《だ》す五月《ごがつ》

始《はじ》めの一歩《いっぽ》

教室《きょうしつ》へ戻《もど》るとすぐにホームルームが始《はじ》まった。

「じゃあ今日《きょう》は、文化祭委員《ぶんかさいいいん》を決《き》めるぞ。男女二人《だんじょふたり》ずつ。やりたいやつ立候補《りっこうほ》よろしく！」

先生《せんせい》の提案《ていあん》に、少《すこ》し離《はな》れた席《せき》から朱里《あかり》が手《て》を振《ふ》るのが見《み》えた。

その明《あか》るい笑顔《えがお》に、私《わたし》の背中《せなか》はトンっと押《お》される。

「私《わたし》やります！」

「……私《わたし》も、やりたいです！」

まっすぐに挙《あ》げられた朱里《あかり》の手《て》に続《つづ》き、私《わたし》もきゅっと片手《かたて》を伸《の》ばした。

目《め》が合《あ》った先生《せんせい》は一瞬《いっしゅん》心配《しんぱい》そうな顔《かお》を見《み》せたけれど、朱里《あかり》と微笑《ほほえ》む私《わたし》を見《み》て安心《あんしん》したように頷《うなず》いた。

「じゃあ、女子《じょし》は加藤《かとう》と花岡《はなおか》でいいか？」

他《ほか》に立候補《りっこうほ》はなかったためスムーズに委員《いいん》に決《き》まり、私《わたし》はホッと息《いき》をつく。

頑張《がんば》ろう。絶対《ぜったい》にいい思《おも》い出《で》にしたい。朱里《あかり》と一緒《いっしょ》なら頑張《がんば》れそうだ。

朱里《あかり》の席《せき》を見《み》つめると彼女《かのじょ》もこちらを見《み》ていて、可愛《かわい》らしくピースサインとウインクが飛《と》ばされた。その明《あか》るさに私《わたし》も釣《つ》られるように口角《こうかく》が上《あ》がる。

「男子《だんし》は？」

「俺《おれ》、やりてえ！」

その後《ご》の進行《しんこう》に間髪《かんはつ》いれずに手《て》を挙《あ》げたのは、運動部《うんどうぶ》らしいさっぱりとした短髪《たんぱつ》に爽《さわ》やかな笑顔《えがお》を浮《う》かべる野球部男子《やきゅうぶだんし》の福岡大輝《ふくおかだいき》だった。

その様子《ようす》にクラスからは冷《ひ》やかすような声《こえ》が上《あ》がり、ため息《いき》をつく朱里《あかり》の姿《すがた》が目《め》に入《はい》った。

朱里《あかり》と大輝《だいき》は、相変《あいか》わらず仲良《なかよ》しだなぁ。

二人《ふたり》の関係《かんけい》に羨《うらや》ましさと微笑《ほほえ》ましさを込《こ》めて見《み》つめると、朱里《あかり》は不機嫌《ふきげん》そうにこちらから目《め》を逸《そ》らしてしまった。

「大輝《だいき》、彼女《かのじょ》が出《で》たからってやるじゃんー」

男子《だんし》のざわつきも大《おお》きくなる中《なか》、一際大《ひときわおお》きな声《こえ》で旭陽《あさひ》がからかう。

それに乗《の》っかるように、クラスはさらに盛《も》り上《あ》がった。

「別《べつ》にいいだろ！　三年生《さんねんせい》なんだし！　最後《さいご》なんだし!!」

強調《きょうちょう》するように言《い》った大輝《だいき》の言葉《ことば》は印象的《いんしょうてき》だった。

中学最後《ちゅうがくさいご》の文化祭《ぶんかさい》は、特別《とくべつ》であることを改《あらた》めて感《かん》じさせた。

堂々《どうどう》とした発言《はつげん》に、もちろんクラスからは黄色《きいろ》い歓声《かんせい》が上《あ》がる。

朱里《あかり》と大輝《だいき》は去年《きょねん》から付《つ》き合《あ》い始《はじ》めて、クラスでは周知《しゅうち》のカップルだった。

「あーー！　うるせえ！　旭陽《あさひ》も一緒《いっしょ》にやるぞ！　いいな!?」

「はあー!?　俺《おれ》やだよ、巻《ま》き込《こ》むなよ」

「お前《まえ》がこの空気《くうき》を作《つく》ったんだから責任《せきにん》取《と》れ!!」

「意味《いみ》わかんねーし!!」

小学校《しょうがっこう》から親友《しんゆう》だった二人《ふたり》の、小気味《こきみ》のいいやりとりはすでに慣《な》れたもの。

「他《ほか》にいないなら、男子《だんし》も福岡《ふくおか》と三浦《みうら》で決《き》めるぞー」

男子《だんし》も他《ほか》に立候補者《りっこうほしゃ》がなく、あっさりと四人《よにん》の文化祭委員《ぶんかさいいいん》は確定《かくてい》した。

私《わたし》はその様子《ようす》を眺《なが》めながら、手《て》を挙《あ》げたときとはまた別《べつ》の理由《りゆう》でドキドキしていた。

思《おも》わぬところで旭陽《あさひ》と一緒《いっしょ》になってしまった。私《わたし》は大丈夫《だいじょうぶ》だろうか。

不安《ふあん》と少《すこ》しの期待《きたい》が混《ま》ざり合《あ》い、苦《くる》しいくらいに大《おお》きくなる動悸《どうき》を必死《ひっし》で抑《おさ》える。

「はぁー!?　まじかよ、朱里《あかり》止《と》めろよ」

「知《し》らないよ、私関係《わたしかんけい》ないじゃん」

「くっそ、大輝《だいき》まじ覚《おぼ》えとけよ」

委員《いいん》に決《き》まっている朱里《あかり》も巻《ま》き込《こ》んで文句《もんく》を垂《た》れながらも、楽《たの》しそうに笑《わら》う旭陽《あさひ》はやっぱり一度《いちど》も私《わたし》を見《み》なかった。

――きっと嫌《きら》われている。

そんな確信《かくしん》に近《ちか》い思《おも》いが心《こころ》を埋《う》め尽《つ》くして、私《わたし》は不安《ふあん》になっていた。

だけどこれは、チャンスのはずだった。

小学生《しょうがくせい》のころの忘《わす》れられない旭陽《あさひ》との時間《じかん》を思《おも》い出《だ》し、自分《じぶん》に言《い》い聞《き》かせる。

ずっと一緒《いっしょ》にいた。旭陽《あさひ》の隣《となり》にいる自分《じぶん》が大好《だいす》きだった。

その気持《きも》ちに蓋《ふた》をして忘《わす》れようとしていた私《わたし》に、神様《かみさま》がチャンスをくれたんだ。

忘《わす》れたふりをしていたけれど、旭陽《あさひ》とはずっと仲直《なかなお》りがしたかった。

頑張《がんば》ろう。文化祭《ぶんかさい》も、旭陽《あさひ》とのことも。

覚悟《かくご》を決《き》めるようにギュッと拳《こぶし》を握《にぎ》る私《わたし》を、朱里《あかり》はうれしそうに見《み》つめていた。


「いえーい！　文化祭委員《ぶんかさいいいん》がんばろうねー」

ホームルーム終了後《しゅうりょうご》、荷物《にもつ》をまとめた朱里《あかり》が私《わたし》の席《せき》までやってきた。

「朱里《あかり》ありがとう！　でも、ちょっと緊張《きんちょう》するかも」

その言葉《ことば》の含《ふく》みを察《さっ》するように、朱里《あかり》は教室《きょうしつ》の中央《ちゅうおう》に視線《しせん》を向《む》ける。

「えへへ、大輝《だいき》、いい仕事《しごと》してくれたよねー」

楽《たの》しそうにそんな言葉《ことば》を落《お》とした朱里《あかり》に違和感《いわかん》を抱《いだ》き、私《わたし》はじゃれ合《あ》う大輝《だいき》と旭陽《あさひ》に視線《しせん》を向《む》ける。

私《わたし》の視線《しせん》に気《き》づいた朱里《あかり》は満足《まんぞく》そうににっこりと笑《わら》った。

「二人《ふたり》が仲直《なかなお》りしてうれしいのは澪音《みお》だけじゃないんだよ」

その一言《ひとこと》から、旭陽《あさひ》が実行委員《じっこういいん》になったのは単《たん》なる偶然《ぐうぜん》ではないことがわかった。

「え、朱里何《あかりなに》かした？」

「さあ？」

いたずらっ子《こ》のような表情《ひょうじょう》で笑《わら》う朱里《あかり》を問《と》いただしたけれど、彼女《かのじょ》は笑顔《えがお》で誤魔化《ごまか》すだけだった。

「朱里《あかり》。今日《きょう》は部活延長《ぶかつえんちょう》だと思《おも》うから」

気《き》づかないうちに近《ちか》くまでやってきていた大輝《だいき》の声《こえ》に驚《おどろ》いて顔《かお》を上《あ》げた。

一人《ひとり》で朱里《あかり》の隣《となり》に立《た》つ大輝《だいき》を見《み》て、私《わたし》は緊張《きんちょう》を解《と》くように息《いき》を吐《は》く。

「あー、了解《りょうかい》！　忙《いそが》しそうだね」

会話《かいわ》を始《はじ》める二人《ふたり》を眺《なが》めながら、ちらりと旭陽《あさひ》にも視線《しせん》を向《む》けた。

相変《あいか》わらず席《せき》で楽《たの》しそうに笑《わら》う彼《かれ》の視線《しせん》がこちらに向《む》くことはない。

安堵《あんど》と寂《さび》しさが入《い》り交《ま》じる複雑《ふくざつ》な気持《きも》ちを、深呼吸《しんこきゅう》して落《お》ちつかせる。

「そうだ、澪音《みお》。文化祭頑張《ぶんかさいがんば》ろうな」

「へ？　あ、うん……！」

旭陽《あさひ》を気《き》にしていて返答《へんとう》に遅《おく》れた私《わたし》をみて、二人《ふたり》の苦笑《にがわら》いが重《かさ》なった。

だけど、並《なら》んだ大輝《だいき》と朱里《あかり》の笑顔《えがお》に背中《せなか》を押《お》された。

不安《ふあん》は大《おお》きいけれど応援《おうえん》してくれる二人《ふたり》がいる。

それだけで、何《なに》もできなかった今《いま》までとはなんだか違《ちが》う気《き》がしていた。


「澪音《みお》」

「莉音《りお》ねぇ！」

部活《ぶかつ》へ向《む》かった朱里《あかり》と別《わか》れた私《わたし》は、校舎《こうしゃ》を出《で》たタイミングで莉音《りお》ねぇと合流《ごうりゅう》した。

時間《じかん》の合《あ》う日《ひ》は一緒《いっしょ》に帰《かえ》ってくれる莉音《りお》ねぇと、のんびり家《いえ》に向《む》かって歩《ある》く。

「今日《きょう》ね、私文化祭委員《わたしぶんかさいいいん》になったよ」

「えー、いいじゃん！　文化祭《ぶんかさい》の季節《きせつ》だもんね」

桜《さくら》が散《ち》り、完全《かんぜん》に緑色《みどりいろ》になった木々《きぎ》を見上《みあ》げる。

学校《がっこう》であったことを報告《ほうこく》し合《あ》うのも、いつもの決《き》まりになっていた。

「旭陽《あさひ》も同《おな》じ委員《いいん》になってね」

「旭陽《あさひ》？　そういうのやるタイプだっけ？」

「うーん、流《なが》れで？」

幼《おさな》なじみの旭陽《あさひ》のことは、莉音《りお》ねぇもずっと前《まえ》から知《し》っている。

旭陽《あさひ》と私《わたし》が話《はな》さなくなってからは莉音《りお》ねぇも関《かか》わることが少《すく》なくなってしまったようだけれど、今《いま》も顔《かお》を合《あ》わせば話《はな》すこともあると言《い》っていた。

「そっか。じゃあまた旭陽《あさひ》と仲良《なかよ》くできるね」

——旭陽《あさひ》と仲直《なかなお》りがしたい。

そう願《ねが》う私《わたし》の気持《きも》ちを察《さっ》してくれている莉音《りお》ねぇは、優《やさ》しい笑顔《えがお》を向《む》けていた。

「そうなりたいから頑張《がんば》りたいんだけど。でも旭陽怖《あさひこわ》いんだもん……」

旭陽《あさひ》に対《たい》するとんでもないマイナス思考《しこう》を隠《かく》すことなく伝《つた》えられるのは、莉音《りお》ねぇだけだった。

声《こえ》を小《ちい》さくして俯《うつむ》く私《わたし》を、莉音《りお》ねぇは笑《わら》い飛《と》ばした。

「大丈夫《だいじょうぶ》だよ、旭陽《あさひ》だって悪《わる》いやつじゃないんだから」

「朱里《あかり》も大輝《だいき》もそう言《い》ってくれてるんだけどね、肝心《かんじん》の私《わたし》に勇気《ゆうき》がなくてだめだよね」

「大丈夫《だいじょうぶ》だって。澪音《みお》を泣《な》かせたら許《ゆる》さないって昔《むかし》から伝《つた》えてるし、酷《ひど》いことしないよ」

強気《つよき》な莉音《りお》ねぇに思《おも》わず笑《わら》ってしまう。

「莉音《りお》ねぇがついてるって思《おも》ったら大丈夫《だいじょうぶ》な気《き》がしてきた！」

「そうそう、何事《なにごと》も挑戦《ちょうせん》あるのみ！」

勇気《ゆうき》をくれる莉音《りお》ねぇに温《あたた》かい気持《きも》ちになる。

何《なに》かが変《か》わりそうな文化祭《ぶんかさい》に、私《わたし》は期待《きたい》を膨《ふく》らませていた。


「行《い》こうぜ」

「おー。朱里《あかり》、澪音《みお》！　行《い》くぞ！」

大輝《だいき》からの呼《よ》びかけに顔《かお》を上《あ》げる。教室《きょうしつ》のドアの前《まえ》には、すでにリュックを背負《せお》った旭陽《あさひ》と大輝《だいき》が立《た》っていた。

「あっ、待《ま》って」

私《わたし》はほとんど空《から》っぽのスクールバッグを肩《かた》にかけ、その二人《ふたり》に加《くわ》わる。

朱里《あかり》も同時《どうじ》に駆《か》けてきて、私《わたし》たちは四人《よにん》で教室《きょうしつ》を出《で》た。

「駅前《えきまえ》のファミレスでいいよな？」

少《すこ》し前《まえ》から聞《き》こえる旭陽《あさひ》の声《こえ》は新鮮《しんせん》だった。

こんなふうに同《おな》じ輪《わ》の中《なか》で過《す》ごすことなんて本当《ほんとう》に久《ひさ》しぶりで、正直落《しょうじきお》ちつかない。

「いーね、普通《ふつう》に腹減《はらへ》ったー！」

「ばか、遊《あそ》びに行《い》くんじゃないんだからね」

朱里《あかり》が大輝《だいき》の肩《かた》を割《わり》と強《つよ》い力《ちから》で叩《たた》くのが見《み》えて苦笑《くしょう》する。

先頭《せんとう》を進《すす》んでいく旭陽《あさひ》と、そのほんの少《すこ》し後《うし》ろでじゃれ合《あ》う朱里《あかり》・大輝《だいき》カップル。

そこからさらに一人分《ひとりぶん》のスペースをあけて、私《わたし》は控《ひか》えめにみんなのあとを追《お》っていた。

委員《いいん》が確定《かくてい》してから初《はじ》めての月曜日《げつようび》。全部活《ぜんぶかつ》が共通《きょうつう》して休《やす》みの今日《きょう》を利用《りよう》して、私《わたし》たちは記念《きねん》すべき一回目《いっかいめ》の文化祭委員《ぶんかさいいいん》の会議《かいぎ》を開催《かいさい》していた。

とはいっても、ファミレスでラフに話《はな》し合《あ》うだけ。

「今年《ことし》の野球部《やきゅうぶ》、一年《いちねん》がかなりやる気《き》あって」

「まじ？　それは期待大《きたいだい》だね」

結局始《けっきょくはじ》まって三十分《さんじっぷん》ほどはほとんど雑談《ざつだん》をしていて、始《はじ》まったのは旭陽《あさひ》と大輝《だいき》が一食《いっしょく》食《た》べ終《お》えたあとだった。

旭陽《あさひ》がいることで緊張《きんちょう》していた私《わたし》は、上手《うま》く会話《かいわ》に入《はい》れずそわそわとしていたから、本題《ほんだい》が始《はじ》まったときには少《すこ》しホッとしたくらいだった。

「三年生《さんねんせい》が劇《げき》をすることは確定《かくてい》してるから、いくつか台本《だいほん》の候補《こうほ》を用意《ようい》したいんだよね」

ネットに上《あ》がっている台本《だいほん》でも、映画《えいが》のオマージュでも、完全《かんぜん》オリジナルでも、なんでも認《みと》められているからこそ難《むずか》しい。

クラスのみんなにも一応案《いちおうあん》を考《かんが》えてもらっているけれど、ある程度用意《ていどようい》していたほうがいいだろうということになって、今日《きょう》はそのために集《あつ》まっていた。

「私《わたし》と大輝《だいき》はね、この二《ふた》つが気《き》に入《い》ってて」

朱里《あかり》から事前《じぜん》に送《おく》られていたＵＲＬ《ユーアールエル》を改《あらた》めて開《ひら》いて、あらすじを確認《かくにん》する。

昨日《きのう》その内容《ないよう》を確認《かくにん》していた私《わたし》は、その中《なか》のシンデレラを現代風《げんだいふう》にオマージュした話《はなし》が感動《かんどう》してお気《き》に入《い》りだった。

話《はなし》ももちろんだけれど、登場人物《とうじょうじんぶつ》が平等《びょうどう》に大切《たいせつ》な部分《ぶぶん》を担《にな》っていて、キャスト全員《ぜんいん》

で物語《ものがたり》に関《かか》われそうな構成《こうせい》も文化祭《ぶんかさい》で行《おこな》う劇《げき》として理想的《りそうてき》で気《き》に入《い》っている。

スマホを見《み》つめ集中《しゅうちゅう》して読《よ》んでいるように見《み》える旭陽《あさひ》の様子《ようす》をうかがい、タイミングを見計《みはか》らって口《くち》を開《ひら》くことにした。

「……私《わたし》は」

「これ好《す》きだわ」

緊張《きんちょう》しながら出《だ》した声《こえ》が旭陽《あさひ》と重《かさ》なり、一瞬《いっしゅん》視線《しせん》が交《まじ》わった。

四人《よにん》の席《せき》で一番遠《いちばんとお》い、斜《なな》め向《む》かいに座《すわ》る旭陽《あさひ》から視線《しせん》を外《はず》され妙《みょう》な空気《くうき》を作《つく》り出《だ》す。

私《わたし》は気《き》まずさから俯《うつむ》いてしまい、旭陽《あさひ》も続《つづ》きを話《はな》し出《だ》すことなく黙《だま》り込《こ》んだ。

不自然《ふしぜん》な静《しず》けさが席《せき》を包《つつ》み込《こ》み、私《わたし》は今《いま》すぐここから立《た》ち去《さ》りたいような居心地《いごこち》の悪《わる》さに襲《おそ》われていた。

……やっぱり、嫌《きら》われているとしか思《おも》えない。

ずっと仲《なか》のよい大輝《だいき》は当然《とうぜん》だけど、朱里《あかり》にだって楽《たの》しそうに話《はな》すのに、私《わたし》に対《たい》してはこんなふうに視線《しせん》を逸《そ》らす。

みんなに応援《おうえん》されているのにもかかわらず、旭陽《あさひ》のたった一《ひと》つの行動《こうどう》ですぐに折《お》れてしまいそうになる私《わたし》の弱《よわ》い心《こころ》が悔《くや》しかった。

「どれ？」

いつまでも話《はな》し出《だ》さない私《わたし》と旭陽《あさひ》に、大輝《だいき》が助《たす》け舟《ぶね》を出《だ》すように先《さき》を促《うなが》した。

大輝《だいき》からの視線《しせん》に旭陽《あさひ》はスマホに視線《しせん》を戻《もど》し、その画面《がめん》を机《つくえ》の中央《ちゅうおう》に置《お》いた。

「このシンデレラのやつ。話《はなし》として纏《まと》まってるし、一人《ひとり》の役《やく》に負担《ふたん》がかかるわけでもないし、俺《おれ》らでもいい劇《げき》作《つく》れそうじゃね？」

適当《てきとう》に見《み》える旭陽《あさひ》は、スラスラとそんな理由《りゆう》を口《くち》にした。

私《わたし》は目《め》を丸《まる》くして、自分《じぶん》のスマホで出《だ》していたシンデレラの台本《だいほん》を見《み》つめていた。

「おーいいね。澪音《みお》は？　何《なに》か言《い》いかけたよね？」

満足《まんぞく》そうにその意見《いけん》を聞《き》いて、そのまま私《わたし》に視線《しせん》を移《うつ》した大輝《だいき》。

「あっ、えっ……と」

なんとなく言《い》いづらくて、言葉《ことば》を濁《にご》す。

朱里《あかり》と目《め》が合《あ》って、私《わたし》は彼女《かのじょ》に話《はな》すように恐《おそ》る恐《おそ》る口《くち》を開《ひら》いた。

「私《わたし》も、その、同《おな》じこと思《おも》ってて。話《はなし》も感動《かんどう》したし、キャストみんなで作《つく》れそうなのが文化祭《ぶんかさい》にはぴったりだと、思《おも》った……かな」

旭陽《あさひ》のほうは見《み》られなかった。

同《おな》じことを思《おも》っていた、なんて、胡散《うさん》くさいと思《おも》われてはいないだろうか。

そんな卑屈《ひくつ》なことを考《かんが》えたって仕方《しかた》がないのに、旭陽《あさひ》に対《たい》してだけはどうしても不安《ふあん》が大《おお》きくなってしまう。

「さっすが二人《ふたり》！　私《わたし》たちも、これいいよねーって話《はな》してたんだよね！　じゃあ、私《わたし》たちからはこの台本《だいほん》を提案《ていあん》して、あとはみんなの提案《ていあん》も含《ふく》めて次回検討《じかいけんとう》しようか！」

朱里《あかり》の明《あか》るい仕切《しき》りに救《すく》われて、この日《ひ》の会議《かいぎ》は無事《ぶじ》に終了《しゅうりょう》した。


先《さき》に店《みせ》を出《で》て外《そと》で話《はな》している旭陽《あさひ》と大輝《だいき》。彼《かれ》らに続《つづ》いてお店《みせ》を出《で》ようとした私《わたし》は、朱《あか》里《り》に引《ひ》き留《と》められた。

「ねえ、澪音《みお》。旭陽《あさひ》と一緒《いっしょ》に帰《かえ》んなよ」

「えっ!?　む、無理《むり》だよ」

四人《よにん》での時間《じかん》が終《お》わり、ホッとしていたのも束《つか》の間《ま》。

会話《かいわ》すらままならない私《わたし》には到底信《とうていしん》じられない提案《ていあん》で、勢《いきお》いよく首《くび》を横《よこ》に振《ふ》った。

「なんでよ、頑張《がんば》るって言《い》ってたじゃん！　ね⁉」

朱里《あかり》は強引《ごういん》だった。店《みせ》を出《で》るなり背中《せなか》を押《お》された私《わたし》は、そのままの勢《いきお》いで旭陽《あさひ》と大輝《だいき》の輪《わ》に入《はい》り込《こ》んでしまった。

「おお、澪音《みお》、どした？　すげー勢《いきお》い‼」

楽《たの》しそうに笑《わら》う大輝《だいき》にも救《すく》われながら、私《わたし》は恐《おそ》る恐《おそ》る旭陽《あさひ》を見上《みあ》げた。

「……？」

無言《むごん》のまま眉《まゆ》をひそめてこちらを見《み》おろす彼《かれ》に、私《わたし》の心《こころ》は簡単《かんたん》に折《お》れそうになる。

だけど、ゆっくりと後《うし》ろに下《さ》がる私《わたし》の背中《せなか》を朱里《あかり》の手《て》が支《ささ》えて、その足《あし》は止《と》められた。

後《うし》ろから伝《つた》わる朱里《あかり》の温《あたた》かさからは逃《に》げられなくて。

ここで逃《に》げてしまったら、本当《ほんとう》にチャンスをなくしてしまいそうで。

私《わたし》はなけなしの勇気《ゆうき》を振《ふ》り絞《しぼ》って、口《くち》を開《ひら》いた。

「旭陽《あさひ》。同《おな》じ方向《ほうこう》なんだし、一緒《いっしょ》に帰《かえ》ろうよ」

準備《じゅんび》なんてできていなくて、半分投《はんぶんな》げやりだった。

旭陽《あさひ》は目《め》を見開《みひら》き、何度《なんど》か瞬《まばた》きを繰《く》り返《かえ》した。

「いいけど」

不機嫌《ふきげん》そうな声《こえ》は、断《ことわ》られたと感《かん》じるほど低《ひく》かった。

断《ことわ》られなかったことを遅《おく》れて認識《にんしき》した私《わたし》は、時間差《じかんさ》で驚《おどろ》く。

自分《じぶん》で誘《さそ》っておきながら驚《おどろ》いたように固《かた》まる私《わたし》を、旭陽《あさひ》は不可解《ふかかい》そうに見《み》つめていて、私《わたし》はその目《め》から逃《に》げるようにあやふやに視線《しせん》を彷徨《さまよ》わせた。

「お！　じゃあちょうどよかった！　私《わたし》、大輝《だいき》と寄《よ》りたいとこあるんだよね。ここで解散《かいさん》にしよ！」

まさに一難去《いちなんさ》ってまた一難《いちなん》だった。

朱里《あかり》は急《きゅう》なスパルタで私《わたし》を突《つ》き放《はな》し、大輝《だいき》の腕《うで》を組《く》む。

「えっ、待《ま》って朱里《あかり》……！」

必死《ひっし》の声《こえ》も届《とど》かず、ものの一瞬《いっしゅん》で二人《ふたり》きりにされてしまった私《わたし》と旭陽《あさひ》はしばらく固《かた》まった。そのあと小《ちい》さく放《はな》たれた旭陽《あさひ》の「帰《かえ》るか」という一言《ひとこと》で、私《わたし》たちは足《あし》を動《うご》かすことになった。

歩《ある》き出《だ》して数分《すうふん》は、朱里《あかり》たちが見《み》ていたらきっと引《ひ》くほどの地獄《じごく》のような空気《くうき》だった。

一言《ひとこと》の会話《かいわ》もないまま歩《ある》く音《おと》のみが響《ひび》き、私《わたし》は緊張《きんちょう》のあまり浅《あさ》い呼吸《こきゅう》を繰《く》り返《かえ》していた。

しばらくして、少《すこ》し前《まえ》を歩《ある》いていた旭陽《あさひ》がいつもの通学路《つうがくろ》から道《みち》を外《はず》れて進《すす》んでいき私《わたし》は戸惑《とまど》う。

寄《よ》り道《みち》……？　ついていっていいのかな？　でも一緒《いっしょ》に帰《かえ》ろうって言《い》ったけど……。

進《すす》む足《あし》を止《と》めて困《こま》っていると、前《まえ》を行《い》く旭陽《あさひ》が振《ふ》り返《かえ》った。

彼《かれ》は何《なに》も言《い》わなかった。

だけど、その表情《ひょうじょう》が私《わたし》を待《ま》っているような気《き》がして、私《わたし》の足《あし》は自然《しぜん》と旭陽《あさひ》の待《ま》つほうへと進《すす》んでいた。

このときは、不思議《ふしぎ》と勇気《ゆうき》が出《で》ていたと思《おも》う。

旭陽《あさひ》を追《お》って公園《こうえん》を抜《ぬ》けていくと、見覚《みおぼ》えのある小川《おがわ》に出《で》た。その景色《けしき》に私《わたし》は懐《なつ》かしい気持《きも》ちに包《つつ》まれた。

「この道《みち》……」

思《おも》わず呟《つぶや》いた私《わたし》に旭陽《あさひ》はほんの少《すこ》し視線《しせん》を向《む》けてから、トントンと飛《と》び石《いし》を跳《と》んで向《む》こう岸《ぎし》へと渡《わた》っていった。

目《め》の前《まえ》に現《あらわ》れたのは、私《わたし》たちの家《いえ》へと続《つづ》く小《ちい》さな近道《ちかみち》だった。

小学生《しょうがくせい》のころ、一緒《いっしょ》に登下校《とうげこう》をしていた私《わたし》たちが毎日《まいにち》通《かよ》った小川《おがわ》。

私《わたし》は中学生《ちゅうがくせい》になってからは通《とお》らなくなっていたけど、旭陽《あさひ》は今《いま》も使《つか》っていたみたいだった。

突然懐《とつぜんなつ》かしい気持《きも》ちになってあとを追《お》う。

遠《とお》く離《はな》れてしまった旭陽《あさひ》を久《ひさ》しぶりに近《ちか》く感《かん》じていた。

トントンっと、リズミカルに進《すす》むのが楽《たの》しくてうれしくて、思《おも》わず笑《え》みが溢《あふ》れる。

最後《さいご》の石《いし》から岸《きし》までは少《すこ》し距離《きょり》がある。

勢《いきお》いをつけて跳《と》ぼうと間《ま》を置《お》くと、岸《きし》の向《む》こう側《がわ》から旭陽《あさひ》の手《て》が伸《の》びてきた。

「え……」

「早《はや》く」

不機嫌《ふきげん》そうな声《こえ》は変《か》わらないけれど、伸《の》ばされた手《て》に私《わたし》は迷《まよ》いながらも手《て》のひらを重《かさ》ねる。

私《わたし》とは対照的《たいしょうてき》に迷《まよ》いもなくきゅっと握《にぎ》られた手《て》のひらは、私《わたし》が跳《と》ぶのと同時《どうじ》に優《やさ》し

く引《ひ》かれて、岸《きし》へとバランスよく着地《ちゃくち》させてくれた。

「あ、ありがと」

「別《べつ》に。いつものことだろ」

当然《とうぜん》のように言《い》って、前《まえ》を歩《ある》く旭陽《あさひ》に驚《おどろ》く。

最後《さいご》の石《いし》を渡《わた》るときに手《て》を伸《の》ばしてくれるのは、小学生《しょうがくせい》のころの決《き》まりだった。

毎日毎日《まいにちまいにち》、旭陽《あさひ》が差《さ》し出《だ》してくれる手《て》を頼《たよ》りに跳《と》んでいた。

それが子供心《こどもごころ》にうれしくて、ドキドキしていたことを鮮明《せんめい》に思《おも》い出《だ》す。

忘《わす》れていないどころか『いつものこと』と言《い》ってくれたことがうれしくて、私《わたし》は駆《か》け足《あし》で旭陽《あさひ》を追《お》った。

当時《とうじ》と変《か》わらない温《あたた》かさを持《も》ちながら、ごつごつとした安心感《あんしんかん》を備《そな》えた手《て》のひらの感《かん》触《しょく》は、じんわりと私《わたし》の手《て》に残《のこ》っていた。

私《わたし》が追《お》い求《もと》めている輝《かがや》いていた過去《かこ》は、実《じつ》は思《おも》っているほど遠《とお》いものではないのかもしれない。

「私《わたし》、久《ひさ》しぶりにこの道《みち》を通《とお》ったよ」

「まじ？　俺《おれ》はずっとこの道使《みちつか》ってる」

そこから何気《なにげ》なく会話《かいわ》が始《はじ》まった。

浮《う》かれそうな声《こえ》を無理《むり》やり落《お》ちつかせた会話《かいわ》はぎこちないものだった。

それでも、旭陽《あさひ》の雰囲気《ふんいき》が少《すこ》し明《あか》るくなったのを感《かん》じて私《わたし》は安心《あんしん》していた。

何《なに》より、大《おお》きな一歩《いっぽ》を踏《ふ》み出《だ》せたことがうれしくてたまらなかった。


「莉音《りお》ねぇ！　いるー!?」

リビングのドアを開《あ》けるなり勢《いきお》いよくそう叫《さけ》んだ私《わたし》に、両親《りょうしん》の視線《しせん》が重《かさ》なる。

「おかえり、莉音《りお》はお風呂《ふろ》入《はい》ってる」

「朱里《あかり》ちゃんたちと一緒《いっしょ》だったって？　楽《たの》しかった？」

両親《りょうしん》の声《こえ》には心配《しんぱい》も含《ふく》まれていて、私《わたし》はにこりと笑顔《えがお》を返《かえ》した。

「うん！　楽《たの》しかった！　文化祭《ぶんかさい》の準備期間《じゅんびきかん》はたまに遅《おそ》くなるかも」

「聞《き》いてるけど、無理《むり》だけはしないでね」

「わかってる！」

絶対《ぜったい》に心配《しんぱい》なのに、否定《ひてい》しないで受《う》け止《と》めてくれる両親《りょうしん》の優《やさ》しさには感謝《かんしゃ》してもしきれなかった。

「お、澪音《みお》ー！　遅《おそ》かったね？　どうだった？」

「莉音《りお》ねえ、聞《き》いて聞《き》いて！」

お風呂《ふろ》から出《で》てきた莉音《りお》ねぇを捕《つか》まえて、ソファに座《すわ》り込《こ》む。

「あのね、旭陽《あさひ》と一緒《いっしょ》に帰《かえ》ってきた！」

「えっ、急展開《きゅうてんかい》じゃん！　大丈夫《だいじょうぶ》だった？」

「わかんない。わかんないけどうれしくて！　あとね、小川《おがわ》の近道《ちかみち》に行《い》ったときに！」

とにかく先《さき》ほどまでにあった信《しん》じられない現実《げんじつ》を伝《つた》えたくて、とめどなく話《はな》し続《つづ》けた私《わたし》を、莉音《りお》ねぇはうれしそうに見《み》つめていた。

「よかったね、澪音《みお》」

「うん！」

旭陽《あさひ》との仲直《なかなお》りへ近《ちか》づく大《おお》きな第一歩《だいいっぽ》。

うれしくて落《お》ちつかなくて、その日《ひ》はすぐに眠《ねむ》ることができなかった。

翌日《よくじつ》のホームルームでは、文化祭《ぶんかさい》で行《おこな》う劇《げき》の演目《えんもく》を決《き》めることになった。

私《わたし》たちからは、昨日相談《きのうそうだん》したシンデレラの台本《だいほん》を提案《ていあん》する。

「じゃあ、もう他《ほか》に意見《いけん》なければこれで多数決《たすうけつ》でもいい？」

大輝《だいき》の仕切《しき》りで進《すす》んでいくホームルームを横《よこ》から眺《なが》めつつ、私《わたし》はこっそりと旭陽《あさひ》を見《み》つめていた。

「旭陽《あさひ》、前《まえ》にいるの似合《にあ》わねーな」

「わかるー」

「うるせーな。じゃあ、お前《まえ》ら代《か》われよ」

相変《あいか》わらずみんなと仲《なか》がいい旭陽《あさひ》は、前列《ぜんれつ》に座《すわ》るクラスメイトと雑談《ざつだん》を交《か》わしていた。

ただ、私《わたし》とは変《か》わらず一切視線《いっさいしせん》が合《あ》わなくて、昨日《きのう》の今日《きょう》でドキドキしながら登校《とうこう》した私《わたし》にとっては、正直拍子抜《しょうじきひょうしぬ》けだった。

朝《あさ》から様子《ようす》を気《き》にしてくれていた朱里《あかり》に申《もう》し訳《わけ》ないくらい変《か》わりなくて、昨日《きのう》の時間《じかん》は夢《ゆめ》だったのではないかと一人《ひとり》で不安《ふあん》になる。

「昨日《きのう》の時間《じかん》は、私《わたし》の妄想《もうそう》だったのかも」

「そんなわけないでしょ。ほら集中《しゅうちゅう》して多数決《たすうけつ》数《かぞ》えるよ」

教卓《きょうたく》に立《た》つ旭陽《あさひ》からは離《はな》れた黒板《こくばん》の端《はし》で思《おも》わずそう呟《つぶや》くと、隣《となり》で聞《き》いていた朱里《あかり》に笑《わら》いながら頭《あたま》を叩《たた》かれた。

結果《けっか》は圧倒的《あっとうてき》な多数《たすう》で、私《わたし》たちが提案《ていあん》した『リアル・シンデレラ』に決《き》まった。

早《はや》く終《お》わったホームルームを喜《よろこ》びながらクラスメイトが足早《あしばや》に帰《かえ》っていく中《なか》、私《わたし》たち四人《よにん》は教卓《きょうたく》に残《のこ》り自然《しぜん》と話《はな》し合《あ》いを始《はじ》めていた。

「無事《ぶじ》決《き》まってよかったなー」

「うん！　今日《きょう》のうちに次《つぎ》からの予定《よてい》も決《き》めちゃいたいね」

ホッとした様子《ようす》の朱里《あかり》と大輝《だいき》が伸《の》びをする。

内容《ないよう》が決《き》まって具体的《ぐたいてき》な計画《けいかく》が立《た》てられる状況《じょうきょう》になったけれど、なんとなく話《はなし》がまとまらない。私《わたし》たち四人《よにん》も気《き》が抜《ぬ》けて頭《あたま》が回《まわ》らなくなっていた。

通常運転《つうじょううんてん》で数分間《すうふんかん》の雑談《ざつだん》が行《おこな》われたあと、何《なに》か進《すす》めなければと焦《あせ》った私《わたし》は、黒板《こくばん》を振《ふ》り返《かえ》ってチョークを手《て》に取《と》った。

「いったん、最終日《さいしゅうび》までの日数《にっすう》を考《かんが》える？」

緊張《きんちょう》は消《き》えていないものの、昨日《きのう》よりは声《こえ》を発《はっ》しやすくなった空気《くうき》の中《なか》。

控《ひか》えめにそう伝《つた》えて、黒板全体《こくばんぜんたい》に大《おお》きく横線《よこせん》を引《ひ》く。

ぐーっと勢《いきお》いよく長《なが》い横線《よこせん》を引《ひ》くのは、なんだか気持《きも》ちがよかった。

線《せん》の右端《みぎはし》に今日《きょう》の日付《ひづけ》。左端《ひだりはし》には文化祭当日《ぶんかさいとうじつ》の五月三十一日《ごがつさんじゅういちにち》と書《か》いて振《ふ》り返《かえ》る。

それを合図《あいず》に思考《しこう》を巡《めぐ》らせ始《はじ》めた三人《さんにん》の視線《しせん》が集《あつ》まった。

「えーっと、何《なに》をやらなきゃいけないんだっけ？」

話《はな》しながら頭《あたま》を整理《せいり》するタイプの朱里《あかり》は、私《わたし》の黒板《こくばん》を見《み》てぶつぶつと呟《つぶや》き始《はじ》めた。

やらないといけないこと、かぁ。

朱里《あかり》に釣《つ》られるようにして、私《わたし》も頭《あたま》の中《なか》で想像《そうぞう》する。

はっきりと見《み》えない計画《けいかく》に困《こま》っていると、旭陽《あさひ》が教卓《きょうたく》にもたれていた体《からだ》を起《お》こし、私《わたし》の隣《となり》に立《た》った。

旭陽《あさひ》が動《うご》くだけで緊張《きんちょう》していた。

昨日《きのう》は少《すこ》し慣《な》れたと思《おも》っていたのに、やっぱり旭陽《あさひ》の反応《はんのう》の一《ひと》つひとつに緊張《きんちょう》する。

少《すこ》し強張《こわば》った体《からだ》を隠《かく》すように、チョークを置《お》いて黒板《こくばん》のすぐ近《ちか》くを譲《ゆず》った。

「こういうのは逆算《ぎゃくさん》したらいいんだよ。とりあえず余裕《よゆう》を持《も》ってこの週末《しゅうまつ》までには形《かたち》にしたい。ってことは？」

私《わたし》の描《か》いた大《おお》きな線《せん》に対《たい》して週間《しゅうかん》ごとに日付《ひづけ》を書《か》き足《た》し、振《ふ》り返《かえ》って考《かんが》えを求《もと》める。

「この週《しゅう》は全部《ぜんぶ》リハーサルに使《つか》いたいな」

「だと、制作《せいさく》はここまでだよね」

「でいくと、優先順位《ゆうせんじゅんい》は……」

旭陽《あさひ》の問《と》いかけを取《と》っかかりにしてスケジュールが見直《みなお》され、次々《つぎつぎ》と予定《よてい》が整理《せいり》されていく。

「おっけ、キャストはここまでで、大道具《おおどうぐ》は……」

私《わたし》たちが口《くち》にする言葉《ことば》をスラスラと表《ひょう》に書《か》き加《くわ》えていく様子《ようす》は、頼《たよ》りがいがあってかっこよかった。

器用《きよう》さとリーダーシップを発揮《はっき》する彼《かれ》の横《よこ》にいられることがうれしくて、私《わたし》もついつい笑顔《えがお》になる。

「ってなると、明日《あした》にはこれ決《き》めないとまずいと思《おも》うんだよね」

「それはそうだな。俺《おれ》、部活《ぶかつ》ないし時間作《じかんつく》るよ」

気《き》づけば、黒板《こくばん》を見《み》ながら二人《ふたり》で話《はな》し出《だ》していた私《わたし》たち。

考《かんが》え込《こ》んでから少《すこ》しして、教卓《きょうたく》のほうから生暖《なまあたた》かい視線《しせん》を感《かん》じた。

「安心《あんしん》したー。なんか懐《なつ》かしいね」

「そうだよな、不自然《ふしぜん》に距離空《きょりあ》けやがって」

冷《ひ》やかすような朱里《あかり》と大輝《だいき》の声《こえ》に勢《いきお》いよく振《ふ》り返《かえ》る。

教卓《きょうたく》に肘《ひじ》をついていた二人《ふたり》は、息《いき》ぴったりな表情《ひょうじょう》でニヤニヤとこちらを見《み》つめていた。

私《わたし》は、照《て》れくさくて赤《あか》くなってしまいそうな頬《ほお》を必死《ひっし》で抑《おさ》えて冷静《れいせい》を取《と》り繕《つくろ》う。

「別《べつ》にいつもどおりだよ！」

そう強《つよ》く言《い》い放《はな》った旭陽《あさひ》は、勢《いきお》いよくチョークを置《お》いて二人《ふたり》を睨《にら》みつけた。

不機嫌《ふきげん》に見《み》えるその行動《こうどう》が、どうしてか

今日《きょう》は怖《こわ》くなかった。

強《つよ》い口調《くちょう》の裏《うら》に隠《かく》れた旭陽《あさひ》の温《あたた》かい気持《きも》ちが垣間見《かいまみ》えた気《き》がして、私《わたし》もまた笑顔《えがお》を見《み》せていた。

それに気《き》づいた旭陽《あさひ》と視線《しせん》が交《まじ》わる。

その視線《しせん》の鋭《するど》さに私《わたし》は表情《ひょうじょう》を固《かた》めて笑顔《えがお》を崩《くず》した。

緊張感《きんちょうかん》が走《はし》るような沈黙《ちんもく》のあと、チョークを置《お》いた旭陽《あさひ》の手《て》がこちらに伸《の》びてくる。

「澪音《みお》も笑《わら》ってんなよ！」

「わっ、ちょっとチョーク持《も》った手《て》で触《さわ》らないで！」

じゃれ合《あ》う旭陽《あさひ》の顔《かお》は笑《わら》っていた。

その笑顔《えがお》はスローモーションに見《み》えるほど、念願叶《ねんがんかな》った旭陽《あさひ》の満面《まんめん》の笑《え》みだった。

うれしくて、懐《なつ》かしい気持《きも》ちに包《つつ》まれる。

もう二度《にど》と、自分《じぶん》にこの笑顔《えがお》が向《む》けられることはないと思《おも》っていた。

旭陽《あさひ》は、照《て》れ屋《や》で、素直《すなお》になれなくて、でもとっても優《やさ》しい人《ひと》。

知《し》っていたはずの人柄《ひとがら》を改《あらた》めて思《おも》い出《だ》して頬《ほお》が緩《ゆる》む。

——変《か》わってなかったんだ。ずっと。

「旭陽《あさひ》、照《て》れんなって」

「本当可愛《ほんとうかわい》いところあるよね」

「うっせー黙《だま》れ！」

はしゃいでいる三人《さんにん》を見《み》て笑《わら》っているときだった。

「……っ」

腰《こし》に激《はげ》しい痛《いた》みが走《はし》り、思《おも》わず痛《いた》む場所《ばしょ》を庇《かば》うように体《からだ》を折《お》り曲《ま》げてしまう。

声《こえ》にならない声《こえ》は三人《さんにん》には聞《き》こえておらず、三人《さんにん》は不思議《ふしぎ》そうにこちらを見《み》つめた。

「ん？　どした、澪音《みお》？」

「あ、あはは、なんか吊《つ》ったかも……」

引《ひ》きつり笑《わら》いでその場《ば》を誤魔化《ごまか》して、近《ちか》くの空《あ》いた席《せき》に腰《こし》をおろした。

簡単《かんたん》に信《しん》じて、すぐに話題《わだい》を変《か》えた三人《さんにん》にホッとしながら痛《いた》む場所《ばしょ》を小《ち》さく擦《さす》った。

自分《じぶん》の命《いのち》が残《のこ》り少《すく》ないと知《し》ってから、旭陽《あさひ》と仲直《なかなお》りして五年前《ごねんまえ》までの関係《かんけい》に戻《もど》りたいと願《ねが》っていた。

思《おも》っていたよりもずっと簡単《かんたん》に叶《かな》ってしまいそうなその夢《ゆめ》は、私《わたし》に新《あたら》しい望《のぞ》みを与《あた》えていく。

こんな幸《しあわ》せな日《ひ》がもっと続《つづ》いてほしい。
大好《だいす》きな人《ひと》たちとの日常《にちじょう》をずっと続《つづ》けていたい。
気《き》づけば、心《こころ》の底《そこ》からそう願《ねが》っていた。
だけど、病魔《びょうま》は確実《かくじつ》に私《わたし》の体《からだ》をむしばんでいたのだった——。

勇気《ゆうき》をくれる優《やさ》しさ

四月下旬《しがつげじゅん》となり、文化祭当日《ぶんかさいとうじつ》まで一《いっ》か月《げつ》となった。最近《さいきん》は、放課後《ほうかご》も文化祭《ぶんかさい》の準備《じゅんび》で残《のこ》ることが続《つづ》いている。

体力面《たいりょくめん》を心配《しんぱい》していたけれど、案外変《あんがいか》わりなく過《す》ごすことができていて私《わたし》はホッとしていた。

【今日《きょう》も放課後残《ほうかごのこ》るから大丈夫《だいじょうぶ》】

【おっけー、何《なに》かあったら連絡《れんらく》して】

莉音《りお》ねぇに先《さき》に帰《かえ》るようにと連絡《れんらく》をして、私《わたし》は再《ふたた》び準備《じゅんび》へと混《ま》ざった。

「澪音《みお》ちゃん、大道具《おおどうぐ》の準備《じゅんび》が若干遅《じゃっかんおく》れてるんだけど……」

大道具《おおどうぐ》の準備《じゅんび》を進《すす》めている女《おんな》の子《こ》に声《こえ》をかけられて、私《わたし》はスケジュールを確認《かくにん》する。

「どのくらい遅《おく》れてる？　一番最初《いちばんさいしょ》に欲《ほ》しいタイミングがね」

まとめてあるメモを探《さが》していると、目《め》ざとく現《あらわ》れた朱里《あかり》に肩《かた》を叩《たた》かれた。

「五月中旬《ごがつちゅうじゅん》！　ただそのときには絶対《ぜったい》にできあがっててほしいから、巻《ま》けるところは巻《まき》こうか。衣装《いしょう》は先《さき》に進《すす》んでるし、ちょっと人貸《ひとか》す？」

「キャストも日《ひ》によっては貸《か》せるよー」

遠《とお》くから大輝《だいき》の声《こえ》も聞《き》こえてきて、私《わたし》は頬《ほお》を緩《ゆる》めた。

「ありがとう。遅《おく》れ具合《ぐあい》を把握《はあく》してからお願《ねが》いすることにする！　いったん大道具《おおどうぐ》の今《いま》の状況《じょうきょう》教《おし》えて？」

配役《はいやく》はもちろん、衣装《いしょう》や小道具《こどうぐ》の担当《たんとう》など、決《き》めることはたくさんあった。けれど、多少《たしょう》の予定《よてい》のズレは、とっさの判断力《はんだんりょく》と行動力《こうどうりょく》でなんとかできてしまう朱里《あかり》と大輝《だいき》のおかげで、文化祭《ぶんかさい》の準備《じゅんび》は順調《じゅんちょう》に進《すす》んでいた。

「旭陽旭陽《あさひあさひ》！　隣《となり》のクラスもう帰《かえ》ってんだけど！　羨《うらや》ましくね？」

「よそはよそ。うちはうち」

「なんでー、俺《おれ》らも早《はや》く帰《かえ》りたくね？」

「ゴールデンウイークを丸々《まるまる》オフにさせてやろうっていう俺《おれ》らの優《やさ》しさがわからねーのかな、お前《まえ》らには！」

冗談《じょうだん》を言《い》うように肩《かた》に腕《うで》を回《まわ》し、文句《もんく》を言《い》うクラスメイトを作業場所《さぎょうばしょ》へと引《ひ》き戻《もど》す。

なんだかんだで作業《さぎょう》を進《すす》める男子《だんし》たちをまとめてくれている旭陽《あさひ》は、さすがのリーダーシップを備《そな》えていた。

優秀《ゆうしゅう》な委員《いいん》たちの中《なか》で私《わたし》も動《うご》けていることが誇《ほこ》らしい。

ニヤニヤしながら作業《さぎょう》を進《すす》めていると、突然後《とつぜんうし》ろから顔《かお》を覗《のぞ》き込《こ》まれた。

「何一人《なにひとり》で笑《わら》ってんの?」

あまりにも突然現《とつぜんあらわ》れた旭陽《あさひ》の顔《かお》に、驚《おどろ》きと恥《は》ずかしさで私《わたし》は固《かた》まってしまう。

「な、急《きゅう》に話《はな》しかけないでよ。びっくりするから」

裏返《うらがえ》りそうな変《へん》な声《こえ》でそう言《い》い切《き》るも、きっと顔《かお》は真《ま》っ赤《か》だった。

「なんでだよ。スケジュール表《ひょう》見《み》たかっただけだよ」

スッと私《わたし》の手《て》からメモを引《ひ》き抜《ぬ》いて去《さ》っていく旭陽《あさひ》を、ゆっくりと目《め》で追《お》いかける。

私《わたし》と旭陽《あさひ》の間《あいだ》には、以前《いぜん》ほどではないけれど自然《しぜん》な会話《かいわ》が増《ふ》えていた。うれしさは大《おお》きいものの、いつまでも慣《な》れずぎこちなくなってしまう自分《じぶん》が恥《は》ずかしい。

幼《おさな》いころのなんでも言《い》い合《あ》える親友《しんゆう》のような関係性《かんけいせい》に戻《もど》るには、もう少《すこ》し時間《じかん》がかかりそうだった。

「そろそろ帰《かえ》ろうー、おつー」

少《すこ》しずつ人《ひと》が減《へ》り、最後《さいご》まで作業《さぎょう》をしていた委員《いいん》の私《わたし》たちも教室《きょうしつ》をあとにする。

「今日《きょう》も頑張《がんば》ったねえ」

「だね、でも調子《ちょうし》いいよね？」

朱里《あかり》と話《はな》しながら帰《かえ》っていると、少《すこ》し前《まえ》を歩《ある》いていた大輝《だいき》が振《ふ》り返《かえ》り、後《うし》ろ向《む》きで歩《ある》き出《だ》した。

「野球部《やきゅうぶ》のやつらに他《ほか》クラスの様子《ようす》を聞《き》いてるけど、順調《じゅんちょう》なほうだと思《おも》うよ。俺《おれ》ら結構優秀《けっこうゆうしゅう》かもな⁉」

「そうやって調子《ちょうし》乗《の》ってると、あとで怖《こわ》いんだよなあ」

「そういうこと言《い》うなよ旭陽《あさひ》‼」

タイミングが重《かさ》なり、一緒《いっしょ》に帰《かえ》ることが増《ふ》えた四人《よにん》。

朱里《あかり》と大輝《だいき》は文化祭《ぶんかさい》の活動後《かつどうご》も部活《ぶかつ》の自主練《じしゅれん》に顔《かお》を出《だ》すことも多《おお》く、自然《しぜん》と旭陽《あさひ》と二人《ふたり》で帰《かえ》る日《ひ》も続《つづ》いていた。

「俺《おれ》、明日数学当《あしたすうがくあ》たる気《き》がしてんだけど」

「日直《にっちょく》？」

「そう。課題《かだい》やったら見《み》せてくんね？」

「嫌《いや》だよ。私数学《わたしすうがく》できないもん」

「澪音《みお》って、もっと真面目《まじめ》じゃなかったっけ」

「それは、旭陽《あさひ》こそ」

緊張《きんちょう》している私《わたし》と口数《くちかず》が多《おお》くない旭陽《あさひ》の帰《かえ》り道《みち》は、無言《むごん》の時間《じかん》も多《おお》い。

けれど、日《ひ》に日《ひ》に会話《かいわ》が増《ふ》えて、旭陽《あさひ》の笑顔《えがお》が見《み》られることも多《おお》くなっていて、私《わたし》はこの帰《かえ》り道《みち》が大好《だいす》きになっていた。

●　●　●　●　●　●　●　●　●　●　●　●　●

四月《しがつ》の頑張《がんば》りが功《こう》を奏《そう》して、私《わたし》たちは平穏《へいおん》なゴールデンウイークを迎《むか》えていた。

私《わたし》の連休《れんきゅう》の過《す》ごし方《かた》はというと、体調《たいちょう》のこともあり家族《かぞく》でのんびり過《す》ごす休日《きゅうじつ》になっていた。

もちろんそれも楽《たの》しくて大切《たいせつ》な時間《じかん》には変《か》わりない。

だけどゴールデンウイーク最終日《さいしゅうび》の今日《きょう》は、その中《なか》でも一番特別《いちばんとくべつ》で楽《たの》しみな日《ひ》だった。

「あっ、旭陽《あさひ》くん！　いらっしゃい！　入《はい》って入《はい》って！」

うれしそうな母《はは》の声《こえ》が聞《き》こえ、私《わたし》は庭《にわ》に出《だ》されたキャンプ用《よう》の椅子《いす》から玄関《げんかん》のほうを眺《なが》めた。

家《いえ》へは入《はい》らず、玄関《げんかん》から続《つづ》く通路《つうろ》を抜《ぬ》けて庭《にわ》へと顔《かお》を見《み》せた旭陽《あさひ》に、お肉《にく》を持《も》ったまま手《て》を振《ふ》る。

珍《めずら》しく緊張《きんちょう》したような面持《おもも》ちで、上《うわ》っ面《つら》の笑顔《えがお》を張《は》りつけた旭陽《あさひ》は、小《ちい》さくその手《て》を振《ふ》り返《かえ》した。

「旭陽《あさひ》ー！　来《き》てくれてありがとねー！　遠慮《えんりょ》せずどんどん食《た》べなよー！」

家《いえ》の中《なか》で野菜《やさい》を切《き》っていた莉音《りお》ねぇの大《おお》きな声《こえ》が響《ひび》き渡《わた》る。

ゴールデンウイーク最終日《さいしゅうび》の五月五日《ごがついつか》。

毎年恒例《まいとしこうれい》の花岡家《はなおかけ》のBBQ《バーベキュー》に旭陽《あさひ》が参加《さんか》するのは、小学四年生《しょうがくよねんせい》以来《いらい》、五年振《ごねんぶ》りのことだった。

『澪音《みお》？　ってあれ？　旭陽《あさひ》？　えー！　一《いっ》緒《しょ》に帰《かえ》ってんのなんて久々《ひさびさ》じゃん！』

事《こと》の発端《ほったん》は、文化祭《ぶんかさい》の活動《かつどう》終《お》わりに一緒《いっしょ》に下校《げこう》している私《わたし》たちが、莉音《りお》ねぇと遭遇《そうぐう》したことだった。

旭陽《あさひ》と話《はな》せるようになったという報告《ほうこく》をして毎日楽《まいにちたの》しいと伝《つた》えていたからこそ、実際《じっさい》に私《わたし》たちを目撃《もくげき》した莉音《りお》ねぇは信《しん》じられないハイテンションで旭陽《あさひ》を誘《さそ》ったのだった。

『旭陽《あさひ》、今年《ことし》ＢＢＱ《バーベキュー》しようよ！　部活忙《ぶかついそが》しくないんでしょ？』

『え？　いや……』

戸惑《とまど》った様子《ようす》の旭陽《あさひ》は、私《わたし》に助《たす》けを求《もと》めるように視線《しせん》を向《む》けた。

けれど、あいにく私《わたし》は、楽《たの》しそうな莉音《りお》

ねぇを止《と》める術《すべ》は持《も》ち合《あ》わせていない。

それに私《わたし》としても、ゴールデンウイークに旭陽《あさひ》と会《あ》える約束《やくそく》ができるのはとてもうれしかった。

『覚《おぼ》えてる？　五月五日《ごがついつか》の子供《こども》の日《ひ》だからね！』

『あ、ああ……』

結局《けっきょく》押《お》し切《き》られた旭陽《あさひ》はBBQ《バーベキュー》に参加《さんか》することになり、今日《きょう》を迎《むか》えている。


子供《こども》の日《ひ》のBBQ《バーベキュー》は、花岡家《はなおかけ》では私《わたし》が幼稚園生《ようちえんせい》のころからお決《き》まりのイベントだった。

両親《りょうしん》が共働《ともばたら》きで忙《いそが》しい旭陽《あさひ》を毎年招待《まいとししょうたい》して、一緒《いっしょ》にBBQ《バーベキュー》をしていた。

それがまたできるなんて、正直夢《しょうじきゆめ》みたいにうれしくて。

私《わたし》は、アウトドアチェアに座《すわ》ってお肉《にく》を食《た》べながら、その幸《しあわ》せを噛《か》みしめていた。

「ほんと久《ひさ》しぶりねえ！　元気《げんき》だった？」

「いや、会《あ》えば挨拶《あいさつ》してるじゃないですか」

「それとこれとは別《べつ》でしょ？　こんなふうに会《あ》うのは久《ひさ》しぶりじゃん」

以前《いぜん》の私《わたし》なんかより、ずっと慣《な》れた様子《ようす》で会話《かいわ》をする母《はは》と旭陽《あさひ》に、少《すこ》し複雑《ふくざつ》な気持《きも》ちになる。

私《わたし》が旭陽《あさひ》と距離《きょり》を置《お》いていた数年間《すうねんかん》もお母《かあ》さんとは変《か》わらず話《はな》す機会《きかい》があったなんて、と意味《いみ》のない嫉妬心《しっとしん》を芽生《めば》えさせて頬《ほお》を膨《ふく》らませた。

「ほら、こっち座《すわ》りなさい。手伝《てつだ》いなんていいから。澪音《みお》と莉音《りお》がやるから」

母《はは》から解放《かいほう》されたかと思《おも》えば、今度《こんど》は父《ちち》の隣《となり》に座《すわ》って談笑《だんしょう》に付《つ》き合《あ》わされる旭陽《あさひ》。

困《こま》ったように振《ふ》り回《まわ》されている旭陽《あさひ》は、学校《がっこう》での自由《じゆう》な彼《かれ》とはまた違《ちが》う可愛《かわい》らしさがあって、家族《かぞく》に馴染《なじ》むその姿《すがた》がうれしかった。

私《わたし》は突然感情《とつぜんかんじょう》が溢《あふ》れ出《だ》しそうになり、近《ちか》くにいた莉音《りお》ねぇの手《て》をギュッと握《にぎ》った。

「澪音《みお》、どした？」

優《やさ》しい莉音《りお》ねぇの声《こえ》に俯《うつむ》いたまま首《くび》を横《よこ》に振《ふ》る。

——泣《な》きそうだった。

旭陽《あさひ》の変《か》わらない優《やさ》しさを感《かん》じることができて、心《こころ》から望《のぞ》んでいた幼《おさな》なじみの旭陽《あさひ》がすぐ近《ちか》くにいる現実《げんじつ》が幸《しあわ》せだった。

お父《とう》さんと話《はな》している旭陽《あさひ》に目《め》を向《む》けると、すぐに視線《しせん》が交《まじ》わる。

見《み》ていたら今《いま》にも泣《な》いてしまいそうで、近《ちか》くにいる莉音《りお》ねぇを見上《みあ》げる形《かたち》で逸《そ》らした。

信《しん》じられないくらいに都合《つごう》よく叶《かな》ってしまいそうな現実《げんじつ》が幸《しあわ》せで、それと同時《どうじ》に初《はじ》めての感情《かんじょう》が芽生《めば》えていた。

幼《おさな》なじみだからじゃない。

旭陽《あさひ》の隣《となり》で、旭陽《あさひ》からの笑顔《えがお》を見《み》られることのうれしさを知《し》ってしまった。

私《わたし》の初恋《はつこい》は終《お》わっていなかった。

幼《おさな》なじみとして仲直《なかなお》りをする。そしたら自動的《じどうてき》に初恋《はつこい》の記憶《きおく》もいい思《おも》い出《で》に生《う》まれ変《か》わるのだと信《しん》じていたけれど、そう簡単《かんたん》にはいかないみたいだった。

「もっと、時間《じかん》があったらな……」

思《おも》い出《だ》しつつある恋心《こいごころ》を、これ以上望《いじょうのぞ》んではいけない現実《げんじつ》が苦《くる》しかった。

だけど、そんな気持《きも》ちは隠《かく》さなきゃいけない。

グッと堪《こら》えた感情《かんじょう》が莉音《りお》ねぇの手《て》に力強《ちからづよ》く伝《つた》わってしまい、なんとなく気持《きも》ちを察《さっ》した莉音《りお》ねぇに優《やさ》しく頭《あたま》を撫《な》でられた。

その優《やさ》しい手《て》のひらに涙腺《るいせん》が緩《ゆる》みそうになるのを堪《こら》えて、私《わたし》は莉音《りお》ねぇの手《て》を強《つよ》く握《にぎ》りしめていた。

旭陽《あさひ》が来《く》るからと、気合《きあい》を入《い》れてたくさん買《か》われた食材《しょくざい》。お肉《にく》も最初《さいしょ》の数切《すうき》れはおいしかったものの、胃《い》の不快感《ふかいかん》がしんどくて私《わたし》はすぐに箸《はし》を置《お》いた。

それからは食《た》べることはなかったけれど、お肉《にく》を焼《や》いたり飲《の》み物《もの》をいれたりして楽《たの》しくBBQ《バーベキュー》の時間《じかん》を過《す》ごしていた。

「なぁ、全然《ぜんぜん》食《く》ってねーじゃん。焼《や》くの代《か》わるよ」

「え？　いいよ……」

気《き》づいたら隣《となり》に立《た》っていた旭陽《あさひ》に驚《おどろ》いた私《わたし》は、相変《あいか》わらず自然体《しぜんたい》になれずに強張《こわば》った言葉《ことば》を返《かえ》す。

旭陽《あさひ》も旭陽《あさひ》で不自然《ふしぜん》に視線《しせん》を泳《およ》がせながらも、私《わたし》の手《て》から強引《ごういん》にトングを奪《うば》い取《と》った。

「ほら」

お皿《さら》に取《と》られたお肉《にく》を見《み》つめ、私《わたし》は眉《まゆ》を下《さ》げた。

せっかく旭陽《あさひ》が焼《や》いてくれたお肉《にく》。食《た》べたい気持《きも》ちはあるけれど、どうしても箸《はし》を取《と》る気《き》にはなれない。

「私《わたし》、もうお腹《なか》いっぱいなの！　ほら、実《じつ》は旭陽《あさひ》が来《く》る前《まえ》にいっぱいつまみ食《ぐ》いしちゃって」

適当《てきとう》な言《い》い訳《わけ》だった。旭陽《あさひ》は訝《いぶか》しげに眉《まゆ》をひそめて私《わたし》を見《み》つめた。

「食《く》い意地《いじ》はってんのは相変《あいか》わらずか」

「ばっ！　最低《さいてい》！　そんなことないし！」

「あははっ、図星《ずぼし》だろ」

確実《かくじつ》に小学生《しょうがくせい》のころに時間《じかん》が戻《もど》っていたと思《おも》う。

私《わたし》たちは、気《き》づいたらくだらない言《い》い合《あ》いをして笑《わら》い合《あ》っていた。

売《う》り言葉《ことば》に買《か》い言葉《ことば》で、思《おも》わず手《て》を振《ふ》り上《あ》げた私《わたし》の腕《うで》を旭陽《あさひ》の手《て》のひらが包《つつ》み込《こ》む。

腕《うで》に大《おお》きな手《て》のひらが触《ふ》れた途端《とたん》、私《わたし》ははっと正気《しょうき》に戻《もど》った。

大《おお》きくて、骨《ほね》ばった手《て》だった。小学四年生《しょうがくよねんせい》のころとは違《ちが》う、明《あき》らかに変《か》わった男《おとこ》の子《こ》の手《て》に私《わたし》は小《ちい》さく動揺《どうよう》していた。

不自然《ふしぜん》に静《しず》まった私《わたし》に、旭陽《あさひ》もはっとしてその手《て》を離《はな》す。

「冗談《じょうだん》だよ。腕細《うでほそ》すぎんじゃねーの、もっと食《く》えよ」

意地悪《いじわる》で、私《わたし》のことをからかってばかりだった旭陽《あさひ》が、女《おんな》の子《こ》扱《あつか》いをするような言《こと》葉《ば》を呟《つぶや》く。

視線《しせん》を逸《そ》らしたその横顔《よこがお》が素直《すなお》になりきれない照《て》れ隠《かく》しに見《み》えて、私《わたし》の胸《むね》は苦《くる》しいほど大《おお》きく高鳴《たかな》っていた。

だめ、もうやめて。幼《おさな》なじみでいいの。ここまでの感情《かんじょう》は思《おも》い出《だ》さなくていい。

これ以上《いじょう》は、きっと辛《つら》い。

自分《じぶん》が病気《びょうき》であることをあたかも思《おも》い出《だ》すかのように、ずしりと重《おも》く感《かん》じる体《からだ》を庇《かば》い椅子《いす》へと腰《こし》をおろす。

そのまま曖昧《あいまい》に笑《わら》い返《かえ》して、私《わたし》は旭陽《あさひ》から視線《しせん》を逸《そ》らした。

ＢＢＱ《バーベキュー》を楽《たの》しみ尽《つ》くした私《わたし》たちは片《かた》づけを終《お》えて、のんびりとした時間《じかん》を過《す》ごしていた。

「莉音《りお》ねぇ、冷《つめ》たいもの食《た》べたーい。アイスー」

座《すわ》った状態《じょうたい》でぱたぱたと足《あし》を振《ふ》りながら莉音《りお》ねぇを呼《よ》ぶと、代《か》わりにキッチンにいたお母《かあ》さんが冷凍庫《れいとうこ》を開《ひら》く音《おと》が聞《き》こえた。

「アイス売《う》り切《き》れ。買《か》ってきたら？　いつもＢＢＱ《バーベキュー》のあと行《い》ってたでしょ？」

お母《かあ》さんの言《い》うとおり、ＢＢＱ《バーベキュー》や食事《しょくじ》を一緒《いっしょ》にしたあと、アイスを買《か》って食《た》べるのは私《わたし》たちの恒例《こうれい》だった。

莉音《りお》ねぇと旭陽《あさひ》の三人《さんにん》で、お小遣《こづか》いをもらってコンビニへと行《い》っていた記憶《きおく》が鮮明《せんめい》に蘇《よみがえ》る。

「たしかによく行《い》ってたな」

「ね、懐《なつ》かしいよね」

莉音《りお》ねぇと話《はな》す旭陽《あさひ》の声《こえ》が聞《き》こえて、覚《おぼ》えていてくれたことにうれしくなった。

「莉音《りお》ねぇ行《い》こう！」

「私《わたし》はいいから、二人《ふたり》で行《い》ってきな！」

莉音《りお》ねぇが楽《たの》しそうにそう告《つ》げて、旭陽《あさひ》の背中《せなか》を押《お》した。

押《お》し出《だ》されるように私《わたし》の目《め》の前《まえ》に立《た》った旭陽《あさひ》に、戸惑《とまど》って莉音《りお》ねぇを見《み》つめる。

その目《め》は、私《わたし》に二人《ふたり》の時間《じかん》を過《す》ごすチャンスだと伝《つた》えていた。

私《わたし》は少《すこ》し不安《ふあん》になった心《こころ》を隠《かく》すように小《ちい》さく頷《うなず》いた。

少《すこ》し前《まえ》を歩《ある》く旭陽《あさひ》に、遅《おく》れてついていく。

今日《きょう》は初夏《しょか》をうっすら感《かん》じさせるカラッとした陽気《ようき》で、私《わたし》はコンビニへ向《む》かいながら、ぼんやりと当時《とうじ》のことを思《おも》い出《だ》していた。

「旭陽《あさひ》は、案外変《あんがいか》わってないね」

少《すこ》しずつ会話《かいわ》は増《ふ》えてきていたし距離《きょり》が縮《ちぢ》まった気《き》もしていたけれど、今日《きょう》はとくに以《い》前《ぜん》の旭陽《あさひ》を感《かん》じる時間《じかん》が多《おお》かった。

ぽつりと呟《つぶや》いた声《こえ》はしっかりと届《とど》いていたようで、旭陽《あさひ》は歩《ある》く速度《そくど》を緩《ゆる》めた。

「なんだよ、急《きゅう》に」

四月《しがつ》の初《はじ》めのころと変《か》わらないはずなのに、不思議《ふしぎ》と柔《やわ》らかく聞《き》こえる旭陽《あさひ》の口調《くちょう》。

気《き》づけば私《わたし》は幼《おさな》いころのように、思《おも》うがままに言葉《ことば》を紡《つむ》いでいた。

「私《わたし》ね、本当《ほんとう》は旭陽《あさひ》と仲直《なかなお》りがしたくて。前《まえ》みたいに話《はな》せるようになりたいって思《おも》ってたの」

大好《だいす》きで信頼《しんらい》できる最高《さいこう》の幼《おさな》なじみだった旭陽《あさひ》に、隠《かく》し事《ごと》はなかった。

思《おも》ったことをそのままに、気楽《きらく》に伝《つた》えられていた過去《かこ》を思《おも》い出《だ》し、私《わたし》は口角《こうかく》を上《あ》げる。

旭陽《あさひ》は足《あし》を止《と》め「なんだそれ」と呟《つぶや》いた。

その呟《つぶや》きに、小《ちい》さな温《あたた》かさを感《かん》じた私《わたし》。仲違《なかたが》いをして以来《いらい》、向《む》けられなかった旭陽《あさひ》の温《あたた》かさを感《かん》じられてやっぱりうれしくなる。

「別《べつ》に、喧嘩《けんか》はしてねーだろ」

だけど、しばらくして旭陽《あさひ》の口《くち》から飛《と》び出《だ》したのは、言《い》い訳《わけ》をするような物言《ものい》いだった。

驚《おどろ》いた私《わたし》は、反射的《はんしゃてき》に口《くち》を開《ひら》く。

「したよ！　旭陽《あさひ》が突然《とつぜん》『澪音《みお》と一緒《いっしょ》にいたくない』って言《い》ったんだよ！　もしかして覚《おぼ》

えてないの？」

私《わたし》はその言葉《ことば》に酷《ひど》く傷《きず》ついて。

あの日《ひ》に、恋心《こいごころ》が一瞬《いっしゅん》で散《ち》るという、あまりにも空虚《くうきょ》な気持《きも》ちを知《し》ったのだ。

「え？　そんなこと言《い》ってねーよ」

「言《い》ったもん！　酷《ひど》い！　私《わたし》それずっと、今《いま》まで気《き》にしてたんだよ!?」

あるはずの事実《じじつ》をはっきりと否定《ひてい》する旭陽《あさひ》にショックを受《う》け、立《た》ち止《ど》まってしまう私《わたし》。

旭陽《あさひ》も旭陽《あさひ》で立《た》ち止《ど》まって、困《こま》ったようにこちらを見《み》つめていた。

ただの過去《かこ》の出来事《できごと》と言《い》われてしまえばそうだけれど、私《わたし》にはショックが大《おお》きかった。

だって、話《はな》せなくなってしまったまま私《わたし》は入院《にゅういん》して。そして、あと数《すう》か月《げつ》しか命《いのち》がない今《いま》、やっと話《はな》せるようになったんだよ？

違《ちが》うんだとしたら、こんな最悪《さいあく》な時間《じかん》の過《す》ごし方《かた》、もったいなさすぎるよ……。

悔《くや》しさでいっぱいの胸《むね》の中《なか》、私《わたし》は間違《まちが》ってなどいないはずの当時《とうじ》の記憶《きおく》を振《ふ》り返《かえ》っていた。

小学四年生《しょうがくよねんせい》の初《はじ》めのころ、だったと思《おも》う。

私《わたし》と旭陽《あさひ》は、校内《こうない》のクラブ活動《かつどう》で野球《やきゅう》チームに入《はい》っていた。

地域《ちいき》のチームは男《おとこ》の子《こ》たちのチームしかなかったから、遊《あそ》びみたいなものでも男女《だんじょ》混合《こんごう》で野球《やきゅう》ができるクラブ活動は楽《たの》しかった。

何《なに》より、いつも応援《おうえん》している旭陽《あさひ》と同《おな》じチームで野球《やきゅう》ができることがうれしかった。

『旭陽《あさひ》！　キャッチボール！』

ウォーミングアップのペアは、活動《かつどう》に参加《さんか》するようになってからずっと旭陽《あさひ》と組《く》んでいて、私《わたし》はそこに疑問《ぎもん》を持《も》つことすらなかった。

帰《かえ》ってからも一緒《いっしょ》に練習《れんしゅう》をしていたし、旭陽《あさひ》のアドバイスは的確《てきかく》で自分《じぶん》でも自覚《じかく》できるくらい投《な》げるボールが変《か》わったり打《う》てるようになったりするのがうれしかったから。

だけどその日《ひ》は違《ちが》った。

『女子《じょし》とやれよ。俺《おれ》、澪音《みお》と一緒《いっしょ》にいたくない』

大《おお》きな声《こえ》で言《い》われた旭陽《あさひ》の否定的《ひていてき》な言葉《ことば》に私《わたし》は立《た》ち尽《つ》くした。

あたり一帯《いったい》に聞《き》こえたであろうその声《こえ》に、ざわざわと嫌《いや》な声《こえ》が溢《あふ》れる。

視線《しせん》を浴《あ》び、さらに強《つよ》く否定《ひてい》されたことが恥《は》ずかしくて、私《わたし》は今《いま》にも泣《な》きそうだった。

そのまま旭陽《あさひ》からは視線《しせん》を逸《そ》らし、当時同《とうじおな》じ野球《やきゅう》チームに所属《しょぞく》していた朱里《あかり》の元《もと》へと走《はし》った。

否定《ひてい》された理由《りゆう》を聞《き》くのも怖《こわ》くて、でもきっと嫌《きら》われたことはわかったから。

その日《ひ》を境《さかい》に、応援《おうえん》に行《い》くこともクラブ活動《かつどう》に参加《さんか》することも一緒《いっしょ》に登下校《とうげこう》をすることもやめた。

——怖《こわ》かったんだ。

もう一度《いちど》あの言葉《ことば》をぶつけられるのが。

それに、もともと旭陽《あさひ》と一緒《いっしょ》にいたくて入《はい》っただけのクラブ活動《かつどう》だったし。

旭陽《あさひ》といられないのなら野球《やきゅう》をしたいという気持《きも》ちもなかった。

旭陽《あさひ》と過《す》ごさなくなった私《わたし》は、同《おな》じ活動《かつどう》をしていた朱里《あかり》と多《おお》くの時間《じかん》を過《す》ごすようになっていった。

最初《さいしょ》は少《すこ》しだけ寂《さび》しかったけれど、いつまでも幼《おさな》なじみにべったりなのもちょっとおかしいよね、と子供《こども》ながらに納得《なっとく》した。

そんな関係性《かんけいせい》にも落《お》ちついてきた最中《さなか》に体調《たいちょう》を崩《くず》した私《わたし》は、入院《にゅういん》する形《かたち》で旭陽《あさひ》から離《はな》れることになった。

旭陽《あさひ》とのすれ違《ちが》いは、それからなのだ。それ以来五年間《いらいごねんかん》、会話《かいわ》することがなかった。

まさか、間違《まちが》えているはずがない。

当時《とうじ》から一緒《いっしょ》にいる朱里《あかり》だって大輝《だいき》だって覚《おぼ》えているはずの事実《じじつ》だった。


「旭陽《あさひ》が、私《わたし》といるのが嫌《いや》だって言《い》ったんだよ？」

「いや……え……？」

覚《おぼ》えのない様子《ようす》に、私《わたし》も困惑《こんわく》する。

「え……まさか、噂《うわさ》が嫌《いや》で距離《きょり》を置《お》いたことはあったけど、それじゃねーよな……？」

「噂《うわさ》？　そんなの私《わたし》知《し》らないよ……。突然言《とつぜんい》われたんだもん」

気《き》づけば向《む》かい合《あ》って言《い》い合《あ》っていた私《わたし》たちは、自《みずか》らの記憶《きおく》を探《さぐ》るように黙《だま》り込《こ》んだ。

少《すこ》しの間《ま》を置《お》いて、旭陽《あさひ》の口《くち》が開《ひら》かれる。

旭陽《あさひ》も当時《とうじ》のことを思《おも》い返《かえ》していたようだった。

「俺《おれ》からしたら先《さき》に離《はな》れたのはお前《まえ》だよ。何《なに》も言《い》わずに急《きゅう》に転校《てんこう》して。特別《とくべつ》な幼《おさな》なじみだと思《おも》ってたのに、いなくなるその日《ひ》まで俺《おれ》は何《なに》も知《し》らなかった」

当時《とうじ》の小学校《しょうがっこう》では転校《てんこう》だと伝《つた》えられていた、私《わたし》の入院期間《にゅういんきかん》。

本当《ほんとう》はがんが見《み》つかって、治療《ちりょう》に専念《せんねん》するために院内学級《いんないがっきゅう》に切《き》り替《か》えたのだけど。

家族《かぞく》が悲《かな》しむ姿《すがた》を見《み》てしまった私《わたし》は、これ以上誰《いじょうだれ》にも病気《びょうき》だなんて伝《つた》えたくなくて、その一心《いっしん》で当時《とうじ》の担任《たんにん》の先生《せんせい》に、『本当《ほんとう》の理由《りゆう》は言《い》わないでほしい』と懇願《こんがん》した。

先生《せんせい》は戸惑《とまど》いながらも私《わたし》の意思《いし》を尊重《そんちょう》してくれて、旭陽《あさひ》だけじゃなく朱里《あかり》にも大輝《だいき》にも、クラスメイトの誰一人《だれひとり》にも、本当《ほんとう》のことは伝《つた》えないでいてくれた。

「それはっ、だって、いろいろ急《きゅう》なことだったし……。それに私《わたし》は旭陽《あさひ》に嫌《きら》われてると思《おも》ってたから報告《ほうこく》もできなくて」

お互《たが》いの思《おも》い違《ちが》いに驚《おどろ》きながらも、五年《ごねん》の月日《つきひ》はあまりにも長《なが》すぎて、私《わたし》は引《ひ》くに引《ひ》けない気持《きも》ちで旭陽《あさひ》を見《み》つめていた。

少《すこ》しの沈黙《ちんもく》のあと、簡単《かんたん》に折《お》れたのは旭陽《あさひ》のほうだった。

「俺《おれ》の、言《い》い方《かた》が下手《へた》くそだったんだよな。それはまぁ正直自覚《しょうじきじかく》あるし」

意地《いじ》っ張《ぱ》りで負《ま》けず嫌《ぎら》い。優《やさ》しいけれど不器用《ぶきよう》な彼《かれ》が、こんなふうに簡単《かんたん》に非《ひ》を認《みと》めるのは意外《いがい》なことだった。

それは私《わたし》の知《し》らない旭陽《あさひ》で、それがまたずいぶんと大人《おとな》っぽく魅力的《みりょくてき》に見《み》えた。

——絶対言《ぜったいい》ったよ。鮮明《せんめい》に思《おも》い出《だ》せるもん。

そんなふうに用意《ようい》されていた言《い》い返《かえ》す言葉《ことば》は出《で》ず、私《わたし》も少《すこ》し背伸《せの》びをして、旭陽《あさひ》の心《こころ》を素直《すなお》に受《う》け取《と》ることにした。

「それは……じゃあ、旭陽《あさひ》は私《わたし》のこと嫌《きら》ってたわけじゃないってことだよね？」

「いや別《べつ》に……、もともとそんなこと言《い》ってねーし」

恥《は》ずかしそうに視線《しせん》を逸《そ》らす彼《かれ》は、直球《ちょっきゅう》な言葉《ことば》には弱《よわ》いみたい。

だけど十二分《じゅうにぶん》に伝《つた》わる心《こころ》に、私《わたし》はうれしくなって隣《となり》に並《なら》んだ。

「なんだ、じゃあもっと早《はや》く話《はな》しかけたらよかった。ずーっと睨《にら》まれてる気《き》がしてたんだもん」

「それは、俺《おれ》だって転校《てんこう》とか大事《だいじ》なこと伝《つた》えてもらえないなんて、大《たい》した仲《なか》だと思《おも》われてなかったんだって、そう思《おも》ってて」

気《き》まずそうに語尾《ごび》を誤魔化《ごまか》す旭陽《あさひ》に、私《わたし》は上《あ》がっていく口角《こうかく》を隠《かく》していた。

「じゃあこれからは、前《まえ》みたいに一緒《いっしょ》にいてもいい？　登下校《とうげこう》も一緒《いっしょ》にしてくれる？」

「な、なに言《い》ってんのお前《まえ》。やだよ、またからかわれるだろ」

突《つ》っぱねて、早足《はやあし》で歩《ある》き始《はじ》める旭陽《あさひ》。

「なんでよ、けちー！」

私《わたし》が慌《あわ》ててあとを追《お》うと、旭陽《あさひ》はその足《あし》を少《すこ》しだけ緩《ゆる》める。

その口角《こうかく》がほんの少《すこ》し上《あ》がっていることが後《うし》ろから確認《かくにん》できて、私《わたし》は胸《むね》が高鳴《たかな》るのを感《かん》じていた。

口《くち》も態度《たいど》も素《そ》っ気《け》ないけれど、一度《いちど》気《き》づいてしまえば心《こころ》の温《あたた》かさは隠《かく》し切《き》れない。

「旭陽《あさひ》！　これからもよろしくねっ！」

うれしくてそう微笑《ほほえ》むと、旭陽《あさひ》はため息交《いきま》じりに「ああ」と頷《うなず》いた。


文化祭《ぶんかさい》の準備《じゅんび》も佳境《かきょう》を迎《むか》えた五月下旬《ごがつげじゅん》。

私《わたし》は放課後《ほうかご》の準備時間《じゅんびじかん》を抜《ぬ》けて、病院《びょういん》へと来《き》ていた。

「お薬《くすり》は効《き》いていますか？」

「はい。薬《くすり》のおかげで毎日楽《まいにちたの》しく過《す》ごせています」

小学四年生《しょうがくよねんせい》からお世話《せわ》になっている主治医《しゅじい》の先生《せんせい》と、もう慣《な》れてしまったやりとりをする。

薬《くすり》の量《りょう》が適切《てきせつ》かどうか、痛《いた》みはコントロールできているのか。

そんな会話《かいわ》をして薬《くすり》をもらって帰《かえ》るだけの通院《つういん》は、意味《いみ》がないようで私《わたし》の日常《にちじょう》を守《まも》る何《なに》より大切《たいせつ》な時間《じかん》だった。

痛《いた》ければどんどん増《ふ》やしていいと言《い》われていた薬《くすり》は、どうやら麻薬《まやく》の一種《いっしゅ》らしい。

以前《いぜん》、治療薬《ちりょうやく》の名前《なまえ》を自分《じぶん》で調《しら》べてしまって、飲《の》み続《つづ》けることで現《あらわ》れるであろう、副《ふく》作用《さよう》についても知《し》ってしまった。

それからは、怖《こわ》くてたまらなくなった。薬《くすり》を強《つよ》くすることに恐怖《きょうふ》を覚《おぼ》え、わざと量《りょう》を減《へ》らして飲《の》むようにしていたときがあったほど。

だけど、そのときはすぐに耐《た》えられない痛《いた》みに襲《おそ》われた。自分《じぶん》の体《からだ》が思《おも》いどおりにならず自由《じゆう》に動《うご》くこともできないほど、体中《からだじゅう》を激痛《げきつう》が襲《おそ》った。

普通《ふつう》を取《と》り繕《つくろ》って学校《がっこう》に通《かよ》えていても、余命宣告《よめいせんこく》をされた現実《げんじつ》は変《か》わらない。

容態《ようだい》が悪化《あっか》していないように見《み》えても薬《くすり》の量《りょう》は増《ふ》えていて、痛《いた》みのコントロールがされているだけなのだ。

私《わたし》の平穏《へいおん》な日々《ひび》は、この薬《くすり》のおかげで守《まも》られている。

「文化祭《ぶんかさい》、よかったら先生《せんせい》も見《み》に来《き》てください！　私《わたし》委員《いいん》になって、頑張《がんば》っているので！」

週末《しゅうまつ》に迫《せま》った文化祭《ぶんかさい》のチケットを主治医《しゅじい》の先生《せんせい》に渡《わた》す。

先生《せんせい》は、私《わたし》の気持《きも》ちに寄《よ》り添《そ》うように優《やさ》しくチケットを受《う》け取《と》ってくれた。


診察《しんさつ》を終《お》えた私《わたし》は、家《いえ》へ帰《かえ》ることなくもう一度《いちど》学校《がっこう》へと戻《もど》っていた。

最近《さいきん》は文化祭《ぶんかさい》の準備《じゅんび》に延長申請《えんちょうしんせい》が認《みと》められて、どのクラスでも夜遅《よるおそ》くまで作業《さぎょう》が行《おこな》われている。私《わたし》たちのクラスでも延長作業《えんちょうさぎょう》をしているから、通院《つういん》のあとも学校《がっこう》へ戻《もど》るようにしていた。

【今日《きょう》も文化祭《ぶんかさい》の準備《じゅんび》してから帰《かえ》るね】

莉音《りお》ねぇには欠《か》かさず連絡《れんらく》をする。

文化祭《ぶんかさい》で遅《おそ》くなる日《ひ》は基本的《きほんてき》に旭陽《あさひ》と一緒《いっしょ》に帰《かえ》ることになるから、莉音《りお》ねぇも安心《あんしん》しているようで、可愛《かわい》らしい動物《どうぶつ》のスタンプが送《おく》られてきた。

「失礼《しつれい》します。先生《せんせい》これ」

学校《がっこう》について職員室《しょくいんしつ》に立《た》ち寄《よ》り、病院《びょういん》からの手紙《てがみ》を先生《せんせい》に託《たく》す。

「おぉ、了解《りょうかい》。保健室《ほけんしつ》の先生《せんせい》にも渡《わた》しておく」

詳《くわ》しくは言《い》わなくても意図《いと》は伝《つた》わり、私《わたし》は小《ちい》さく会釈《えしゃく》をした。

ギリギリまで普通《ふつう》の日常《にちじょう》を送《おく》りたいと願《ねが》う私《わたし》には、たくさんの人《ひと》たちの協力《きょうりょく》が必要《ひつよう》だった。

「最近《さいきん》は変《か》わりない？　毎日遅《まいにちおそ》いんだろ？　無理《むり》しないで帰《かえ》れるときは帰《かえ》れよ」

「うん、大丈夫《だいじょうぶ》。みんなも頑張《がんば》ってるし」

「花岡《はなおか》、あのな……」

みんなと私《わたし》は違《ちが》うから。そう言《い》いたげな先生《せんせい》の視線《しせん》を感《かん》じ取《と》り、私《わたし》は首《くび》を横《よこ》に振《ふ》った。

「私《わたし》が一緒《いっしょ》に頑張《がんば》りたいんです。大丈夫《だいじょうぶ》、絶対迷惑《ぜったいめいわく》はかけないから」

痛《いた》みがコントロールできている今《いま》の状態《じょうたい》なら、薬《くすり》を飲《の》むタイミングさえ間違《まちが》えなければ迷惑《めいわく》をかけることはきっとない。

はっきりと言《い》い切《き》った私《わたし》に、先生《せんせい》は心配《しんぱい》そうな顔《かお》のまま頷《うなず》いた。

用事《ようじ》を済《す》ませた私《わたし》は、ゆっくりと教室《きょうしつ》へと続《つづ》く階段《かいだん》をのぼっていた。

本当《ほんとう》は急《いそ》いで教室《きょうしつ》まで行《い》きたいけれど、階段《かいだん》をのぼるだけで息《いき》が上《あ》がってしまう。

抜《ぬ》けさせてもらった罪悪感《ざいあくかん》を募《つの》らせながらゆっくりと教室《きょうしつ》まで向《む》かうと、廊下《ろうか》にまで女《おんな》の子《こ》の不穏《ふおん》な声《こえ》が漏《も》れていた。

「てゆーか！　みんなには残《のこ》れって言《い》っておいて自分《じぶん》だけ抜《ぬ》けるとかどういうこと!?　最低《さいてい》じゃない!?」

はっきりと聞《き》こえたその内容《ないよう》に、思《おも》い当《あ》たる節《ふし》があった私《わたし》は思《おも》わず足《あし》を止《と》める。

「わかる、そもそも全員参加《ぜんいんさんか》で楽《たの》しもうって空気《くうき》がだるいよねー」

その声《こえ》が同《おな》じクラスの少《すこ》し派手《はで》めな女《おんな》の子《こ》たちのものであることは、口調《くちょう》で伝《つた》わってきた。

比較的協力的《ひかくてききょうりょくてき》な私《わたし》たちのクラスには、みんなで頑張《がんば》ろう！という空気《くうき》がある。それを私《わたし》はとてもうれしく感《かん》じていた。

けれどもちろん、全員《ぜんいん》がそんな気持《きも》ちでいてくれるはずなんてない。否定的《ひていてき》な人《ひと》だっているのは当然《とうぜん》だし、そう思《おも》われたって仕方《しかた》がない。

心《こころ》では納得《なっとく》して理解《りかい》を示《しめ》そうとするけれど、内心《ないしん》はやっぱりショックだった。

教室《きょうしつ》のドアの前《まえ》にはついたものの、入《はい》るタイミングを失《うしな》ってなんとなく廊下《ろうか》の壁《かべ》にもたれかかる。

「これ終《お》わったら帰《かえ》ろうよ、文化祭《ぶんかさい》とか正直《しょうじき》どうでもいいし」

「そうしよー。てか、これもうテキトーでいいっしょ！」

その女《おんな》の子《こ》たちは、キャストではなく劇《げき》の装飾《そうしょく》を作《つく》ってくれているはずだった。

手伝《てつだ》ってくれている人《ひと》にどうこう言《い》うのは気《き》が引《ひ》けるけれど、みんなで作《つく》り上《あ》げる劇《げき》の一部《いちぶ》を雑《ざつ》に扱《あつか》われるのは少《すこ》し違《ちが》う。

教室《きょうしつ》に入《はい》って止《と》めようか、でも私《わたし》が抜《ぬ》けていたことは事実《じじつ》だし、火《ひ》に油《あぶら》を注《そそ》いでしまうだろうか。

足踏《あしぶ》み状態《じょうたい》が続《つづ》き、自然《しぜん》と地面《じめん》に向《む》かって傾《かたむ》いていく私《わたし》の頭《あたま》。

「なぁ、進《すす》んでる？」

その顔《かお》を上《あ》げさせたのは、教室《きょうしつ》から聞《き》こえてきた旭陽《あさひ》の声《こえ》だった。

「えー、旭陽《あさひ》じゃん、進《すす》むわけなくね？　てか遊《あそ》び行《い》こうよ！」

部《ぶ》の活動《かつどう》が少《すく》ない旭陽《あさひ》は、この女《おんな》の子《こ》たちと一緒《いっしょ》に遊《あそ》ぶことも多《おお》かったはず。

そんな旭陽《あさひ》からの声《こえ》がけに、どこかうれしそうに女《おんな》の子《こ》は声《こえ》の高《たか》さを変《か》えた。

こんなところで改《あらた》めて旭陽《あさひ》の人気《にんき》を目《ま》の当《あ》たりにし、複雑《ふくざつ》な感情《かんじょう》に襲《おそ》われる。

「はぁー⁉ 終《お》わらせなきゃ俺《おれ》が困《こま》るんだよ！ ほら一緒《いっしょ》にやるぞ！」

声《こえ》が近《ちか》くなり、旭陽《あさひ》が女《おんな》の子《こ》たちと一緒《いっしょ》に作業《さぎょう》を始《はじ》めたことがわかった。

「なんで？ 旭陽《あさひ》そういうタイプだっけ⁉ 別《べつ》にやらなくてよくない？ だって澪音《みお》は抜《ぬ》けてんじゃん！」

聞《き》こえてきた愚痴《ぐち》に、やっぱり私《わたし》のことだったのだとわかり、心臓《しんぞう》が掴《つか》まれたように苦《くる》しくなる。

だけど、旭陽《あさひ》が声《こえ》をかけてくれてよかった。私《わたし》が入《はい》っていたらきっとさらに揉《も》めていた。

そう思《おも》うようにして、苦《くる》しい心《こころ》を押《お》さえつける。

「大事《だいじ》な予定《よてい》あんだって。予定終《よていお》わったら戻《もど》ってくるって言《い》ってた。それに休《やす》み時間《じかん》も家《いえ》帰《かえ》ってからも働《はたら》いてんだから、用事《ようじ》あるときくらい力《ちから》になりたいって思《おも》うじゃん。あんなに真剣《しんけん》なやつがいたら、頑張《がんば》ろって思《おも》わねえ？」

そのまま聞《き》いていると、旭陽《あさひ》のそんな言葉《ことば》が聞《き》こえてきて、私《わたし》は思《おも》わず声《こえ》のほうを振《ふ》り返《かえ》った。

振《ふ》り返《かえ》っても、廊下《ろうか》にいる私《わたし》には教室《きょうしつ》と廊下《ろうか》を隔《へだ》てる壁《かべ》しか見《み》えないけれど。

――旭陽《あさひ》がそんなふうに考《かんが》えてくれているなんて思《おも》わなかった。

思《おも》っていたよりもずっと私《わたし》のことを見《み》てくれていた旭陽《あさひ》に、胸《むね》が高鳴《たかな》る。

温度《おんど》が上《あ》がる頬《ほお》を両手《りょうて》のひらで包《つつ》み込《こ》んで丸《まる》くなった。

「旭陽《あさひ》……はっず！　それ本気《ほんき》で言《い》ってんの⁉」

「あはは、似合《にあ》わなすぎて拍子抜《ひょうしぬ》けしたんだけど‼　やろやろ」

少《すこ》しの沈黙《ちんもく》のあと賑《にぎ》やかな笑《わら》い声《ごえ》が聞《き》こえ、作業《さぎょう》は再開《さいかい》されたようだった。

「お前《まえ》らまじ、はっ倒《たお》すぞ」

からかわれた旭陽《あさひ》の口《くち》が悪《わる》いのはいつものことだけれど、教室《きょうしつ》には楽《たの》しそうな空気《くうき》が流《なが》れていいてホッとする。

私《わたし》は押《お》さえていた頬《ほお》を小《ちい》さく叩《たた》いて立《た》ち上《あ》がった。

見てくれている人がいる。

旭陽《あさひ》の言葉《ことば》には、私《わたし》に頑張《がんば》る勇気《ゆうき》を与《あた》えてくれた。

「ごめん、みんな放課後《ほうかご》までありがとう……！」

少《すこ》しの気《き》まずさを胸《むね》に教室《きょうしつ》へ入《はい》ると、声《こえ》の主《ぬし》だった女《おんな》の子《こ》と視線《しせん》が交《まじ》わった。

聞《き》かなかったふりをしようと決《き》めてはいたものの、不自然《ふしぜん》な笑顔《えがお》を張《は》りつけるしかなくて、妙《みょう》な空気《くうき》が流《なが》れる。

「ほんとだよー！　うちら超頑張《ちょうがんば》ってるでしょ？　ほら、澪音《みお》も早《はや》く手伝《てつだ》って！」

女《おんな》の子《こ》の大《おお》きな動作《どうさ》に、隣《となり》にいた旭陽《あさひ》が大《おお》げさに身《み》を仰《の》け反《ぞ》らせる。

「ばか！　刷毛《はけ》振《ふ》り回《まわ》すんじゃねえ、絵《え》の具《ぐ》が飛《と》ぶだろ！」

私《わたし》は思《おも》わず、張《は》りつけた笑顔《えがお》なんて必要《ひつよう》ないくらいに自然《しぜん》に笑《わら》ってしまった。

みんな本当《ほんとう》は優《やさ》しいんだ。

そんないい部分《ぶぶん》を引《ひ》き出《だ》せる旭陽《あさひ》を、改《あらた》めて尊敬《そんけい》していた。

私《わたし》だけじゃなく、みんなが文化祭《ぶんかさい》を楽《たの》しかったと思《おも》えるように頑張《がんば》りたい。

刷毛《はけ》を受《う》け取《と》って、作業《さぎょう》をする旭陽《あさひ》の隣《となり》にしゃがむ。

視線《しせん》が合《あ》った旭陽《あさひ》は、小《ちい》さく口角《こうかく》を上《あ》げて笑《わら》っていた。

初恋《はつこい》の気持《きも》ち【旭陽《あさひ》side】

その日《ひ》の準備活動《じゅんびかつどう》を終《お》えて、澪音《みお》は先生《せんせい》へと放課後活動《ほうかごかつどう》の報告《ほうこく》に行《い》った。

彼女《かのじょ》を待《ま》っている間《あいだ》にクラスメイトは減《へ》っていき、教室《きょうしつ》は俺一人《おれひとり》になった。

道具《どうぐ》は片《かた》づけてしまったため、机《つくえ》の陰《かげ》に隠《かく》れて静《しず》かにスマホゲームに打《う》ち込《こ》みながら澪音《みお》の帰《かえ》りを待《ま》っていた。

窓《まど》の外《そと》はすでに暗《くら》い。

今日《きょう》は用事《ようじ》があって途中《とちゅう》で抜《ぬ》けてしまったからと言《い》って、なかなか作業《さぎょう》をやめようとしなかった澪音《みお》に付《つ》き合《あ》っていたら、いつも以上《いじょう》に遅《おそ》くなってしまっていた。

授業《じゅぎょう》はサボるくせに、変《へん》なところで真面目《まじめ》な彼女《かのじょ》に振《ふ》り回《まわ》されている。

釣《つ》られるように夢中《むちゅう》になって作業《さぎょう》をしてしまう自分《じぶん》が、なんだか少《すこ》し恥《は》ずかしかった。

普段《ふだん》から遊《あそ》ぶことの多《おお》い女子《じょし》たちに『似合《にあ》わなすぎる』と言《い》われたことを思《おも》い出《だ》し、勝手《かって》に恥《は》ずかしくなる。

でも、それが嫌《いや》ではなくて楽《たの》しんでしまっていることも事実《じじつ》だった。

人《ひと》の気配《けはい》を感《かん》じてゲームから目《め》を離《はな》すと、気《き》づかないうちに戻《もど》ってきていた澪音《みお》が、俺《おれ》の目《め》の前《まえ》に立《た》っていた。

「旭陽《あさひ》！　ありがと！」

突然《とつぜん》飛《と》び込《こ》んできた満面《まんめん》の笑《え》みに、慣《な》れ親《した》しんだゲームの手元《てもと》が狂《くる》った。

「……え？　うわ、ミスった」

久《ひさ》しく見《み》ていないゲームオーバーの画面《がめん》に動揺《どうよう》しながら、澪音《みお》に視線《しせん》を移《うつ》す。

「旭陽《あさひ》のおかげで準備《じゅんび》が順調《じゅんちょう》に進《すす》んでる！　今日《きょう》もフォローしてくれてたでしょ？　うれしかった！」

のみ込《こ》まれるような曇《くも》りのない笑顔《えがお》に、俺《おれ》は一瞬《いっしゅん》息《いき》をするのを忘《わす》れていた。

頬《ほお》に可愛《かわい》らしいくぼみを作《つく》るその笑顔《えがお》に、懐《なつ》かしい思《おも》い出《で》が重《かさ》なる。

――ああ、そうだ。澪音《みお》は昔《むかし》からこういう女《おんな》の子《こ》だった。


『旭陽《あさひ》くん、謝《あやま》りなよ!!』

『先生《せんせい》、旭陽《あさひ》くんが、ゅぅちゃんのこと突《つ》き飛《と》ばした!!』

俺《おれ》の目《め》の前《まえ》で座《すわ》り込《こ》んで状況《じょうきょう》も説明《せつめい》できないほど泣《な》いている女《おんな》の子《こ》に困《こま》っていた。

女《おんな》の子《こ》を泣《な》かせて立《た》ち尽《つ》くす俺《おれ》を、駆《か》け寄《よ》ってきた他《ほか》の女《おんな》の子《こ》たちは責《せ》め立《た》てる。

『……俺《おれ》は』

口下手《くちべた》だった俺《おれ》は何《なに》も説明《せつめい》できず、その場《ば》でただ立《た》ち尽《つ》くしていた。

『ちょっと旭陽《あさひ》くん、何《なに》したの!?　ゆうちゃん大丈夫《だいじょうぶ》?』

『旭陽《あさひ》こえぇ』

先生《せんせい》が来《く》るのと同時《どうじ》に野次馬生徒《やじうませいと》たちも集《あつ》まってきて、グラウンドは大事《おおごと》になっていた。

『旭陽《あさひ》くん、黙《だま》ってないでちゃんと説明《せつめい》して』

理由《りゆう》を聞《き》いているようでいながら、どことなく責《せ》めるような口調《くちょう》の先生《せんせい》を俺《おれ》は黙《だま》って見《み》つめていた。

『何《なに》よ、突《つ》き飛《と》ばしたの旭陽《あさひ》くんじゃん!　なんで睨《にら》むの!?』

その様子《ようす》を見《み》て、取《と》り巻《ま》きの女《おんな》の子《こ》たちはさらに声《こえ》を荒《あら》げる。

睨《にら》んでいるつもりはまったくないのだけれど、生《う》まれつきやや吊《つ》り上《あ》がった目尻《めじり》は、ただ見《み》ているだけで怖《こわ》い印象《いんしょう》を与《あた》えることが多《おお》かった。

どうして俺《おれ》ばっかり。本当《ほんとう》は違《ちが》うのに誰《だれ》もわかってくれない。

当時《とうじ》の俺《おれ》はそんな不満《ふまん》をぶつける手段《しゅだん》を持《も》たず、ただ悔《くや》しさを握《にぎ》りしめていた。

『ゆぅちゃん？　旭陽《あさひ》？』

通《とお》りかかった柔《やわ》らかな声《こえ》に、俺《おれ》はそれまで一点《いってん》を見《み》つめていた視線《しせん》を動《うご》かした。

視線《しせん》の先《さき》にはボールを持《も》った澪音《みお》がいた。

俺《おれ》と視線《しせん》が合《あ》うと、一目散《いちもくさん》に俺《おれ》の元《もと》へと駆《か》けてくる。

『澪音《みお》ちゃんからもなんとか言《い》ってよ。旭陽《あさひ》くんゆうちゃんのこと突《つ》き飛《と》ばして謝《あやま》らないんだよ!?』

俺《おれ》に向《む》かう澪音《みお》を引《ひ》き留《と》めて怒《いか》りを露《あら》わにする女《おんな》の子《こ》たちに、澪音《みお》はゆっくりと視線《しせん》を向《む》けた。

『旭陽《あさひ》そんなことしないよ。本当《ほんとう》に突《つ》き飛《と》ばされたの？　急《きゅう》に？』

始《はじ》めから俺《おれ》を信用《しんよう》するその一言《ひとこと》が、幼《おさな》い俺《おれ》にとっては衝撃的《しょうげきてき》だった。

中学生《ちゅうがくせい》になるまで大人《おとな》しく感情《かんじょう》を出《だ》すことが苦手《にがて》だった俺《おれ》は、普段《ふだん》から勘違《かんちが》いされることが多《おお》かった。親《した》しくなるまでは悪《わる》く思《おも》われることも多《おお》く、それに慣《な》れてしまっている自分《じぶん》もいた。

『……ちがっ、ボールが飛《と》んできてっ……旭陽《あさひ》くんが……』

そこで初《はじ》めて、泣《な》きじゃくりながら女《おんな》の子《こ》が事情《じじょう》を説明《せつめい》した。

『旭陽《あさひ》が守《まも》ってくれたんだ？』

澪音《みお》が、なぜかうれしそうな顔《かお》をして俺《おれ》を見上《みあ》げる。

その瞳《ひとみ》はとにかくまっすぐで、キラキラと輝《かがや》いていた。

女《おんな》の子《こ》が泣《な》きながら頷《うなず》くと、先生《せんせい》もまわりの女《おんな》の子《こ》も、驚《おどろ》いたように俺《おれ》を見上《みあ》げた。

『ごめんね旭陽《あさひ》くん、ちゃんと話《はなし》を聞《き》かなくて。でも事情《じじょう》があったらちゃんと否定《ひてい》していいんだからね』

『ごめん、旭陽《あさひ》』

『ごめんね』

あまりにも突然変《とつぜんか》わった空気《くうき》に恥《は》ずかしくなり、俺《おれ》はそっぽを向《む》いた。

『旭陽《あさひ》、照《て》れ屋《や》なんだから！　でもやっぱ優《やさ》しいねっ！　さすがだね！』

同《おな》じくらいの身長《しんちょう》だった澪音《みお》が、俺《おれ》の髪《かみ》をくしゃくしゃと撫《な》でる。

『やめろよばーか!!』

『あ、もう旭陽《あさひ》！』

逃《に》げるようにその場《ば》から走《はし》り去《さ》ると、澪音《みお》も楽《たの》しそうに追《お》ってくる。

恥《は》ずかしくて下手《へた》くそな暴言《ぼうげん》を吐《は》いてしまうけれど、澪音《みお》の存在《そんざい》は間違《まちが》いなく俺《おれ》の太陽《たいよう》だった。

『旭陽《あさひ》は、怪我《けが》してないの？』

『大丈夫《だいじょうぶ》』

『嘘《うそ》ついてる顔《かお》だ！　保健室《ほけんしつ》行《い》こう！』

話《はなし》は聞《き》かないけれど、澪音《みお》が言《い》うことは間違《まちが》っていない。

素直《すなお》じゃない俺《おれ》の小《ちい》さな行動《こうどう》を、そこに込《こ》められた意味《いみ》を、まっすぐに受《う》け取《と》ってくれるのが澪音《みお》だった。

勘違《かんちが》いされやすい俺《おれ》の本当《ほんとう》の姿《すがた》を理解《りかい》してくれる。

そんな俺《おれ》に、まっすぐに気持《きも》ちを伝《つた》えてくれる。

それがうれしくて、澪音《みお》といると毎日《まいにち》が楽《たの》しくて、自然《しぜん》と多《おお》くの時間《じかん》を一緒《いっしょ》に過《す》ごしていた。

幼《おさな》なじみなんだから一緒《いっしょ》にいるのなんて当《あ》たり前《まえ》だと当時《とうじ》は思《おも》っていたけれど、もしかしたらそれは違《ちが》ったのかもしれない。


『旭陽《あさひ》と澪音《みお》って、両想《りょうおも》いだよな!!』

恋愛《れんあい》なんて意識《いしき》したことがなかった俺《おれ》の耳《みみ》に、そんな話《はなし》が入《はい》ってきたのは小学四年生《しょうがくよねんせい》のころだった。

『はあ？　そういうんじゃねーし』

『え、でも女子《じょし》たちみんな言《い》ってるよ。旭陽《あさひ》のこと好《す》きな子《こ》もいるけど澪音《みお》には敵《かな》わないからって』

『なんだそれ』

好《す》きだとか恋《こい》だとか、正直《しょうじき》わからなかった。

だけど、俺《おれ》と澪音《みお》が一緒《いっしょ》にいるたびにまわりから感《かん》じる冷《ひ》やかしの視線《しせん》が、妙《みょう》に恥《は》ずかしくて不愉快《ふゆかい》だった。

『旭陽《あさひ》、帰《かえ》ろ！』

何《なに》も知《し》らないで無邪気《むじゃき》に話《はな》しかけてくる澪音《みお》にも、次第《しだい》にイライラするようになった。

澪音《みお》が嫌《いや》なわけではない。だけど、冷《ひ》やかしの視線《せん》を感《かん》じながら澪音《みお》といることが嫌《いや》になっていた。

澪音《みお》を無視《むし》するように早足《はやあし》で教室《きょうしつ》を出《で》る。

『えー、旭陽《あさひ》？　待《ま》ってよ』

駆《か》け足《あし》で追《お》ってくる澪音《みお》を待《ま》たずに校舎《こうしゃ》を出《で》て、誰《だれ》も見《み》えなくなってから歩《ある》く速度《そくど》を緩《ゆる》めるような日々《ひび》が続《つづ》いていた。

そんな毎日《まいにち》が続《つづ》いたある日《ひ》の放課後《ほうかご》。クラブ活動《かつどう》で野球《やきゅう》をしているときだった。

『旭陽《あさひ》、キャッチボール！』

同《おな》じクラブに参加《さんか》する澪音《みお》と、キャッチボールでペアを組《く》むのはいつものことだった。家《いえ》に帰《かえ》ってからだって一緒《いっしょ》に公園《こうえん》で遊《あそ》ぶこともあるし、違和感《いわかん》を感《かん》じたことなんて一度《いちど》もなかった。

『あいつら今日《きょう》も一緒《いっしょ》にいるよ』

『ラブラブー！　もう付《つ》き合《あ》ってんのかな？』

いつもどおり澪音《みお》とキャッチボールを始《はじ》めようとしていたとき、すぐ後《うし》ろからそんな声《こえ》が聞《き》こえてきて俺《おれ》は動《うご》きを止《と》める。

『あの子《こ》たち？　たしかに仲良《なかよ》しだよね。一緒《いっしょ》に登校《とうこう》してるもんね』

五年生《ごねんせい》や六年生《ろくねんせい》の先輩《せんぱい》からもそんな声《こえ》が聞《き》こえて、俺《おれ》は気恥《きは》ずかしさにボールを握《にぎ》りしめた。

『女子《じょし》とやれよ、俺《おれ》、澪音《みお》と一緒《いっしょ》にいたくない』

拒絶《きょぜつ》するような言葉《ことば》は、もちろん本心《ほんしん》ではなかった。ただ、好《す》き勝手《かって》に噂《うわさ》をする関係《かんけい》ないやつらが鬱陶《うっとう》しくて、みんなに聞《き》こえるように声《こえ》を張《は》り上《あ》げた。

このときの澪音《みお》の表情《ひょうじょう》は、はっきりとは見《み》えなかった。

『朱里《あかり》、一緒《いっしょ》にやろ』

そう言《い》って俺《おれ》に背《せ》を向《む》けた澪音《みお》に、ホッとしていた。

これで噂《うわさ》はなくなるだろう。澪音《みお》はきっと、本心《ほんしん》じゃないことはわかってくれているはず。澪音《みお》を信用《しんよう》しきっていた俺《おれ》は、そう思《おも》い込《こ》んでいた。


その日以降《ひいこう》、あまり話《はな》しかけてこなくなった澪音《みお》。

その違和感《いわかん》も、澪音《みお》が俺《おれ》の意図《いと》を理解《りかい》してくれたからこそだと思《おも》っていた俺《おれ》は、変《か》わりない毎日《まいにち》を過《す》ごしているつもりでいた。

澪音《みお》と自由《じゆう》に話《はな》せない毎日《まいにち》がどこか寂《さび》しいような気《き》もしていたけれど、家《いえ》に帰《かえ》れば会《あ》えるし話《はな》せる。その余裕《よゆう》が俺《おれ》の中《なか》にはあったと思《おも》う。

そして、噂話《うわさばなし》も聞《き》かなくなったころ、澪音《みお》が転校《てんこう》することを知《し》った。

『急《きゅう》だけど花岡《はなおか》が転校《てんこう》することになった』

先生《せんせい》からの一言《ひとこと》で初《はじ》めて知《し》った幼《おさな》なじみの転校《てんこう》は、俺《おれ》にとって酷《ひど》くショックな出来事《できごと》だった。

『旭陽《あさひ》も知《し》らなかったの？』

当時《とうじ》から澪音《みお》と仲《なか》がよかった朱里《あかり》に聞《き》かれ、俺《おれ》は静《しず》かに頷《うなず》く。

『旭陽《あさひ》も知《し》らなかったなら誰《だれ》も知《し》らねーよな』

『あんな仲良《なかよ》しでも聞《き》いてねーんだもん』

これで、澪音《みお》と俺《おれ》のしょうもない噂《うわさ》は完全《かんぜん》に消《き》え去《さ》ったけれど、そんなことはショックを受《う》けた俺《おれ》にはどうでもいいことだった。

ふらふらとおぼつかない足取《あしど》りで家《いえ》へと帰《かえ》った。

――バシャンッ。

大《おお》きな音《おと》とともに、ひんやりと冷《つめ》たくなった足《あし》にゆっくりと視線《しせん》を動《うご》かす。

通《かよ》い慣《な》れた近道《ちかみち》の飛《と》び石《いし》で川《かわ》に落《お》ちるのなんて初《はじ》めてのことだった。

『つめた』

じわじわと靴《くつ》に染《し》み込《こ》む冷《つめ》たい感覚《かんかく》が気持《きも》ち悪《わる》かった。

重《おも》たい靴《くつ》を引《ひ》きずるようにして家《いえ》に帰《かえ》ると、夜勤前《やきんまえ》で忙《せわ》しなく準備《じゅんび》をする母親《ははおや》がいた。

共働《ともばたら》きで忙《いそが》しくしている両親《りょうしん》は、俺《おれ》が帰《かえ》る時間帯《じかんたい》には大概留守《たいがいるす》にしている。

どうせ今日《きょう》も留守《るす》だと思《おも》って気《き》が抜《ぬ》けた状態《じょうたい》で帰《かえ》ってきた俺《おれ》は、びしょ濡《ぬ》れの足元《あしもと》を改《あらた》めて意識《いしき》して少《すこ》し正気《しょうき》に戻《もど》った。

『そんなに濡《ぬ》らして、何《なに》、どうしたの？』

ただいまも言《い》わず立《た》ち尽《つ》くす俺《おれ》に、母《はは》は玄関《げんかん》で立《た》ち止《ど》まった。

『澪音《みお》が、転校《てんこう》するって』

俺《おれ》は無意識《むいしき》にぽつりと呟《つぶや》いた。それと同時《どうじ》に涙《なみだ》が浮《う》かび上《あ》がり、唇《くちびる》を噛《か》んで必死《ひっし》にこらえた。

『お母《かあ》さんもさっき聞《き》いた。急《きゅう》なことだから仕方《しかた》ないね。これからもよろしくねって言《い》ってたよ』

昼間《ひるま》に家族《かぞく》で挨拶《あいさつ》に来《き》たのだという話《はなし》を聞《き》いて、現実味《げんじつみ》が沸《わ》いて涙《なみだ》が溢《あふ》れ出《で》た。

母《はは》は、困《こま》ったような表情《ひょうじょう》を浮《う》かべながら俺《おれ》を抱《だ》きしめてくれた。

いつも忙《いそが》しそうにしている母《はは》に、感情表現《かんじょうひょうげん》が苦手《にがて》な俺《おれ》。

こんなふうに母《はは》の温《あたた》かみに触《ふ》れるのは久《ひさ》しぶりのことで、思《おも》っている以上《いじょう》に大粒《おおつぶ》の涙《なみだ》が溢《あふ》れて止《と》まらなくなった。

『なんで、俺《おれ》には言《い》ってくれなかったんだよ……っ』

全部《ぜんぶ》を知《し》っていてなんでも理解《りかい》してくれて隠《かく》しごとなんてないと、そう信《しん》じていたのは俺《おれ》だけだった。

毎日心《まいにちこころ》の底《そこ》から楽《たの》しいと思《おも》えていたのも、きっと俺《おれ》だけだったんだ。

急《きゅう》な喪失感《そうしつかん》とともに、酷《ひど》く憤《いきどお》りを覚《おぼ》えた。

今思《いまおも》えば、この憤《いきどお》りさえ〝幼《おさな》なじみだから〟ではなかったのかもしれない。

あのころから俺《おれ》は、幼《おさな》なじみという以上《いじょう》に、澪音《みお》のことが大切《たいせつ》で大好《だいす》きだったのかもしれない。


「本当《ほんとう》に、旭陽《あさひ》のおかげだと思《おも》ってるから、ありがとう！」

目《め》の前《まえ》でこちらに笑《わら》いかける澪音《みお》の笑顔《えがお》から、俺《おれ》は思《おも》わず視線《しせん》を逸《そ》らしていた。

その笑顔《えがお》は、鮮《あざ》やかに思《おも》い出《だ》された幼《おさな》いころとまったく変《か》わらない。

突然《とつぜん》、新鮮味《しんせんみ》を帯《お》びて思《おも》い出《だ》された彼女《かのじょ》への恋心《こいごころ》に、俺《おれ》は驚《おどろ》いていた。

「は？　勘違《かんちが》いじゃねーの？」

意識《いしき》した途端《とたん》に顔《かお》が熱《あつ》く火照《ほて》って、また素直《すなお》じゃない言葉《ことば》を繰《く》り返《かえ》す。

中学生《ちゅうがくせい》になっても変《か》わっていなかった澪音《みお》の優《やさ》しさを改《あらた》めて知《し》り、俺《おれ》は今《いま》さらながら当時《とうじ》の感情《かんじょう》を自覚《じかく》していた。

「うん、そうかも！　でもありがと！」

俺《おれ》の素直《すなお》じゃない言葉《ことば》を、その裏側《うらがわ》に秘《ひ》められた照《て》れ隠《かく》しの心《こころ》まですべてわかっていると言《い》わんばかりにお礼《れい》を言《い》い、満足《まんぞく》そうに自分《じぶん》の席《せき》へと戻《もど》る澪音《みお》。

彼女《かのじょ》の背中《せなか》が、どうしてか愛《いと》しく見《み》えた。

その感情《かんじょう》はみるみるうちに、もう離《はな》れてほしくない、捕《つか》まえていたい、抱《だ》きしめたい、と形《かたち》を変《か》え、俺《おれ》は頭《あたま》を抱《かか》える。

まさか五年越《ごねんご》しで、初恋《はつこい》に気《き》がつくだなんて想像《そうぞう》もしていなかった。

最高《さいこう》の思《おも》い出《で》

私《わたし》のすべてを詰《つ》め込《こ》んだ文化祭《ぶんかさい》は、誰《だれ》がなんと言《い》おうと大成功《だいせいこう》だった。

劇《げき》のカーテンコールが終《お》わり、拍手《はくしゅ》に包《つつ》まれる体育館《たいいくかん》の片隅《かたすみ》でこっそりと涙《なみだ》を拭《ぬぐ》う。

体育館《たいいくかん》の出口《でぐち》に向《む》かった先《さき》で、莉音《りお》ねぇと両親《りょうしん》に遭遇《そうぐう》した。

「澪音《みお》、頑張《がんば》ったね」

「いい劇《げき》だったね」

莉音《りお》ねぇに頭《あたま》を撫《な》でられ、私《わたし》はまた溢《あふ》れそうになる涙《なみだ》をグッとこらえていた。

私《わたし》は体調《たいちょう》が不安《ふあん》だったこともあり、キャストとして登壇《とうだん》しなかった。それにもかかわらず、休《やす》みを取《と》って見《み》に来《き》てくれた家族《かぞく》の気持《きも》ちがうれしかった。

「ありがとう！」

満面《まんめん》の笑《え》みで返《かえ》すと、両親《りょうしん》もうれしそうに笑顔《えがお》を見《み》せた。

「澪音《みお》ーどうだったー!?」

「最高《さいこう》だったよ!!　今《いま》までで一番感動《いちばんかんどう》した!!」

家族《かぞく》と離《はな》れたあとは、撤収作業《てっしゅうさぎょう》を終《お》えて体育館《たいいくかん》の裏《うら》から出《で》てくるクラスメイトと合《ごう》流《りゅう》した。

衣装《いしょう》のまま勢《いきお》いよく現《あらわ》れた朱里《あかり》とハグをする。

今日《きょう》まで必死《ひっし》に創《つく》り込《こ》んだ、面白《おもしろ》いも感動《かんどう》もすべて詰《つ》め込《こ》んだ盛《も》りだくさんの劇《げき》は、先生《せんせい》にも生徒《せいと》にも大好評《だいこうひょう》で、たくさんの拍手《はくしゅ》に包《つつ》まれた。

大道具《おおどうぐ》をすべて運《はこ》び出《だ》して、余韻《よいん》に浸《ひた》るように自然《しぜん》と輪《わ》になったクラスメイトは各々《おのおの》に笑《え》みを零《こぼ》す。

「え、え？　何《なに》これ」

「あはは、なんか集《あつ》まっちゃった」

誰《だれ》が喋《しゃべ》るわけでもなく作《つく》られた輪《わ》に、ちらほらと笑《わら》い声《ごえ》が上《あ》がる。

「よっしゃ、みんな最高《さいこう》！　おつかれー!!」

衣装《いしょう》に身《み》を包《つつ》んだ大輝《だいき》が、そう叫《さけ》びながら大《おお》きく手《て》を挙《あ》げた。

「おつかれー!!」

「大成功《だいせいこう》!!」

「楽《たの》しかったー!!」

それを合図《あいず》に、みんなが思《おも》い思《おも》いの言葉《ことば》を叫《さけ》んで笑《わら》い合《あ》う。

掲《かか》げられたたくさんの手《て》を見上《みあ》げると、雲一《くもひと》つない明《あか》るい空《そら》が見《み》えて、私《わたし》は眩《まぶ》しい太陽《たいよう》に目《め》を細《ほそ》めた。

こういうときには乗《の》っからず、大輝《だいき》をからかう側《がわ》に回《まわ》ることの多《おお》い旭陽《あさひ》も珍《めずら》しく手《て》を掲《かか》げて笑《わら》っていた。

視線《しせん》が合《あ》い、逸《そ》らされることなく笑《わら》いかけられる。その満面《まんめん》の笑《え》みは文化祭前《ぶんかさいまえ》の私《わたし》には想像《そうぞう》できなかった姿《すがた》で、私《わたし》は再《ふた》びこみ上《あ》げてきた感情《かんじょう》をグッと押《お》さえた。

「澪音《みお》、どうだった？」

楽《たの》しそうな大輝《だいき》からコメントを振《ふ》られ、私《わたし》は困《こま》りながらも口《くち》を開《ひら》く。

「本《ほん》っ当《とう》に、最高《さいこう》だったよ！　ひいき目《め》なしでみんなが一番輝《いちばんかがや》いてた！」

やりきった様子《ようす》のクラスメイトに、ありったけの想《おも》いを伝《つた》える。

みんなで作《つく》り上《あ》げた劇《げき》を、何度《なんど》も何度《なんど》も練習《れんしゅう》をしてこだわったものを、最高《さいこう》の形《かたち》で魅《み》せてくれたクラスメイト。

みんなを眺《なが》めていたら、堪《こら》えた意味《いみ》もなく自然《しぜん》と涙《なみだ》が零《こぼ》れていた。

「ちょっと、澪音《みお》が泣《な》くのは反則《はんそく》だよ……!!」

光《ひかり》の速《はや》さで隣《となり》にいた朱里《あかり》の目《め》からも涙《なみだ》が溢《あふ》れ出《だ》し、クラスメイトの笑《わら》い声《ごえ》が響《ひび》く。からかう声《こえ》の中《なか》にも、いくつか鼻《はな》をすする音《おと》が混《ま》じっていて、改《あらた》めて素敵《すてき》なクラスメイトだと実感《じっかん》した。

「まあ、みんな頑張《がんば》ったよな。澪音《みお》が泣《な》いてるんだから、間違《まちが》いないわ」

満足《まんぞく》そうに笑《わら》う旭陽《あさひ》と大輝《だいき》に、私《わたし》も泣《な》きながら微笑《ほほえ》み返《かえ》した。

集《あつ》まっていた円《えん》も少《すこ》しずつ解散《かいさん》していき、文化祭《ぶんかさい》の空気《くうき》が戻《もど》ってくる。

「澪音《みお》、一緒《いっしょ》に回《まわ》ろうよ」

「そうだよ、気《き》つかうなって」

「いいって、二人《ふたり》で行《い》ってきなよ。最後《さいご》の文化祭《ぶんかさい》だよ」

私《わたし》を気《き》づかった優《やさ》しい朱里《あかり》と大輝《だいき》カップルを無理《むり》やり追《お》い払《はら》うと、一人《ひとり》になった私《わたし》はぼんやりとその場《ば》を見渡《みわた》し、近《ちか》くのベンチに腰《こし》かけた。

まだ余韻《よいん》に浸《ひた》るようにして円《えん》に残《のこ》るクラスメイトに微笑《ほほえ》む。

劇《げき》が終《お》わるまでは気《き》が気《き》じゃなくて楽《たの》しみきれていなかった文化祭《ぶんかさい》も、落《お》ちついてきたら全体《ぜんたい》が見《み》えてきて、装飾《そうしょく》で賑《にぎ》やかな校舎《こうしゃ》に改《あらた》めて今日《きょう》が文化祭《ぶんかさい》の日《ひ》であることを実感《じっかん》していた。

「旭陽先輩《あさひせんぱい》！　写真撮《しゃしんと》ってください!!」

王子様《おうじさま》の役《やく》として登壇《とうだん》していた旭陽《あさひ》は、衣装《いしょう》を脱《ぬ》ぐ前《まえ》に撮影《さつえい》させてほしいと集《あつ》まった後輩《こうはい》たちに囲《かこ》まれていた。旭陽《あさひ》の人気《にんき》は相変《あいか》わらずで、同級生《どうきゅうせい》や後輩《こうはい》、男女問《だんじょと》わずいろいろな人《ひと》から声《こえ》をかけられているようだった。

改《あらた》めて見《み》るとやっぱりかっこいいんだよね……。

囲《かこ》まれる旭陽《あさひ》を見《み》ながらそんなことを思《おも》っていて、私《わたし》は一人《ひとり》で顔《かお》を赤《あか》くする。

前髪《まえがみ》を見事《みごと》にセットして、パーマ風《ふう》に巻《ま》いた髪《かみ》は王子様《おうじさま》の衣装《いしょう》によく似合《にあ》い、いつもにも増《ま》して笑顔《えがお》が輝《かがや》いていた。

スマホに視線《しせん》を落《お》とし、衣装《いしょう》を着《き》た旭陽《あさひ》、朱里《あかり》、大輝《だいき》と制服姿《せいふくすがた》の私《わたし》の四人《よにん》で撮《と》った写真《しゃしん》を見返《みかえ》す。

劇《げき》が始《はじ》まる前《まえ》、満面《まんめん》の笑《え》みで撮《と》られたその写真《しゃしん》はお気《き》に入《い》りだけれど、視界《しかい》の片隅《かたすみ》で行《おこな》われるツーショット撮影会《さつえいかい》を目《め》の前《まえ》にすると、なんだか少《すこ》し物足《ものた》りないような気持《きも》ちになっていた。

「澪音《みお》、なんか食《く》わねえ？」

突然後《とつぜんうし》ろから声《こえ》をかけられ、私《わたし》は勢《いきお》いよく顔《かお》を上《あ》げた。

「びっくりしたあ」

集《あつ》まる後輩《こうはい》の相手《あいて》をしていたはずの旭陽《あさひ》がすぐ隣《となり》にいて、私《わたし》は慌《あわ》ててスマホの画面《がめん》を隠《かく》すようにポケットに戻《もど》した。

「写真《しゃしん》は、もういいの？」

暑《あつ》そうにジャケットを脱《ぬ》いだ旭陽《あさひ》に視線《しせん》を奪《うば》われる。

眉《まゆ》をひそめるその顔《かお》は、衣装《いしょう》のせいか信《しん》じられないくらい輝《かがや》いて見《み》えていた。

「いいよ、腹減《はらへ》ったし。どっか行《い》こうぜ、後輩《こうはい》の出店《でみせ》も顔出《かおだ》したい」

「え、でも」

集《あつ》まっていた女《おんな》の子《こ》たちの視線《しせん》を感《かん》じて戸惑《とまど》っていると、旭陽《あさひ》は面倒《めんどう》くさそうにため息《いき》をついた。

「キリないから。澪音《みお》一人《ひとり》にさせらんねーじゃん」

「え？」

旭陽《あさひ》は振《ふ》り返《かえ》らず、まっすぐに足《あし》を進《すす》めていった。

置《お》いていかれそうな早足《はやあし》に、慌《あわ》ててそのあとを追《お》いかける。

「私《わたし》が一人《ひとり》になるからって気《き》にしてくれたの？」

「別《べつ》に、もともと適当《てきとう》なところで写真《しゃしん》は断《ことわ》ろうって決《き》めてたから」

視線《しせん》の合《あ》わない旭陽《あさひ》の冷《つめ》たい口調《くちょう》は、今日《きょう》もまた温《あたた》かい本心《ほんしん》を隠《かく》し持《も》っているようだった。

——幸《しあわ》せだった。泣《な》きそうなほどに。

「ありがとう。旭陽《あさひ》と回《まわ》れるなんて、本当《ほんとう》にうれしい」

思《おも》わずそんな本心《ほんしん》が溢《あふ》れ出《で》ていて、私《わたし》は自分《じぶん》で頬《ほお》を赤《あか》く染《そ》めた。

「……なに言《い》ってんの」

一瞬《いっしゅん》驚《おどろ》いたようにこちらを見《み》た旭陽《あさひ》もすぐに視線《しせん》を逸《そ》らし、頭《あたま》をかく。

そわそわする距離感《きょりかん》の中《なか》、私《わたし》たちは文化祭《ぶんかさい》の出店《でみせ》を楽《たの》しむことにした。

「旭陽《あさひ》、こっち見《み》て」

「ん？　ばっか、急《きゅう》に撮《と》るなよ」

四人《よにん》の写真《しゃしん》の次《つぎ》に私《わたし》のスマホに保存《ほぞん》されたのは、王子様《おうじさま》の衣装《いしょう》で無邪気《むじゃき》にホットドッグを頬張《ほおば》る旭陽《あさひ》の姿《すがた》だった。

「あはは、めっちゃいい写真《しゃしん》！　おいしそう！」

「消《け》せ」

「やだよ絶対消《ぜったいけ》さない！」

密《ひそ》かに羨《うらや》ましく感《かん》じていたツーショットとは違《ちが》うけれど、私《わたし》だけが見《み》られる旭陽《あさひ》の姿《すがた》。何度見《なんどみ》てもうれしいその一枚《いちまい》の写真《しゃしん》を抱《だ》きしめるように、スマホを握《にぎ》りしめる。

「食《く》わねえの？」

「食《た》べるってば！」

そして、些細《ささい》なことで言《い》い合《あ》ってふざけ合《あ》う旭陽《あさひ》との楽《たの》しい時間《じかん》は、あっという間《ま》に過《す》ぎていってしまうのだ。


十分《じゅうぶん》すぎるほどの満足感《まんぞくかん》の中《なか》、夕方《ゆうがた》には表彰式《ひょうしょうしき》が行《おこな》われた。

「超緊張《ちょうきんちょう》するんだけど……！」

朱里《あかり》と合流《ごうりゅう》した私《わたし》は、クラスが集《あつ》まる一番後《いちばんうし》ろからステージ上《じょう》を見《み》つめていた。

「それでは三年生《さんねんせい》、劇部門《げきぶもん》」

一般投票《いっぱんとうひょう》と、先生《せんせい》が中心《ちゅうしん》となる審査員投票《しんさいんとうひょう》が発表《はっぴょう》される。いくつかの賞《しょう》が呼《よ》ばれていく中《なか》、私《わたし》たちのクラスは呼《よ》ばれることなく過《す》ぎていき、期待《きたい》と不安《ふあん》にクラスメイトは揃《そろ》って息《いき》をのんでいた。

「最優秀賞《さいゆうしゅうしょう》は、三年A組《さんねんエーぐみ》の『リアル・シンデレラ』！」

まわりから大《おお》きな歓声《かんせい》が溢《あふ》れる中《なか》、私《わたし》はホッと息《いき》を漏《も》らし小《ちい》さく手《て》を叩《たた》いていた。

正直《しょうじき》、狙《ねら》えると思《おも》っていた。どのクラスよりも頑張《がんば》った自信《じしん》があったし、どのクラスよりも団結《だんけつ》していたことも確信《かくしん》していた。

あんなにも頑張《がんば》ってくれたみんなが、評価《ひょうか》されたことがうれしい。何《なに》より努力《どりょく》が形《かたち》として残《のこ》ったことが幸《しあわ》せだった。

「澪音《みお》、表彰《ひょうしょう》！」

満足気《まんぞくげ》に拍手《はくしゅ》をしていた私《わたし》の名前《なまえ》を呼《よ》んだのは、旭陽《あさひ》の爽《さわ》やかな声《こえ》だった。

「え……？」

呼《よ》ばれたクラスの代表者《だいひょうしゃ》二名《にめい》が登壇《とうだん》する中《なか》、私《わたし》たちのクラスからはまだ誰《だれ》もステージに向《む》かっていなかった。

「え、いや、私《わたし》は劇《げき》にも出《で》てないし」

戸惑《とまど》いながらクラスを見渡《みわた》すと、みんなが当然《とうぜん》というように頷《うなず》いていて、私《わたし》は何《なに》も言《い》えず固《かた》まってしまう。

劇《げき》が終《お》わったときに出《だ》し切《き》ったと思《おも》っていたはずの涙《なみだ》が再《ふたた》び溢《あふ》れ出《だ》す。

こんな感動《かんどう》の景色《けしき》の中心《ちゅうしん》にいられる。心《こころ》から頑張《がんば》ったと思《おも》える。

先日《せんじつ》まで、こんなふうに目《め》を見《み》ることもできなかった旭陽《あさひ》が、私《わたし》に笑《わら》いかけている。

私《わたし》はもう、これで十分《じゅうぶん》だ。後悔《こうかい》なんて一《ひと》つもない——。

溢《あふ》れる感情《かんじょう》に立《た》ち尽《つ》くしている私《わたし》の腕《うで》を旭陽《あさひ》が掴《つか》んだ。

驚《おどろ》いて顔《かお》を上《あ》げると、旭陽《あさひ》は涙《なみだ》でボロボロの私《わたし》の顔《かお》を見《み》て無邪気《むじゃき》に笑《わら》う。

「行《い》くぞ、澪音《みお》！」

手《て》を掴《つか》まれたまま二人《ふたり》でステージに上《あ》がり、黄色《きいろ》い歓声《かんせい》を浴《あ》びる。

トロフィーを受《う》け取《と》った旭陽《あさひ》がくるりとクラスメイトがいるほうを振《ふ》り返《かえ》り、そのまま高《たか》く掲《かか》げた。

「三A《さんエー》！　ありがとう!!」

賞状

わあぁ、と大《おお》きな歓声《かんせい》が響《ひび》く。

まるで自分《じぶん》が浴《あ》びているような歓声《かんせい》に、私《わたし》も貰《もら》った賞状《しょうじょう》をクラスメイトのみんなに向《む》けて広《ひろ》げていた。

ステージの光《ひかり》は思《おも》ったよりもずっと暑《あつ》くて、キャストとして上《あ》がることのなかった私《わたし》にとっては知《し》らない景色《けしき》だった。

次《つぎ》の表彰《ひょうしょう》へと続《つづ》く中《なか》、ステージをおりながらも溢《あふ》れて止《と》まらない涙《なみだ》を静《しず》かに拭《ぬぐ》う。

「そんなに泣《な》き虫《むし》だった？」

クラスの集《あつ》まる場所《ばしょ》へ戻《もど》る途中《とちゅう》、振《ふ》り返《かえ》った旭陽《あさひ》の意地悪《いじわる》な小声《こごえ》すらうれしくて、また涙《なみだ》を溢《あふ》れさせると旭陽《あさひ》の大《おお》きな手《て》が私《わたし》の頭《あたま》に触《ふ》れた。

「頑張《がんば》った頑張《がんば》った」

ばかにするようでいながら優《やさ》しい旭陽《あさひ》の声《こえ》と大《おお》きな手《て》のひらに、私《わたし》は苦《くる》しい胸《むね》を隠《かく》すように俯《うつむ》いてしまう。

すぐに離《はな》れた旭陽《あさひ》の手《て》のひらの感触《かんしょく》は熱《あつ》くその場《ば》に残《のこ》っていて、笑《わら》って先《さき》を行《い》く旭陽《あさひ》の背中《せなか》は男《おとこ》らしくてかっこよかった。

みんなで教室《きょうしつ》に戻《もど》り、心地《ここち》よい余韻《よいん》の中《なか》、片《かた》づけを始《はじ》めた。壊《こわ》れていく文化祭《ぶんかさい》の装飾《そうしょく》に切《せつ》ない感情《かんじょう》を抱《いだ》きながらゴミ袋《ぶくろ》をまとめていると、旭陽《あさひ》から声《こえ》がかけられた。

「大輝《だいき》見《み》てない？」

暑《あつ》そうに制服《せいふく》の袖《そで》を肩《かた》まで捲《めく》っている旭陽《あさひ》から視線《しせん》を外《はず》し、教室《きょうしつ》を見渡《みわた》す。

「大輝《だいき》、いないね？　そういえば朱里《あかり》もいないんだよね……」

「だよな、他《ほか》のクラスはもう部活《ぶかつ》に向《む》かってるらしいし、いったん解散《かいさん》したい」

旭陽《あさひ》の視線《しせん》を辿《たど》ると、運動部《うんどうぶ》のみんながそわそわしながらスマホを見《み》つめている様子《ようす》がうかがえた。

「探《さが》そっか」

座《すわ》っていた体《からだ》を起《お》こすと足元《あしもと》がふらついた。

ずしりと重《おも》たい体《からだ》に、ふらりと体勢《たいせい》を崩《くず》す。

「わっ」

「おい」

とっさに掴《つか》まれた腕《うで》は痛《いた》かった。直接骨《ちょくせつほね》に響《ひび》くような痛《いた》みに、つい顔《かお》をしかめる。

腕《うで》から引《ひ》き上《あ》げられるように立《た》ち、すぐに旭陽《あさひ》から離《はな》れた。

「ごめんごめん、ありがとう」

慌《あわ》てて離《はな》れるものの、すぐには自立《じりつ》できず、近《ちか》くの教卓《きょうたく》によろけながら手をつく。

「大丈夫《だいじょうぶ》かよ」

心配《しんぱい》そうな旭陽《あさひ》の顔《かお》に焦《あせ》っていた。誤魔化《ごまか》すように慌《あわ》てて笑顔《えがお》を作《つく》って頷《うなず》く。

「大丈夫《だいじょうぶ》、ちょっとふらついただけ」

文化祭《ぶんかさい》に夢中《むちゅう》になっていた間《あいだ》は意識《いしき》することも少《すく》なかったけれど、病状《びょうじょう》は間違《まちが》いなく悪化《あっか》しているようだった。

「いいから、大輝探《だいきさが》すんでしょ？　行《い》こ」

まだ心配《しんぱい》そうな旭陽《あさひ》を遮《さえぎ》るようにして、私《わたし》は教室《きょうしつ》を出《で》る。

旭陽《あさひ》はそのあとを静《しず》かに追《お》ってきた。

大輝《だいき》と朱里《あかり》はすぐに見《み》つかった。

「あ、いた」

階段《かいだん》の隅《すみ》で話《はな》す二人《ふたり》の後《うし》ろ姿《すがた》を見《み》つけた旭陽《あさひ》が、声《こえ》をかけようと進《すす》んでいく。私《わたし》は無《む》言《ごん》で旭陽《あさひ》の制服《せいふく》の裾《すそ》を掴《つか》み、その足《あし》を止《と》めた。

「なんだよ」

「いや……」

明確《めいかく》な理由《りゆう》があったわけではなく、なんとなく雰囲気《ふんいき》を察《さっ》してのことだった。

旭陽《あさひ》は不思議《ふしぎ》そうにこちらを見《み》つめたあと、朱里《あかり》と大輝《だいき》に視線《しせん》を戻《もど》す。

私《わたし》の想像《そうぞう》は正《ただ》しかったようで、大輝《だいき》の手《て》が朱里《あかり》の頭《あたま》に伸《の》びていき、そのまま朱里《あかり》は大《だい》輝《き》の肩《かた》に頭《あたま》をうずめた。

「……っと」

旭陽《あさひ》も、そこでようやく理解《りかい》したかのように足《あし》を後《うし》ろに下《さ》げる。

二人《ふたり》はそのまま見《み》つめ合《あ》い、笑《わら》い合《あ》った。

見《み》てはいけないものを見《み》るようで、私《わたし》と旭陽《あさひ》は同時《どうじ》に二人《ふたり》に背《せ》を向《む》ける。

その拍子《ひょうし》に肩《かた》がぶつかって、よろけた私《わたし》をかばおうとした旭陽《あさひ》が小《ちい》さく足音《あしおと》を立《た》てた。

「………………」

静《しず》まり返《かえ》った空間《くうかん》の中《なか》、恐《おそ》る恐《おそ》る朱里《あかり》たちに視線《しせん》を向《む》けると、二人《ふたり》と視線《しせん》が交《まじ》わる。

「「あっ、お構《かま》いなく……」」

息《いき》ぴったりの言葉《ことば》が出《で》たと思《おも》ったら、朱里《あかり》と大輝《だいき》の声《こえ》が重《かさ》なった。

「さ、最低《さいてい》!!」

「お前《まえ》らいたなら声《こえ》かけろよ!!」

焦《あせ》りが伝《つた》わる二人《ふたり》の声《こえ》に、私《わたし》たちは笑《わら》ってしまった。

「大丈夫《だいじょうぶ》だよ、何《なに》も見《み》てないから」

「言《い》い方《かた》！　なんか見《み》てるじゃん！　ほんと最悪《さいあく》、ほんと恥《は》ずかしい！」

公認《こうにん》ではあるけれど、普段《ふだん》から恋人《こいびと》らしく振《ふ》る舞《ま》っているわけではない二人《ふたり》。

その雰囲気《ふんいき》を垣間見《かいまみ》るのは初《はじ》めてのことで、私《わたし》は笑《わら》いながらもドキドキしていた。

なんとなく旭陽《あさひ》を意識《いしき》してしまい、視線《しせん》を上《あ》げるとちょうど目《め》が合《あ》って不自然《ふしぜん》に逸《そ》らしてしまう。

「お前らも、ちゃんとカップルなんだな」

いつもどおりの様子《ようす》でからかい、教室《きょうしつ》へと戻《もど》る旭陽《あさひ》に私《わたし》は静《しず》かに息《いき》を吐《は》く。

三人《さんにん》のあとを追《お》いながら、ドキドキして収《おさ》まらない胸《むね》を必死《ひっし》で押《お》さえつけていた。

ご機嫌斜《きげんなな》めの大輝《だいき》と朱里《あかり》を教室《きょうしつ》に連《つ》れ戻《もど》し、一度解散《いちどかいさん》をして残《のこ》れる人《ひと》たちで撤収作《てっしゅうさ》業《ぎょう》を進《すす》めた。

「おーい、野球部《やきゅうぶ》、急《いそ》げよ」

「さっちゃん、もう後輩《こうはい》が集《あつ》まってるから行《い》くよ」

文化祭《ぶんかさい》が終《お》わってしまうとすぐに部活《ぶかつ》が始《はじ》まる。その切《き》り替《か》えの早《はや》さについていけていないのも事実《じじつ》だけれど、私《わたし》は笑顔《えがお》で部活《ぶかつ》へ行《い》くみんなを送《おく》り出《だ》していた。

「あ、いいよ。みんなは部活優先《ぶかつゆうせん》して。私《わたし》、片《かた》づけておくから」

どうせ部活《ぶかつ》には所属《しょぞく》していないのだから、みんなよりは長《なが》く時間《じかん》がある。

そう言《い》って笑《わら》う私《わたし》に対《たい》して、部活《ぶかつ》のあるみんなは申《もう》し訳《わけ》なさそうにしながらも駆《か》け出《だ》していった。

六月《ろくがつ》からは、各運動部《かくうんどうぶ》で中学最後《ちゅうがくさいご》の大会《たいかい》が始《はじ》まる。

三年生《さんねんせい》のみんなはとくに気合《きあい》が入《はい》っている時期《じき》なのだ。邪魔《じゃま》はできない。

クラス内《ない》がまばらになっていく中《なか》、旭陽《あさひ》は残《のこ》って片《かた》づけを続《つづ》けていた。

もう、文化系《ぶんかけい》の女《おんな》の子《こ》しかほとんど残《のこ》っていないことに、彼《かれ》は気《き》づいているのだろうか。

小学生《しょうがくせい》のころから一緒《いっしょ》に野球《やきゅう》をやっていた大輝《だいき》は、とっくに部活《ぶかつ》へと向《む》かったのに。

彼《かれ》が大好《だいす》きだったはずの野球《やきゅう》をやめたことは、この三年間《さんねんかん》ずっと陰《かげ》から見《み》ていた私《わたし》は知《し》っているけれど。なんだかその背中《せなか》が悲《かな》しそうに見《み》えて、私《わたし》はほうきを握《にぎ》りしめてその様子《ようす》を見《み》つめていた。

● ● ● ● ● ● ● ● ● ● ● ● ● ●

「旭陽《あさひ》、最後《さいご》までありがと」

結局《けっきょく》、最後《さいご》まで残《のこ》って片《かた》づけてくれた旭陽《あさひ》に声《こえ》をかける。

「澪音《みお》もだろ」

そう言《い》って荷物《にもつ》を背負《せお》う彼《かれ》に、私《わたし》も自分《じぶん》のスクールバッグを肩《かた》にかけた。

先《さき》ほどまで賑《にぎ》やかに装飾《そうしょく》されていたはずの校舎《こうしゃ》が、ほんの数時間《すうじかん》で通常《つうじょう》どおりに戻《もど》ってしまって少《すこ》し悲《かな》しくなる。

「楽《たの》しかったなあ、文化祭《ぶんかさい》」

思《おも》わず歩《ある》く速度《そくど》を緩《ゆる》め、校舎《こうしゃ》を見渡《みわた》す私《わたし》に旭陽《あさひ》が笑《わら》っていた。

「大《おお》げさ。毎年《まいとし》やってんじゃん」

そう笑《わら》った彼《かれ》に、私《わたし》は含《ふく》みのある笑《え》みを見《み》せた。

「今年《ことし》は、特別《とくべつ》だよ」

旭陽《あさひ》と一緒《いっしょ》にできたんだもん。楽《たの》しいに決《き》まってる。最高《さいこう》だった。

はっきりと言葉《ことば》にすることはできなかったけれど、そんな思《おも》いを込《こ》めて旭陽《あさひ》を見《み》つめた。

緊張《きんちょう》して話《はな》すことさえままならなかった、準備期間《じゅんびきかん》の最初《さいしょ》のころを思《おも》い返《かえ》す。

今《いま》、当然《とうぜん》のように肩《かた》を並《なら》べて下校《げこう》しようとしていることは、もともと私《わたし》にとって夢《ゆめ》のような出来事《できごと》だった。

「……ふーん？」

伝《つた》わっているのかはわからないけど、旭陽《あさひ》は優《やさ》しい相槌《あいづち》をして聞《き》き流《なが》した。

「まあ、あんだけ泣《な》いてたらそれは特別《とくべつ》だよな」

「う、うるさいな。だってうれしかったんだもん」

駄々漏《だだも》れな感情《かんじょう》が恥《は》ずかしくて、私《わたし》は勢《いきお》いよく背《せ》を向《む》ける。

「あ、澪音《みお》」

後《うし》ろから呼《よ》び止《と》められ、またからかわれると思《おも》った私《わたし》は頬《ほお》を膨《ふく》らませて振《ふ》り返《かえ》った。

「待《ま》って動《うご》くな」

いつもにも増《ま》して真剣《しんけん》な旭陽《あさひ》の声《こえ》に、変《へん》にドキドキして何度《なんど》も瞬《まばた》きを繰《く》り返《かえ》す。

固《かた》まった私《わたし》に旭陽《あさひ》の男《おとこ》らしい手《て》が伸《の》びてきた。

先《さき》ほど、カップルらしい朱里《あかり》と大輝《だいき》を見《み》たからだろうか？

苦《くる》しいほどに高鳴《たかな》る胸《むね》を抑《おさ》えるようにギュッと目《め》を閉《と》じた。

「片《かた》づけ、一生懸命《いっしょうけんめい》になりすぎだろ」

触《ふ》れるか触《ふ》れないかの優《やさ》しい手《て》が髪《かみ》を掠《かす》め、私《わたし》は驚《おどろ》いて目《め》を開《ひら》く。

視界《しかい》にはいたずらな笑《え》みを浮《う》かべ、小《ちい》さなゴミを見《み》せる旭陽《あさひ》がいた。

その瞬間《しゅんかん》、変《へん》にドキドキしてしまった自分《じぶん》が恥《は》ずかしくなり顔《かお》を赤《あか》らめる。

「仕方《しかた》ないじゃん？　夢中《むちゅう》だったんだから」

「知《し》ってる」

冗談交《じょうだんま》じりの雑談《ざつだん》が幸《しあわ》せだった。

ドキドキしてしまう旭陽《あさひ》の行動《こうどう》から、文化祭《ぶんかさい》での旭陽《あさひ》を思《おも》い出《だ》していた。

私《わたし》が一人《ひとり》にならないように一緒《いっしょ》に過《す》ごしてくれた優《やさ》しさや、ステージで見《み》た輝《かがや》かしい景色《けしき》。どれもこれもが幸《しあわ》せの絶頂《ぜっちょう》で、気《き》づいたら私《わたし》は涙《なみだ》を零《こぼ》していた。

「まじ？　また泣《な》いてんの？」

すぐに気《き》づいた旭陽《あさひ》は、さすがに呆《あき》れた顔《かお》で私《わたし》の頭《あたま》を乱暴《らんぼう》に撫《な》でる。

だけどこの涙《なみだ》は、笑顔《えがお》でかき消《け》すことはできなかった。

やり場《ば》のない悔《くや》しさと絶望《ぜつぼう》が、唐突《とうとつ》に大《おお》きな感情《かんじょう》となり溢《あふ》れ出《だ》していた。

残《のこ》り時間《じかん》がどれくらいあるかはわからないけれど、許《ゆる》される限《かぎ》りはこうして旭陽《あさひ》と一緒《いっしょ》に普通《ふつう》の学校生活《がっこうせいかつ》を送《おく》りたい。

多《おお》くは望《のぞ》んでいないつもりだった。

それでも、一《ひと》つひとつ願《ねが》いが叶《かな》うたびに、さらに上《うえ》の望《のぞ》みが脳裏《のうり》に浮《う》かぶ。

文化祭期間《ぶんかさいきかん》の中《なか》で、私《わたし》の薬《くすり》の量《りょう》はずいぶんと増加《ぞうか》していた。

思《おも》うように体《からだ》が動《うご》かず、無理《むり》をする日《ひ》も増《ふ》えてきていた。

それでも日《ひ》に日《ひ》に明《あき》らかになるのは、旭陽《あさひ》に対《たい》する自分《じぶん》の思《おも》い。

——もう、苦《くる》しいくらいに大好《だいす》きだった。

ずっと一緒《いっしょ》にいたいし、触《ふ》れられて笑顔《えがお》が見《み》られて幸《しあわ》せを感《かん》じるたびに、胸《むね》には鈍《にぶ》い痛《いた》みが走《はし》る。

「……っ」

文化祭《ぶんかさい》が楽《たの》しすぎた。夢《ゆめ》みたいな充実《じゅうじつ》した時間《じかん》だった。

だからこそ、強《つよ》がって理解《りかい》したつもりになっていた残酷《ざんこく》な現実《げんじつ》が、今《いま》になって胸《むね》を締《し》めつける。

どうして私《わたし》だったんだろう。

なんで私《わたし》ばっかり諦《あきら》めないといけないんだろう。

何《なに》も言《い》うことはできない。説明《せつめい》だってできない。

「澪音《みお》……？」

ただ苦《くる》しそうに声《こえ》を押《お》し殺《ころ》して涙《なみだ》を零《こぼ》す私《わたし》を、旭陽《あさひ》は心配《しんぱい》そうに見《み》つめていた。

第三章《だいさんしょう》

振《ふ》り返《かえ》る六月《ろくがつ》

苦手《にがて》な季節《きせつ》【旭陽《あさひ》side】

文化祭《ぶんかさい》の余韻《よいん》が残《のこ》り、少《すこ》し寂《さみ》しいような気持《きも》ちの中《なか》、日常生活《にちじょうせいかつ》が帰《かえ》ってきた。

文化祭《ぶんかさい》は三度目《さんどめ》だったはずなのに、こんな気持《きも》ちになるのは初《はじ》めてで、驚《おどろ》いている自分《じぶん》がいる。自分《じぶん》で思《おも》っていたよりもずっと、本気《ほんき》になって参加《さんか》していた。今《いま》さらながら気《き》づいてしまったその事実《じじつ》が、なんだか恥《は》ずかしかった。

澪音《みお》の全力《ぜんりょく》さに当《あ》てられた。

悔《くや》しく思《おも》っているはずなのに、緩《ゆる》む口角《こうかく》はどうにもならない。

六月《ろくがつ》になったにもかかわらず雨《あめ》が降《ふ》る気配《けはい》もない毎日《まいにち》は、間違《まちが》えて夏《なつ》が来《き》てしまったのではないかと思《おも》うほど暑《あつ》かった。

「じゃ、俺部活《おれぶかつ》行《い》くから」

「おー」

授業《じゅぎょう》が終《お》わった途端《とたん》、颯爽《さっそう》と廊下《ろうか》へ飛《と》び出《だ》していく大輝《だいき》を目《め》だけで見送《みおく》る。

準備《じゅんび》はいつの間《ま》にしていたのだろう。

そう思《おも》ってしまうほどの俊敏《しゅんびん》な動《うご》きは、大輝《だいき》に限《かぎ》ったことではない。慌《あわ》ただしく出《で》ていく部活勢《ぶかつぜい》の姿《すがた》からは、引退試合《いんたいじあい》を前《まえ》にして気合《きあい》が入《はい》っていることが十二分《じゅうにぶん》に伝《つた》わってきた。

野球部《やきゅうぶ》に所属《しょぞく》する大輝《だいき》は今《いま》、キャプテンとして活動《かつどう》している。最後《さいご》の大会《たいかい》に本気《ほんき》で賭《か》けている姿《すがた》は、眩《まぶ》しく輝《かがや》かしいものだった。

大好《だいす》きだった野球《やきゅう》をやめ、テキトーな毎日《まいにち》を過《す》ごす今《いま》の俺《おれ》には直視《ちょくし》できないほどに。

「旭陽《あさひ》、今日《きょう》どうする？」

「あー……いや、帰《かえ》る」

「だよな、どっか寄《よ》ってく？」

本気《ほんき》じゃない人《ひと》が集《あつ》まる名《な》ばかりのバレー部《ぶ》で時々遊《ときどきあそ》んでいるだけの俺《おれ》は、心《こころ》のどこかで大輝《だいき》に劣等感《れっとうかん》を抱《いだ》いていた。

辞《や》めると決断《けつだん》したのは自分《じぶん》なのに。思《おも》っても仕方《しかた》がないのはわかっているのに。

どうしても苦《くる》しくなる心《こころ》は、誤魔化《ごまか》しようがなかった。

こんなどうしようもない俺《おれ》でも、昔《むかし》は地域《ちいき》の少年野球《しょうねんやきゅう》クラブに入《はい》り、野球《やきゅう》が大好《だいす》きだった。大輝《だいき》と競《きそ》い合《あ》いながらピッチャーをしていたころのことは、思《おも》い出《だ》すだけでも胸《むね》が苦《くる》しくなる。

後輩《こうはい》にも慕《した》われて楽《たの》しそうな大輝《だいき》を見《み》ると、つまらない揉《も》め事《ごと》で辞《や》めてしまった過去《かこ》がもったいないような気《き》もしていた。

具体的《ぐたいてき》な目的《もくてき》もなく、ただ時間《じかん》を潰《つぶ》すような放課後《ほうかご》。

必死《ひっし》で部活《ぶかつ》をするクラスメイトが輝《かがや》く今《いま》の季節《きせつ》は、俺《おれ》の劣等感《れっとうかん》を助長《じょちょう》させる。肩身《かたみ》を狭《せま》くして過《す》ごす毎日《まいにち》は、正直居心地《しょうじきいごこち》の悪《わる》いものだった。


中学《ちゅうがく》に入学《にゅうがく》したての俺《おれ》は、大輝《だいき》と一緒《いっしょ》に迷《まよ》わず野球部《やきゅうぶ》へと入部《にゅうぶ》した。

『大輝《だいき》！　入部届《にゅうぶとどけ》出《だ》しに行《い》こうぜ！』

『おう！』

少年野球《しょうねんやきゅう》クラブでずっとレギュラーを勝《か》ち取《と》っていた俺《おれ》たちには、自信《じしん》があった。部活《ぶかつ》に入《はい》っても、すぐにでも活躍《かつやく》してやろうと期待《きたい》に胸《むね》を膨《ふく》らませていた。

『すげえ、かっけえ！』

初《はじ》めて見学《けんがく》をした日《ひ》は、二人《ふたり》で感嘆《かんたん》の声《こえ》を漏《も》らした。

汗《あせ》をかきながら練習《れんしゅう》する本格的《ほんかくてき》な部活動《ぶかつどう》というものに、心《こころ》の底《そこ》から憧《あこが》れと尊敬《そんけい》を抱《いだ》いていた。だけど、現実《げんじつ》はそんなにも甘《あま》くはなかった。入部《にゅうぶ》してすぐ少年野球《しょうねんやきゅう》クラブ時代《じだい》から目《め》をつけられていた先輩《せんぱい》に、ここぞとばかりに嫌《いや》がらせをされたのだ。

『なあ、お前《まえ》らグラウンドの草《くさ》むしり頼《たの》むわ』

『いつも助《たす》かってるよ。他《ほか》のやつらはボール拾《ひろ》い！　そのあとバッティング練習《れんしゅう》』

『……はい』

大輝《だいき》も俺《おれ》も、実力《じつりょく》としては先輩《せんぱい》たちに負《ま》けていなかったと思《おも》う。

だけど、中学《ちゅうがく》の部活《ぶかつ》では実力《じつりょく》はあまり重要《じゅうよう》ではないようだった。

先輩《せんぱい》に気《き》に入《い》られなければ、まともな練習《れんしゅう》場所《ばしょ》すら与《あた》えられない部活《ぶかつ》。

入部《にゅうぶ》してすぐに、正当《せいとう》に評価《ひょうか》されないその環境《かんきょう》に嫌気《いやけ》が差《さ》した。

『大《たい》して上手《うま》くもないくせに。なんなんだよ、グラウンドにも入《はい》らせてもらえないなんて、こんなん部活《ぶかつ》入《はい》る意味《いみ》ねーだろ』

『だよな、でも最初《さいしょ》は仕方《しかた》ねーよ。それだけ俺《おれ》らを脅威《きょうい》に感《かん》じてるってことだよ』

大輝《だいき》だって状況《じょうきょう》は同《おな》じだった。

俺《おれ》と同《おな》じように、未経験《みけいけん》スタートの先輩《せんぱい》からは目《め》をつけられていた。

それでも理不尽《りふじん》にも耐《た》えて残《のこ》ると言《い》った大輝《だいき》を置《お》いて、俺《おれ》はすぐに退部《たいぶ》を決《き》めた。

『旭陽《あさひ》、本当《ほんとう》にそれでいいのかよ。一緒《いっしょ》に見返《みかえ》してやろうよ』

『あいつらがいる限《かぎ》り変《か》わんねーよ。そんな部活続《ぶかつつづ》ける意味《いみ》がない』

止《と》めようとしてくれた言葉《ことば》さえ、冷《つめ》たくあしらってすぐに部活《ぶかつ》をやめた。

もしかしたらそれも社会勉強《しゃかいべんきょう》として受《う》け入《い》れるべきだったのかもしれない。現《げん》に、大《だい》輝《き》はそれを上手《じょうず》に受《う》け流《なが》し、今《いま》はキャプテンとして後輩《こうはい》にも同期《どうき》にも慕《した》われて活躍《かつやく》しているのだから。

だけど、俺《おれ》には不必要《ふひつよう》なものにしか思《おも》えなかった。

結局《けっきょく》逃《に》げてしまった俺《おれ》には、今《いま》さら野球《やきゅう》をする資格《しかく》なんてない。

ただ、大輝《だいき》の後《うし》ろ姿《すがた》を見《み》ることで精一杯《せいいっぱい》なんだ。

「ねえ、澪音《みお》も行《い》くよね？」

「もちろん！　大輝《だいき》の晴《は》れ舞台《ぶたい》だもん！　行《い》くに決《き》まってんじゃん！」

輝《かがや》かしいグラウンドから目《め》をそらすように、ゲームに視線《しせん》を戻《もど》したときだった。

近《ちか》くの席《せき》から、朱里《あかり》に応《こた》える澪音《みお》の楽《たの》しそうな声《こえ》が聞《き》こえてきた。

少《すこ》し元気《げんき》すぎるようにも聞《き》こえるその声《こえ》に、俺《おれ》は静《しず》かに耳《みみ》を傾《かたむ》けた。

文化祭《ぶんかさい》の終《お》わり、様子《ようす》がおかしそうに見《み》えた彼女《かのじょ》を少《すこ》し気《き》にしていたけれど、気《き》のせいだったのかもしれない。明《あか》るい彼女《かのじょ》の様子《ようす》に俺《おれ》は安心《あんしん》していた。

「負《ま》けたら引退《いんたい》って、なんか切《せつ》ないよね」

「わかる」

六月中旬《ろくがつちゅうじゅん》から、中学生最後《ちゅうがくせいさいご》の大会《たいかい》が始《はじ》まる。

市大会《したいかい》から強豪《きょうごう》の集《あつ》まる俺《おれ》らの地域《ちいき》で、勝《か》ち残《のこ》るのはかなり難《むずか》しい。

だからこそ、初《はじ》めの市大会《したいかい》から応援《おうえん》の気合《きあい》が入《はい》るのは、三年間通《さんねんかんとお》して恒例《こうれい》のことだった。

「みんな頑張《がんば》ってほしいなあ！　超応援《ちょうおうえん》してる！」

運動部《うんどうぶ》に入《はい》るみんなに対《たい》して、明《あか》るく応援《おうえん》の目《め》を向《む》ける澪音《みお》を遠目《とおめ》に眺《なが》める。

俺《おれ》は退部《たいぶ》してからすぐに適当《てきとう》な部活《ぶかつ》に入《はい》ったけれど、澪音《みお》は帰宅部《きたくぶ》だった。

俺《おれ》が知《し》っている澪音《みお》は、活発《かっぱつ》な性格《せいかく》をしていた。入学当時《にゅうがくとうじ》もどうして部活《ぶかつ》に入《はい》らないんだろうと疑問《ぎもん》に思《おも》ったけれど、そのころの俺《おれ》らはそんな会話《かいわ》をする関係《かんけい》でもなく……。

その真相《しんそう》は知《し》らないまま、引退《いんたい》の時期《じき》を迎《むか》えてしまっていた。

「ねえ、旭陽《あさひ》も一緒《いっしょ》に見《み》に行《い》く？」

「市大会《したいかい》はバレーと同《おな》じ日《ひ》だし、行《い》くなら地区大会《ちくたいかい》かな」

声《こえ》をかけに来《き》た澪音《みお》からも不自然《ふしぜん》に視線《しせん》を逸《そ》らす。

ぼんやりとしか返《かえ》せなかったのは、俺《おれ》に頑張《がんば》り抜《ぬ》いた大輝《だいき》の雄姿《ゆうし》を直視《ちょくし》する勇気《ゆうき》がなかったから。自分《じぶん》で選《えら》んだ道《みち》なのに、どうしたって比較《ひかく》して卑屈《ひくつ》になってしまう自分《じぶん》が苦《くる》しかったからだ。

「そっか。じゃあ地区大会《ちくたいかい》は一緒《いっしょ》に見《み》よう！」

ほんの少《すこ》し表情《ひょうじょう》を暗《くら》くした彼女《かのじょ》はきっと俺《おれ》の気持《きも》ちを察《さっ》していた。

直接的《ちょくせつてき》には話《はな》すことはなかったけれど、野球《やきゅう》が大好《だいす》きだったころの俺《おれ》を一番近《いちばんちか》くで見《み》ていたのは澪音《みお》だから。

「そうだな」

そう小《ちい》さな声《こえ》で返《かえ》すと、澪音《みお》は控《ひか》えめに笑《わら》ってまた朱里《あかり》の元《もと》へと戻《もど》っていった。

「あー、だりぃー。なんもやる気起《きお》きねえー、部活行《ぶかつい》きてえー」

隣《となり》の席《せき》から聞《き》こえる項垂《うなだ》れたクラスメイトの声《こえ》に苦笑《にがわら》いを返《かえ》す。

「テニス部《ぶ》、先週市大会《せんしゅうしたいかい》だったんだっけ？　お疲《つか》れ」

六月末《ろくがつまつ》になり、おおよその運動部《うんどうぶ》で市大会《したいかい》が終了《しゅうりょう》したころ。

半分《はんぶん》ほどの部活《ぶかつ》が残念《ざんねん》ながら敗退《はいたい》し、引退《いんたい》の時期《じき》を迎《むか》えていた。

「悔《くや》しいー地区大会《ちくたいかい》には行《い》きたかった」

クラスの至《いた》るところからそんな声《こえ》が聞《き》こえる中《なか》、俺《おれ》は相変《あいか》わらず少《すこ》しの気《き》まずさを憶《おぼ》えながら適当《てきとう》に受《う》け流《なが》していた。

きっと三年間《さんねんかん》を熱《あつ》く頑張《がんば》り終《お》えたあとは、こんなふうになるのだろう。

それすらも羨《うらや》ましく思《おも》えて、俺《おれ》は項垂《うなだ》れる友人《ゆうじん》を横目《よこめ》にスマホを手《て》に取《と》った。

「なんのゲーム？　私《わたし》もやりたい！」

しばらくゲームに集中《しゅうちゅう》していると、突然頭上《とつぜんずじょう》から明《あか》るく澄《す》んだ声《こえ》が降《ふ》ってきた。

思《おも》わず顔《かお》を上《あ》げると、見慣《みな》れた笑顔《えがお》がこちらを向《む》いていた。

久《ひさ》しぶりに感《かん》じる彼女《かのじょ》は隣《となり》の席《せき》の椅子《いす》を引《ひ》くと、そのままの勢《いきお》いで俺《おれ》の席《せき》に近《ちか》づけてから腰《こし》をおろした。

「FPS《エフピーエス》。お前《まえ》ゲームできねーじゃん」

平静《へいせい》を装《よそお》い自然《しぜん》に返《かえ》すけれど、急《きゅう》に現《あらわ》れた澪音《みお》に俺《おれ》は落《お》ちつかない気持《きも》ちを必死《ひっし》で抑《おさ》えていた。

文化祭《ぶんかさい》をへて普通《ふつう》に話《はな》すようになった俺《おれ》らは、休《やす》み時間《じかん》にそんな他愛《たあい》のない話《はなし》をする関係《かんけい》になっていた。けれど最近《さいきん》、以前《いぜん》にも増《ま》して学校《がっこう》をサボりがちな澪音《みお》が急《きゅう》に現《あらわ》れたことは、俺《おれ》を驚《おどろ》かせるには十分《じゅうぶん》の出来事《できごと》だった。

「大輝《だいき》の市大会《したいかい》、行《い》かなかったらしいじゃん」

俺《おれ》の所属《しょぞく》するバレー部《ぶ》を含《ふく》め、多《おお》くの部活《ぶかつ》

が市大会《したいかい》で引退《いんたい》を迎《むか》える中《なか》、大輝《だいき》の野球部《やきゅうぶ》は見事《みごと》強豪校《きょうごうこう》を倒《たお》し、地区大会《ちくたいかい》へと進出《しんしゅつ》した。その功績《こうせき》は朱里《あかり》からの速報《そくほう》で知《し》ったけれど、どうやら澪音《みお》もその場《ば》にはいなかったようだった。

「あー、急用入《きゅうようはい》っちゃって。大輝《だいき》、大活躍《だいかつやく》だったみたいだね？　旭陽《あさひ》も見《み》に来《き》てほしかったって朱里《あかり》が怒《おこ》ってたよ」

視線《しせん》を逸《そ》らされ少《すこ》し不思議《ふしぎ》に思《おも》う。

理由《りゆう》をつけて行《い》かなかった俺《おれ》も人《ひと》のことは言《い》えないから突《つ》っ込《こ》まなかったけれど、このころから澪音《みお》の日常《にちじょう》には不審《ふしん》なところが見《み》え隠《かく》れしていた。

「そうだな、地区大会《ちくたいかい》は行《い》こうかな」

「だね、一緒《いっしょ》に行《い》こ」

にこやかに微笑《ほほえ》まれて、ゲームに集中《しゅうちゅう》できなくなっていた俺《おれ》は、背後《はいご》に迫《せま》っている敵《てき》の存在《そんざい》に気《き》づかずに簡単《かんたん》に倒《たお》されてしまった。

「あー負《ま》けた！　ね、なんか一緒《いっしょ》にできるゲームしようよ！」

うれしそうに笑顔《えがお》を向《む》けて、俺《おれ》のスマホを覗《のぞ》き込《こ》む。

その瞬間《しゅんかん》にふわっと香《かお》ったのは爽《さわ》やかな柑橘系《かんきつけい》の香《かお》りだった。

澪音《みお》からは初《はじ》めて感《かん》じる香《かお》りで少《すこ》し不思議《ふしぎ》に思《おも》ったけれど、爽《さわ》やかでふんわり甘《あま》いその香《かお》りは澪音《みお》に似合《にあ》う好《す》きなにおいだと思《おも》った。

「何《なに》やっても下手《へた》くそだっただろ……」

スマホを眺《なが》める澪音《みお》を見《み》おろしながら、俺《おれ》は小《ちい》さく笑《え》みを零《こぼ》した。

小学生《しょうがくせい》のころは、俺《おれ》の家《いえ》でよく一緒《いっしょ》にゲームをしていた。

当時《とうじ》から澪音《みお》は、突然思《とつぜんおも》い出《だ》したかのようにゲームをしたがったけれど、いつも友達《ともだち》とゲームをしている俺《おれ》には敵《かな》うわけもなく、結局《けっきょく》は思《おも》いっきり負《ま》かせていた。

今思《いまおも》い返《かえ》すと、少《すこ》しくらい手加減《てかげん》したらいいのに、とも思《おも》わないこともないけれど。

「上手《うま》くなってるかもよ？　なんせ私《わたし》たちには五年《ごねん》の空白《くうはく》があるからね！」

自慢《じまん》げに述《の》べる澪音《みお》にちらりと視線《しせん》を向《む》けると、声色《こわいろ》のとおりすでに勝《か》ち誇《ほこ》ったような笑《え》みを見《み》せる彼女《かのじょ》がいた。

澪音《みお》の言《い》う『五年《ごねん》の空白《くうはく》』の中《なか》に、聞《き》きたいことや引《ひ》っかかることはいくつもあった。

当時《とうじ》から変《か》わらない、えくぼが光《ひか》る可愛《かわい》らしい笑顔《えがお》の奥《おく》に仕舞《しま》いこまれているような違《い》和感《わかん》。それがなんなのかは、はっきりとは言葉《ことば》にできない。

このころから、俺《おれ》はたしかに表現《ひょうげん》しがたい不安《ふあん》に襲《おそ》われていた。

けれど大事《だいじ》なところで強《つよ》くなれない俺《おれ》は、結局《けっきょく》不安《ふあん》な気持《きも》ちを押《お》し込《こ》み他愛《たあい》のない会話《かいわ》を続《つづ》けてしまうのだ。

「まあ期待《きたい》はしないけど。何入《なにはい》ってんの？」

澪音《みお》が両手《りょうて》で持《も》っていたスマホを覗《のぞ》き込《こ》み、ホーム画面《がめん》を勝手《かって》にスクロールする。

抵抗《ていこう》することもなくそれを眺《なが》めている澪音《みお》に、相変《あいか》わらずだなと思《おも》って笑《わら》った。

「お、これやろーぜ」

目《め》に留《と》まったのは、二人《ふたり》で戦《たたか》えるパズルゲーム。積《つ》み上《あ》げられていくブロックを合《あ》わせて消《け》すと、相手《あいて》に妨害《ぼうがい》が入《はい》るようになっていて、以前《いぜん》から暇《ひま》を見《み》つけてはやっているゲームだった。

「いいじゃん！」

なんだか得意《とくい》げな彼女《かのじょ》に、俺《おれ》は意外《いがい》だなあと顔《かお》を見《み》つめる。

「このゲームは結構《けっこう》やり込《こ》んだからね！」

俺《おれ》の知《し》る澪音《みお》は、飽《あ》き性《しょう》でゲームをやり込《こ》むことなんてなかったはずだけれど。

転校先《てんこうさき》で友達《ともだち》ができなかったのだろうか。たしかに転校《てんこう》していたころの話《はなし》は一切《いっさい》聞《き》かないし。

また心《こころ》はざわざわと動《うご》き出《だ》し、心配《しんぱい》になりながら彼女《かのじょ》を見《み》つめる。澪音《みお》はそんな俺《おれ》を気《き》に留《と》めることもなく、両手《りょうて》で真剣《しんけん》にパズルを組《く》み解《と》いていた。

まあ、今《いま》は楽《たの》しそうだしいいか。そう思《おも》い直《なお》して、俺《おれ》もパズルを組《く》み合《あ》わせていく。

考《かんが》え事《ごと》をしながら進《すす》めた指先《ゆびさき》は手加減《てかげん》など忘《わす》れ、いつもどおりに素早《すばや》く動《うご》き続《つづ》けていた。

「なんで!?」

ゲームを初《はじ》めて数分《すうふん》。

澪音《みお》は俺《おれ》の席《せき》に倒《たお》れ込《こ》み、幼《おさな》い子供《こども》のように駄々《だだ》を捏《こ》ねていた。

「こんなに負《ま》け続《つづ》けることある!?」

信《しん》じられないくらい秒殺《びょうさつ》で勝《か》ってしまった数分前《すうふんまえ》。

その現実《げんじつ》が信《しん》じられない様子《ようす》だった澪音《みお》に何度《なんど》も戦《たたか》いを挑《いど》まれたものの、結果《けっか》はすべて同《おな》じだった。

途中《とちゅう》で手加減《てかげん》しようとしたのに、それはバレて『本気《ほんき》でやって』と怒《おこ》るのだから仕方《しかた》ない。今回《こんかい》に関《かん》しては、決《けっ》して俺《おれ》が大人《おとな》げないわけではない。

「よっわ」

項垂《うなだ》れる彼女《かのじょ》が可愛《かわい》くて、ついつい煽《あお》るような言葉《ことば》が飛《と》び出《だ》す。

澪音《みお》は、悔《くや》しそうにもう一度《いちど》スタートボタンを押《お》した。

「もう授業始《じゅぎょうはじ》まるけど」

「授業《じゅぎょう》とか関係《かんけい》ないから」

「お前《まえ》、本当《ほんとう》に悪《わる》くなったな」

呆《あき》れながらも、まっすぐスマホを見《み》つめる澪音《みお》に、俺《おれ》は付《つ》き合《あ》うことにした。

まあ俺《おれ》だって、遅刻《ちこく》もサボりも人《ひと》のこと言《い》えないし。口《くち》を出《だ》すような理由《りゆう》もない。

「おっ！　調子《ちょうし》いいんじゃない⁉　どう⁉」

「おー、まあいんじゃね？」

たくさんのパズルが一斉《いっせい》に消《き》え、ぱあと顔《かお》を輝《かがや》かせた澪音《みお》に俺《おれ》は小《ちい》さく笑《わら》う。

そのあと、少《すこ》しの指先《ゆびさき》の動《うご》きでその妨害《ぼうがい》を消《け》し去《さ》った。

「ええ……」

顔《かお》にあるすべてのパーツを同時《どうじ》に下《さ》げ、わかりやすく落胆《らくたん》した澪音《みお》。

その表情《ひょうじょう》を目《め》にした途端《とたん》、俺《おれ》は勢《いきお》いよく噴《ふ》き出《だ》した。

「あっはは……、お前《まえ》その顔《かお》、やっぱ変《か》わんねーわ！」

学校中《がっこうじゅう》が部活《ぶかつ》に一生懸命《いっしょうけんめい》なこの季節《きせつ》。

どうしても憂鬱《ゆううつ》な気分《きぶん》が大《おお》きくなる気持《きも》ちを、澪音《みお》の笑顔《えがお》が癒《いや》してくれていた。

少《すこ》し前《まえ》に自覚《じかく》した感情《かんじょう》が溢《あふ》れ出《だ》す。

喜怒哀楽《きどあいらく》がわかりやすい澪音《みお》の表情《ひょうじょう》が、愛《いと》しかった。

彼女《かのじょ》と過《す》ごす時間《じかん》が楽《たの》しくて大好《だいす》きだった。

今《いま》の澪音《みお》が見《み》せる表情《ひょうじょう》や仕草《しぐさ》は、見《み》るたび重《おも》く深《ふか》く俺《おれ》の心《こころ》に刺《さ》さっていた。

「旭陽《あさひ》、変《か》わんないね」

驚《おどろ》いたように俺《おれ》を見《み》つめ、そんなことを呟《つぶや》いた澪音《みお》に急《きゅう》に気《き》まずくなった。思《おも》いきり笑《わら》ってしまった自分《じぶん》を思《おも》い返《かえ》し、恥《は》ずかしくなった俺《おれ》は意識的《いしきてき》に口角《こうかく》を下《さ》げる。

二人《ふたり》の間《あいだ》に、見《み》て取《と》れるような微妙《びみょう》な空気《くうき》が流《なが》れ、俺《おれ》は静《しず》かにゲームを閉《と》じた。

「今日《きょう》はもう終《お》わり」

「えー、なんでよ！」

「勝《か》てねーことがわかっただろ」

さっさとスマホを片《かた》づけて教科書《きょうかしょ》を広《ひろ》げた俺《おれ》に、澪音《みお》はぷくりと頬《ほお》を膨《ふく》らませて席《せき》を立《た》った。

俺《おれ》は、澪音《みお》にバレないように小《ちい》さく息《いき》を零《こぼ》す。

澪音《みお》といると、いろんな感情《かんじょう》に振《ふ》り回《まわ》される。

この理由《りゆう》はわかっているけれど、簡単《かんたん》には行動《こうどう》を起《お》こせないほど、澪音《みお》との時間《じかん》は愛《いと》おしく大切《たいせつ》なものになっていた。

後悔《こうかい》から前《まえ》へ【旭陽《あさひ》side】

その週末《しゅうまつ》。

活気《かっき》のある吹奏楽部《すいそうがくぶ》の音《おと》と、声《こえ》を押《お》し潰《つぶ》すような大《おお》きな応援《おうえん》の声《こえ》が響《ひび》くグラウンドに俺《おれ》は顔《かお》を出《だ》していた。

「あっ！　旭陽《あさひ》！　遅《おそ》いよ！」

応援席《おうえんせき》の階段《かいだん》をおりていく途中《とちゅう》、最前列《さいぜんれつ》の一番《いちばん》いい場所《ばしょ》から手招《てまね》きをする朱里《あかり》を見《み》つけ、俺《おれ》は思《おも》わず顔《かお》をしかめる。

野球部員《やきゅうぶいん》の目《め》に触《ふ》れないようにわざわざ時間《じかん》を遅《おく》らせたのに、そんな特等席《とくとうせき》行けるわけねーだろ。

彼氏《かれし》の一世一代《いっせいちだい》の大舞台《おおぶたい》にそんな気《き》づかいは消《き》えたのか、早《はや》く来《こ》いと言《い》わんばかりの朱《あか》里《り》の圧《あつ》に負《ま》けて、俺《おれ》は諦《あきら》めて階段《かいだん》をおりた。

朱里《あかり》の隣《となり》には二《ふた》つの空席《くうせき》があった。一《ひと》つは俺《おれ》。もう一《ひと》つはきっと澪音《みお》の席《せき》だろう。

きょろきょろとまわりを見渡《みわた》すけれど、澪音《みお》の姿《すがた》はないようだった。

「負《ま》けてんの？」

「そうなの……！」

朱里《あかり》が指《ゆび》を差《さ》したスコアボードに目《め》を細《ほそ》める。

対戦校《たいせんこう》が二点《にてん》リードしているスコアで、大会《たいかい》の状況《じょうきょう》を確認《かくにん》する。試合《しあい》は九回《きゅうかい》の表《おもて》でこちらの攻撃《こうげき》だけど、二《ツー》アウトランナーなし。

厳《きび》しい局面《きょくめん》に、野球部《やきゅうぶ》のメンバーも表情《ひょうじょう》を暗《くら》くしているのが見《み》て取《と》れた。

「大輝《だいき》ー!! 頑張《がんば》れー!!」

バッターボックスに見慣《みな》れた後《うし》ろ姿《すがた》が立《た》つ。

朱里《あかり》が声《こえ》を張《は》り上《あ》げると、その後《うし》ろ姿《すがた》は振《ふ》り返《かえ》り観客席《かんきゃくせき》を見上《みあ》げた。

俺《おれ》と視線《しせん》が合《あ》った大輝《だいき》は驚《おどろ》いたような丸《まる》い目《め》を向《む》けた。

まっすぐすぎる視線《しせん》に、思《おも》わず目《め》を逸《そ》らしそうになったけれど、グッと堪《こら》えて小《ちい》さく拳《こぶし》を上《あ》げた。

「さんきゅ」

きっとそう動《うご》いた口《くち》はすぐにギュッと閉《と》じられ、集中力《しゅうちゅうりょく》が伝《つた》わってくる。

ピッチャーを見《み》つめる大輝《だいき》の後《うし》ろ姿《すがた》は、悔《くや》しいほどにかっこよかった。

下《さ》げられた拳《こぶし》は、知《し》らない間《あいだ》に爪《つめ》が食《く》い込《こ》むほど固《かた》く固《かた》く握《にぎ》りしめられていた。

後輩《こうはい》に慕《した》われるのもわかる。キャプテンを任《まか》されるのもわかる。

最後《さいご》まで部活《ぶかつ》をやりきったやつにしか出《だ》せない、最高《さいこう》の後《うし》ろ姿《すがた》だった。

投《な》げられたまっすぐな投球《とうきゅう》に、大輝《だいき》のきれいなフォームが動《うご》く。

気持《きも》ちのよい音《おと》を立《た》てて、バットにボールが当《あ》たった。


「朱里《あかり》、いつまで泣《な》いてんだよ。大輝《だいき》が来《く》るまでに泣《な》きやむんだろ？」

スマホを握《にぎ》りしめて泣《な》き続《つづ》ける朱里《あかり》に俺《おれ》は戸惑《とまど》っていた。

「だって……悔《くや》しい……っ！　大輝《だいき》もみんなも頑張《がんば》ってたのに……！」

最後《さいご》まで全力《ぜんりょく》で戦《たたか》った大輝《だいき》たちだったけれど、結局《けっきょく》逆転《ぎゃくてん》は叶《かな》わず大輝《だいき》の夏《なつ》は終《お》わった。

後輩《こうはい》も監督《かんとく》も応援《おうえん》していた観客《かんきゃく》も。全員《ぜんいん》が涙《なみだ》を流《なが》すような時間《じかん》に、大輝《だいき》だけは一度《いちど》も涙《なみだ》を流《なが》さず後輩《こうはい》にかっこいい姿《すがた》を見《み》せ続《つづ》けていた。

《悔《くや》しいよねえ》

スマホから聞《き》こえてくる澪音《みお》の声《こえ》は、いつもよりも細《ほそ》く小《ちい》さく聞《き》こえた。

また急用《きゅうよう》で来《こ》られなかったという彼女《かのじょ》に、朱里《あかり》が電話《でんわ》をかけていたのだ。

スマホを通《とお》した声《こえ》は元気《げんき》がないようにも聞《き》こえた。けれど数日前《すうじつまえ》、一緒《いっしょ》に行《い》こうと約束《やくそく》したにもかかわらず顔《かお》を出《だ》さなかった彼女《かのじょ》の声《こえ》が聞《き》けたことに、俺《おれ》はどこか安心《あんしん》していた。

最近《さいきん》の澪音《みお》は、学校《がっこう》へ来《き》ても数時間《すうじかん》しか教室《きょうしつ》にいないし授業中《じゅぎょうちゅう》に席《せき》を立《た》つこともある。明《あき》らかに不自然《ふしぜん》でありながら、目《め》が合《あ》うといつもどおりを取《と》り繕《つくろ》うような笑顔《えがお》を俺《おれ》に向《む》ける。

そんな彼女《かのじょ》の姿《すがた》は、また急《きゅう》にいなくなってしまうのではないかと思《おも》わせるような、妙《みょう》な不安《ふあん》を感《かん》じさせていた。

「あーもう、澪音《みお》なんとかしろよ」

《ふふ、その場《ば》にいるのは旭陽《あさひ》なんだから、旭陽《あさひ》の仕事《しごと》だよ》

泣《な》きやまない朱里《あかり》に代《か》わり、澪音《みお》と会話《かいわ》を続《つづ》ける。どうしたらいいかわからず困《こま》り果《は》てていると、引退式《いんたいしき》も終《お》えた大輝《だいき》が現《あらわ》れて優《やさ》しく朱里《あかり》の頭《あたま》に触《ふ》れた。

「悪《わる》い悪《わる》い、ってあはは、朱里超泣《あかりちょうな》いてんじゃん！」

「大輝《だいき》……っ、悔《くや》しい……っ‼」

「ばかだなあ。そこは、最後《さいご》までやりきったからお疲《つか》れさまでいいんだよ。でもありがと」

朱里《あかり》はますます大粒《おおつぶ》の涙《なみだ》を零《こぼ》し、大輝《だいき》に頭《あたま》を預《あず》ける。

安堵《あんど》の意味《いみ》も込《こ》めて苦笑《にがわら》いを零《こぼ》す俺《おれ》に、大輝《だいき》も小《ちい》さく笑《わら》った。

「旭陽《あさひ》もありがとな。まさか来《き》てくれると思《おも》わなかった」

「いや、かっこよかったよ。お疲《つか》れ」

悔《くや》しいとか、自分《じぶん》とは違《ちが》うとか、そんなことすら思《おも》えないほどに大輝《だいき》は輝《かがや》いていた。

ずっと足踏《あしぶ》みをしていたけれど、見《み》に来《き》てよかったと心《こころ》から思《おも》えている。

素直《すなお》に出《で》た言葉《ことば》に大輝《だいき》は目《め》を丸《まる》くして、突然朱里《とつぜんあかり》からも離《はな》れて俺《おれ》に背《せ》を向《む》けた。

「……お前《まえ》、まじでふざけんな」

「え？」

背《せ》を向《む》けた大輝《だいき》の肩《かた》が震《ふる》えていることに気《き》づき、俺《おれ》は言葉《ことば》を止《と》める。

涙《なみだ》が止《と》まった朱里《あかり》が驚《おどろ》いたようにこちらを向《む》き、俺《おれ》も何《なに》も言《い》えずにその背中《せなか》を見《み》つめた。

「ずっとお前《まえ》みたいに、なりたかったんだ」

それまでずっと泣《な》かなかった大輝《だいき》の声《こえ》が、震《ふる》えていた。

「旭陽《あさひ》には敵《かな》わない。どのポジションをやらせてもすぐに要領《ようりょう》を掴《つか》んで、誰《だれ》よりも上手《うま》くなる努力《どりょく》もして。後輩《こうはい》だって、旭陽《あさひ》に憧《あこが》れてるやつばっかりで」

ぼんやりと少年野球《しょうねんやきゅう》クラブに入《い》ったばかりのころの大輝《だいき》を思《おも》い出《だ》す。俺《おれ》より少《すこ》し遅《おく》れて入《はい》った大輝《だいき》は、毎日《まいにち》『一緒《いっしょ》にやろう』と声《こえ》をかけてくれていた。

「はぁ？　なに言《い》って……」

涙《なみだ》も隠《かく》さずに振《ふ》り返《かえ》った大輝《だいき》は、勢《いきお》いよく俺《おれ》に抱《だ》きついた。

「だから、憧《あこが》れたやつにそう言《い》われるのが一番《いちばん》うれしいって話《はなし》だよ」

俺《おれ》が部活《ぶかつ》をやめてからもずっと仲良《なかよ》くしていたけれど、一度《いちど》も部活《ぶかつ》の悩《なや》みを聞《き》くことはなかった。

そんな大輝《だいき》の口《くち》から思《おも》わぬ言葉《ことば》が出《で》てきて、俺《おれ》は驚《おどろ》きで固《かた》まっていた。

「俺《おれ》はただ、逃《に》げただけで。逃《に》げずにここまでやりきるなんて俺《おれ》にはできないし、だから俺《おれ》なんかよりずっとお前《まえ》のほうが」

「黙《だま》れ、お前《まえ》は野球《やきゅう》を始《はじ》めたころからずっと俺《おれ》の憧《あこが》れなんだよ。お前《まえ》を越《こ》えたくて、だからここまで頑張《がんば》れたんだ」

俺《おれ》の卑屈《ひくつ》な言葉《ことば》を黙《だま》らせるように抱《だ》きつく腕《うで》に力《ちから》が込《こ》められた。それだけで十分《じゅうぶん》驚《おどろ》いたのに、さらに信《しん》じられないような熱《あつ》い言葉《ことば》がぶつけられ、気恥《きは》ずかしくなった俺《おれ》は大《だい》輝《き》を引《ひ》き剥《は》がす。

「ばっか、離《はな》れろ！」

泣《な》きながら笑《わら》う大輝《だいき》がおかしくて、俺《おれ》も思《おも》わず笑《わら》ってしまった。

「旭陽《あさひ》、高校《こうこう》で一緒《いっしょ》に野球《やきゅう》しよう。今《いま》なら俺《おれ》、お前《まえ》と肩並《かたなら》べられる」

「ばかじゃねーの。俺《おれ》のほうが、頑張《がんば》んなきゃだろ」

小《ちい》さく笑《わら》った俺《おれ》に朱里《あかり》も大輝《だいき》と顔《かお》を見合《みあ》わせて笑《わら》い、大輝《だいき》の夏《なつ》は本当《ほんとう》に幕《まく》を閉《と》じた。

部活《ぶかつ》をやめてからずっと、どこか悔《くや》しくて自分《じぶん》が情《なさ》けなかった。

そんな俺《おれ》の夏《なつ》まで昇華《しょうか》させてくれた大輝《だいき》には、感謝《かんしゃ》してもしきれない。

「澪音《みお》も、来《こ》れたらよかったね」

朱里《あかり》の呟《つぶや》きに、俺《おれ》は小《ちい》さく頷《うなず》く。

涙《なみだ》も収《おさ》まり、大輝《だいき》と話《はな》したそうにしていた朱里《あかり》から澪音《みお》と繋《つな》がるスマホを預《あず》かった。

「澪音《みお》？　お前《まえ》、地区大会《ちくたいかい》は見《み》るって言《い》ってなかったっけ？」

話《はな》しかけると、すぐに澪音《みお》の声《こえ》が聞《き》こえる。

《あー、そうなんだけど、行《い》けなくなっちゃって。大輝《だいき》の雄姿《ゆうし》、見届《みとど》けたかったんだけどねえ》

「なんか澪音《みお》も最近忙《さいきんいそが》しそうだよな？　急用多《きゅうようおお》くね？」

「本当《ほんとう》に来《き》てほしかった……！」

澪音《みお》に応《こた》えながら、場所《ばしょ》を移動《いどう》しようと手振《てぶ》りで伝《つた》えてくる二人《ふたり》について歩《ある》く。

少《すこ》しの距離《きょり》が空《あ》いてから、俺《おれ》はスピーカーをオフにしてスマホを耳《みみ》に当《あ》てた。

「澪音《みお》、お前《まえ》なんか隠《かく》してない？」

正直《しょうじき》、勇気《ゆうき》を出《だ》した質問《しつもん》だった。

《えー？　隠《かく》してなんかないよ。それより高校《こうこう》で野球《やきゅう》やるって本当《ほんとう》？　私《わたし》それめちゃくちゃうれしいかも》

おかしそうに笑《わら》って次《つぎ》の話題《わだい》へと移《うつ》った澪音《みお》に、俺《おれ》の小《ちい》さな勇気《ゆうき》は簡単《かんたん》に消《き》え去《さ》る。

重《かさ》なりつつあった小《ちい》さな違和感《いわかん》が、俺《おれ》の中《なか》での確証《かくしょう》となったのはこのころだった。

「大会《たいかい》お疲《つか》れさまでした。最後《さいご》までやりきった力《ちから》はちゃんと今後《こんご》に活《い》きてくるからな」

地区大会《ちくたいかい》まで残《のこ》っていた野球部《やきゅうぶ》が敗退《はいたい》した、翌週《よくしゅう》の朝《あさ》のホームルーム。

クラスの全員《ぜんいん》が部活動《ぶかつどう》を引退《いんたい》した、ということで、担任《たんにん》が熱《あつ》い話《はなし》を振《ふ》っていた。

「で、その力《ちから》を一番《いちばん》に活《い》かせる場所《ばしょ》が、これからの受験《じゅけん》シーズンだ」

薄々感《うすうすかん》じてはいたけれど、当然《とうぜん》のように話題《わだい》に出《だ》されたその言葉《ことば》にクラスからは明《あき》らかに曇《くも》った空気《くうき》が流《なが》れる。

「もうちょっと余韻《よいん》に浸《ひた》らせてくれてもいいじゃん、先生《せんせい》」

「俺《おれ》ら超《ちょう》がんばったじゃん」

「だからその頑張《がんば》りを活《い》かそうって話《はなし》だろ？　ってことで、七月末《しちがつまつ》には模試《もし》がありますよ」

強引《ごういん》に受験《じゅけん》の話《はなし》を進《すす》める担任《たんにん》から視線《しせん》を外《はず》し、俺《おれ》は窓際《まどぎわ》の空席《くうせき》を見《み》つめた。

今日《きょう》も澪音《みお》は当然《とうぜん》のように席《せき》にいない。

出席《しゅっせき》で確認《かくにん》されることも減《へ》り、いないのが自然《しぜん》になりつつあるのが怖《こわ》かった。

「なあ、朱里《あかり》。澪音《みお》と連絡取《れんらくと》ってる？」

休《やす》み時間《じかん》、女子《じょし》と話《はな》す朱里《あかり》の元《もと》へ行《い》き、澪音《みお》の話題《わだい》を振《ふ》った。

「うん？　まあ、それなりには……」

俺《おれ》が深刻《しんこく》な顔《かお》をしてしまっていたのか、朱里《あかり》は気《き》をつかうように席《せき》を立《た》ち上《あ》がると場所《ばしょ》を移動《いどう》するように促《うなが》す。

教室《きょうしつ》から出《で》ていく俺《おれ》らと視線《しせん》を合《あ》わせた大輝《だいき》もその輪《わ》に加《くわ》わって、三人《さんにん》で人《ひと》のいない階段《かいだん》の踊《おど》り場《ば》へと場所《ばしょ》を移《うつ》した。

「澪音《みお》、明《あき》らかに休《やす》みすぎだよな」

「ちょっとさすがに心配《しんぱい》だよね、サボりじゃ収《おさ》まらないっていうか。もう受験《じゅけん》もあるし」

朱里《あかり》も大輝《だいき》も思《おも》うことは同《おな》じだったようで、そんな言葉《ことば》を浮《う》かべていた。

「連絡《れんらく》もね、してはいるんだけど、最近適当《さいきんてきとう》な返信《へんしん》しか来《こ》ないんだよね」

少《すこ》し期待《きたい》していた朱里《あかり》とのやりとりにも、俺《おれ》と大《たい》して変《か》わらないスタンプが使《つか》われていて、階段《かいだん》に座《すわ》り込《こ》んで肘《ひじ》をつく。

「……このままじゃ、だめだよな」

俺《おれ》は小《ちい》さくそう呟《つぶや》いていた。

澪音《みお》は、きっとわかってくれている。

そう過信《かしん》して取《と》り返《かえ》しがつかなくなった過去《かこ》がある。

もうそんな過去《かこ》は繰《く》り返《かえ》したくない、何《なに》も知《し》らないままいなくなってしまった過去《かこ》は、あのときの辛《つら》さはもう、味《あじ》わいたくない。

「俺《おれ》さ、澪音《みお》に告《こく》るわ」

「え？」

明《あき》らかに脈絡《みゃくらく》のない、なおかつキャラでもない俺《おれ》の宣言《せんげん》に朱里《あかり》と大輝《だいき》は二人《ふたり》して顔《かお》を見合《みあ》わせた。

「い、いやいやいや、澪音《みお》のこと好《す》きなのは知《し》ってたけど、唐突《とうとつ》すぎない？」

戸惑《とまど》う朱里《あかり》に俺《おれ》は視線《しせん》を向《む》ける。

「澪音《みお》が、何《なに》か隠《かく》してんのは確実《かくじつ》だろ？　普通《ふつう》に聞《き》いても誤魔化《ごまか》されるのはもうわかった。朱里《あかり》にも大輝《だいき》にも何《なに》も話《はな》してないのもわかった」

朱里《あかり》と大輝《だいき》は、不思議《ふしぎ》そうに顔《かお》を見合《みあ》わせて俺《おれ》の言葉《ことば》を待《ま》つ。

最近《さいきん》の休《やす》み具合《ぐあい》は明《あき》らかにおかしいし、休日《きゅうじつ》の急用《きゅうよう》も不自然《ふしぜん》だ。

友達《ともだち》のことを大切《たいせつ》にする澪音《みお》が、大輝《だいき》の引退試合《いんたいじあい》よりも優先《ゆうせん》するなんて、きっと大層大《たいそうだい》事《じ》なことがあるに違《ちが》いない。それを誤魔化《ごまか》すのだから、何《なに》か事情《じじょう》があるのは確実《かくじつ》だった。

それに、もう慣《な》れてしまっていたけれど、そもそも、あんなふうに授業《じゅぎょう》をサボるタイプではなかった。部活《ぶかつ》にだって、所属《しょぞく》しないタイプでもなかった。

無理《むり》に明《あか》るく振《ふ》る舞《ま》って見《み》えるような瞬間《しゅんかん》、何《なに》かを誤魔化《ごまか》すような笑顔《えがお》、文化祭終《ぶんかさいお》わりの達成感《たっせいかん》とは違《ちが》う苦《くる》しそうな涙《なみだ》。

思《おも》い返《かえ》せば次々《つぎつぎ》と出《で》てくる違和感《いわかん》を、俺《おれ》はもう黙《だま》って見《み》てはいられなかった。

「急《きゅう》に転校《てんこう》したあのころみたいに、澪音《みお》はきっと大事《だいじ》なことは一人《ひとり》で抱《かか》え込《こ》むタイプなんだよ。でももう、そんなの嫌《いや》だから。何《なに》も知《し》らないで結果《けっか》で知《し》るのなんて嫌《いや》だから。だから伝《つた》える。なんでも相談《そうだん》していい相手《あいて》なんだって、わからせる。このままの関係《かんけい》じゃ、足《た》りないんだって、やっとわかった」

せっかく取《と》り戻《もど》した、澪音《みお》との幼《おさな》なじみという居心地《いごこち》のよい関係《かんけい》を壊《こわ》したくなくて、その一歩《いっぽ》は出《で》なかった。

だけどきっと、ただの幼《おさな》なじみでは澪音《みお》の壁《かべ》は壊《こわ》せない。

「旭陽《あさひ》、まじで男《おとこ》だな。頑張《がんば》れよ、応援《おうえん》する」

「なんか、ちょっと感動《かんどう》かも……」

からかうわけでもない二人《ふたり》の感嘆《かんたん》の声《こえ》に、俺《おれ》は熱《あつ》く宣言《せんげん》していた自分《じぶん》を思《おも》い返《かえ》し唐突《とうとつ》に恥《は》ずかしくなった。

「……教室《きょうしつ》戻《もど》る」

ぱっと背《せ》を向《む》けて早歩《はやある》きで廊下《ろうか》を進《すす》む。

少《すこ》し距離《きょり》をおいて息《いき》ぴったりの足音《あしおと》であとを追《お》ってきた二人《ふたり》は、同時《どうじ》に両方《りょうほう》の俺《おれ》の腕《うで》を掴《つか》み、横《よこ》から顔《かお》を覗《のぞ》き込《こ》んだ。

「旭陽《あさひ》、超《ちょう》かっこいい♡」

「澪音《みお》をお願《ねが》いね♡」

からかうようなニヤニヤした笑顔《えがお》に、勢《いきお》いよく二人《ふたり》を振《ふ》りほどき俺《おれ》は教室《きょうしつ》へと戻《もど》る。

「旭陽《あさひ》になら、澪音《みお》は話《はな》してくれるかな。澪音《みお》、私《わたし》から見《み》ても辛《つら》そうな瞬間《しゅんかん》あったから」

「話《はな》すだろ、あんなにかっこいいやついねーよ」

後《うし》ろで朱里《あかり》と大輝《だいき》が話《はな》していた声《こえ》は、小《ち》さく俺《おれ》の耳《みみ》にも届《とど》いていた。

澪音《みお》を心配《しんぱい》するのは俺《おれ》だけじゃない。二人《ふたり》のためにも、俺《おれ》は頑張《がんば》らないといけない。

一週間後《いっしゅうかんご》の七月十五日《しちがつじゅうごにち》には、地域《ちいき》の夏祭《なつまつ》りがある。

小学生《しょうがくせい》のころは毎年《まいとし》澪音《みお》と一緒《いっしょ》に行《い》っていた、思《おも》い出《で》のお祭《まつ》りだった。

次《つぎ》に澪音《みお》が学校《がっこう》に来《き》た日《ひ》、お祭《まつ》りに澪音《みお》を誘《さそ》おう。そしてその日《ひ》、すべてを伝《つた》えよう。

そう心《こころ》に決《き》めて、俺《おれ》は再《ふたた》び窓際《まどぎわ》の空席《くうせき》を見《み》つめた。

第四章《だいよんしょう》

儚《はかな》くも美《うつく》しい七月《しちがつ》

夢《ゆめ》のような花火《はなび》

七月《しちがつ》に入《はい》り、余命半年《よめいはんとし》と宣言《せんげん》されてからちょうど半年《はんとし》の月日《つきひ》がたった。

「痛《いた》い。莉音《りお》ねぇ、莉音《りお》ねぇ……」

莉音《りお》ねぇとは、同《おな》じ部屋《へや》にベッドを二《ふた》つ並《なら》べて一緒《いっしょ》に寝《ね》ている。

深夜《しんや》なのにもかかわらず、か細《ぼそ》い声《こえ》に反応《はんのう》して起《お》き上《あ》がった莉音《りお》ねぇは、私《わたし》の背中《せなか》をさすりながら薬《くすり》を手《て》に取《と》った。

痛《いた》くなったらすぐ飲《の》めるように、枕元《まくらもと》に置《お》かれている薬《くすり》。

それを取《と》ることさえままならないほど、痛《いた》みは強《つよ》く鋭《するど》いものになっていた。

「ありがと……」

薬《くすり》が効《き》き始《はじ》めるまで三十分《さんじっぷん》ほど。

「澪音《みお》。大丈夫《だいじょうぶ》だからね。すぐ効《き》くから」

「大丈夫《だいじょうぶ》？」

お母《かあ》さんも起《お》きてきて、私《わたし》のベッドに腰《こし》をおろし体《からだ》を擦《さす》ってくれる。痛《いた》みから気《き》を逸《そ》らすために、莉音《りお》ねぇが炊《た》いてくれる柑橘系《かんきつけい》のアロマの香《かお》りに意識《いしき》を持《も》っていき目《め》を閉《と》じた。

それでも耐《た》えられない痛《いた》みに唸《うな》り続《つづ》ける私《わたし》に、家族《かぞく》はずっと寄《よ》り添《そ》ってくれていた。

実《じつ》は文化祭《ぶんかさい》を終《お》えてすぐ、六月中旬《ろくがつちゅうじゅん》ごろから私《わたし》の病状《びょうじょう》は急速《きゅうそく》に悪化《あっか》していた。

「少《すこ》し、薬《くすり》を強《つよ》くしましょうか」

ぼんやりと聞《き》こえる往診《おうしん》に来《き》てくれた先生《せんせい》の言葉《ことば》に、小《ちい》さく頷《うなず》く。

「できるだけ学校《がっこう》に行《い》きたいから。友達《ともだち》や家族《かぞく》と過《す》ごしたいから。この痛《いた》みだけなくしてほしいんです。そしたらもうそれだけでいいから」

そう伝《つた》えると先生《せんせい》は、ギュッと私《わたし》の手《て》を握《にぎ》って頷《うなず》いてくれた。

文化祭《ぶんかさい》までは、あんなにも元気《げんき》だったのに。

薬《くすり》さえ飲《の》んでいれば、量《りょう》を増《ふ》やすのを怖《こわ》がりさえしなければ、最後《さいご》まで自分《じぶん》らしく生《い》きられるものだと、意外《いがい》と運命《うんめい》は優《やさ》しいのだと、そんなふうに思《おも》っていた自分《じぶん》を恨《うら》みたい。

大輝《だいき》の大会《たいかい》だって、八月《はちがつ》の県大会《けんたいかい》はきっと見《み》られないけど、七月初旬《しちがつしょじゅん》の地区大会《ちくたいかい》くらいまでは見届《みとど》けられるだろうと思《おも》っていた。

それなのに現実《げんじつ》は、市大会《したいかい》すら体調《たいちょう》を崩《くず》して行《い》けなかった。最後《さいご》になってしまった大輝《だいき》の地区大会《ちくたいかい》も、敗退《はいたい》の知《し》らせをベッドの上《うえ》で聞《き》いていた。

大輝《だいき》の敗退《はいたい》を知《し》らせる朱里《あかり》からの涙《なみだ》ながらの電話《でんわ》にも、私《わたし》は泣《な》けずにいた。

——酷《ひど》く、他人事《ひとごと》だった。

文化祭《ぶんかさい》では、あんなにも自分《じぶん》の人生《じんせい》に涙《なみだ》を流《なが》していたのに。

みんなと一緒《いっしょ》に中学最後《ちゅうがくさいご》の一年《いちねん》を楽《たの》しめていたのに。

ただ一《ひと》つ、旭陽《あさひ》のうれしそうな声《こえ》には心《こころ》を動《うご》かされる自分《じぶん》がいた。

『高校生《こうこうせい》になったら野球《やきゅう》を始《はじ》める——』

聞《き》こえてきた旭陽《あさひ》と大輝《だいき》の会話《かいわ》は、私《わたし》にとって本当《ほんとう》にうれしいものだった。

野球《やきゅう》をしている旭陽《あさひ》の、心《こころ》の底《そこ》から楽《たの》しそうな笑顔《えがお》が私《わたし》は大《だい》好《す》きだった。

辛《つら》い思《おも》い出《で》として押《お》し込《こ》めていたけれど、今《いま》はもう喜《よろこ》んで思《おも》い返《かえ》せる。

小学生《しょうがくせい》のとき毎週《まいしゅう》のように応援《おうえん》に行《い》っていた旭陽《あさひ》の野球《やきゅう》の大会《たいかい》が、グラウンドから観客席《かんきゃくせき》を見上《みあ》げる彼《かれ》の笑顔《えがお》が、今《いま》でも鮮明《せんめい》に思《おも》い出《だ》せた。

だけど、学校《がっこう》も休《やす》むことが増《ふ》えてきている日々《ひび》の中《なか》。

やりたかったこと、行《い》きたかったところ、動《うご》けなくなった途端《とたん》に溢《あふ》れ出《だ》す希望《きぼう》は、もう諦《あきら》めなければいけない。

「旭陽《あさひ》の野球《やきゅう》やってる姿《すがた》は、もう一度《いちど》くらい見《み》てみたかった……」

痛《いた》みに耐《た》えながらそんな言葉《ことば》が自然《しぜん》と零《こぼ》れ落《お》ちる。

けどこれはきっと、諦《あきら》めなければいけないことの一《ひと》つ。

一番《いちばん》の心残《こころのこ》りだった旭陽《あさひ》との関係《かんけい》は修復《しゅうふく》できた。

苦《くる》しい過去《かこ》は、幸《しあわ》せな過去《かこ》として塗《ぬ》り替《か》えられて、さらに新《あたら》しい幸《しあわ》せな思《おも》い出《で》を作《つく》ってもらった。

――だから、もう、私《わたし》は大丈夫《だいじょうぶ》。

無理《むり》をしてでも自分《じぶん》を納得《なっとく》させる材料《ざいりょう》があることは、不幸中《ふこうちゅう》の幸《さいわ》いだった。

上《うえ》を見上《みあ》げればキリがない。私《わたし》はこれで、今《いま》の状態《じょうたい》で十分幸《じゅうぶんしあわ》せだ。

強《つよ》がりかもしれないけれど、私《わたし》はそう自身《じしん》の心《こころ》に言《い》い聞《き》かせていた。


「お母《かあ》さん、今日《きょう》は学校《がっこう》に行《い》く！」

薬《くすり》を握《にぎ》りしめて両親《りょうしん》に交渉《こうしょう》する日《ひ》も増《ふ》えていた。

大輝《だいき》の地区大会《ちくたいかい》の日《ひ》から数日後《すうじつご》の今日《きょう》は、朝《あさ》から体調《たいちょう》がよく薬《くすり》の効《き》きもよかったため、午後《ごご》からの数時間《すうじかん》だけ学校《がっこう》へ行《い》くことができた。

授業時間《じゅぎょうじかん》に校舎《こうしゃ》の裏口《うらぐち》まで車《くるま》で送《おく》ってもらい、迎《むか》えに出《で》てきた担任《たんにん》と顔《かお》を合《あ》わす。

そして、私《わたし》の体《からだ》を支《ささ》えるように身《み》をかがめた先生《せんせい》の肩《かた》を借《か》りて車《くるま》をおりた。

「これでもかってくらいの特別扱《とくべつあつか》いだね」

「このくらいは諦《あきら》めろよ」

『特別扱《とくべつあつか》いはやめてほしい』なんて言《い》っていたけれど、そんなことを言《い》ってもいられないところまでついに来《き》てしまっていた。

両親《りょうしん》や先生《せんせい》の助《たす》けがなければ、私《わたし》はもういつもどおりには過《す》ごせない。

憎《にく》まれ口《ぐち》を叩《たた》く私《わたし》に苦笑《にがわら》いを見《み》せた先生《せんせい》は、不安《ふあん》そうなお母《かあ》さんに向《む》かって深《ふか》くお辞儀《じぎ》を返《かえ》した。

あと何回《なんかい》、学校《がっこう》へ来《こ》られるかもわからない。

そんな自覚《じかく》が生《う》まれてから見《み》る通《かよ》い慣《な》れた学校《がっこう》は、驚《おどろ》くほど明《あか》るく輝《かがや》いた世界《せかい》だった。

「おっは!!」

「澪音《みお》！　最近休《さいきんやす》みすぎだよ！　どうしたの!?」

教室《きょうしつ》に入《はい》るなり朱里《あかり》に抱《だ》きついた私《わたし》に、朱里《あかり》は酷《ひど》く驚《おどろ》いた様子《ようす》でこちらを振《ふ》り返《かえ》った。

いよいよ、ただのサボりでは誤魔化《ごまか》せないところまで来《き》ていると思《おも》った。

「まあ、いろいろあって？」

おそらく追及《ついきゅう》されることはない。そうわかっていながら曖昧《あいまい》に誤魔化《ごまか》す私《わたし》は、きっとずるい。

小学校《しょうがっこう》からの友人《ゆうじん》で、中学《ちゅうがく》からも変《か》わらず仲良《なかよ》くしてくれた朱里《あかり》。大輝《だいき》。

それに初恋《はつこい》の人《ひと》で幼《おさな》なじみの旭陽《あさひ》。

彼《かれ》らに話《はな》さないと決《き》めて最後《さいご》まで普通《ふつう》でいたいと願《ねが》ってきた私《わたし》だけど、本当《ほんとう》に何《なに》も言《い》わずに去《さ》ることが正《ただ》しいのだろうか……。

ふと、そんなことを考《かんが》えてしまうくらい、私《わたし》の病状《びょうじょう》は悪《わる》くなる一方《いっぽう》だった。


朱里《あかり》と離《はな》れて自分《じぶん》の席《せき》に座《すわ》ると、すぐに後《うし》ろから旭陽《あさひ》の声《こえ》がした。

「澪音《みお》。ずいぶんと長《なが》いサボりだったな」

その言葉《ことば》が、疑《うたが》いを含《ふく》んでいることはわかっていた。

「ちょっとサボりすぎちゃった？」

でも話《はな》すつもりはない、そう決《き》めて笑顔《えがお》で振《ふ》り返《かえ》る。

久《ひさ》しぶりに真正面《ましょうめん》から見《み》た旭陽《あさひ》の表情《ひょうじょう》は酷《ひど》く曇《くも》っていて、こちらが泣《な》きたくなるほど悲《かな》しそうだった。

崩《くず》れてしまいそうな笑顔《えがお》を必死《ひっし》で保《たも》ち、首《くび》をかしげる。

旭陽《あさひ》は諦《あきら》めたように一瞬《いっしゅん》俯《うつむ》いて私《わたし》の頭《あたま》に触《ふ》れた。

「なんか抱《かか》えてることがあるなら言《い》えよ」

旭陽《あさひ》は心配《しんぱい》そうな顔《かお》のまま呟《つぶや》く。

急《きゅう》に触《ふ》れた温《あたた》かい感触《かんしょく》に素直《すなお》にうれしくなる気持《きも》ちと、ここまで心配《しんぱい》させてしまっている申《もう》し訳《わけ》なさが交錯《こうさく》する中《なか》、私《わたし》は表情筋《ひょうじょうきん》に力《ちから》を込《こ》めた。

「えー、旭陽《あさひ》、超優《ちょうやさ》しいじゃん！」

「うるせえ」

冗談《じょうだん》を放《はな》てば、簡単《かんたん》に消《き》えてしまう旭陽《あさひ》の素直《すなお》な優《やさ》しさ。

その関係性《かんけいせい》が楽《たの》しくてうれしくて。

気《き》を抜《ぬ》いたら、せっかくの旭陽《あさひ》との時間《じかん》をかき消《け》してしまうかもしれない。そんな苦《くる》しい気持《きも》ちを押《お》し込《こ》めるように、うれしいで埋《う》め尽《つ》くす。

私《わたし》は取《と》り戻《もど》した初恋《はつこい》の心躍《こころおど》る時間《じかん》を、思《おも》う存分楽《ぞんぶんたの》しむことに必死《ひっし》で命《いのち》を懸《か》けていた。


「え？　じゃあ、今《いま》から野球《やきゅう》やることにしたの⁉」

「本格的《ほんかくてき》にやるのは高校入《こうこうはい》ったら。でも大輝《だいき》も引退《いんたい》したし、夏休《なつやす》みは草野球《くさやきゅう》チームに参《さん》加《か》しようって」

旭陽《あさひ》と一緒《いっしょ》に帰《かえ》る道《みち》の途中《とちゅう》、私《わたし》は驚《おどろ》いて旭陽《あさひ》を見上《みあ》げる。

私《わたし》が休《やす》んでいる間《あいだ》に、旭陽《あさひ》の時間《じかん》にはさらに変化《へんか》があったみたいでうれしかった。

野球《やきゅう》が大好《だいす》きで、大変《たいへん》そうな練習《れんしゅう》に必死《ひっし》で食《く》らいついていた少年野球《しょうねんやきゅう》クラブ時代《じだい》の旭陽《あさひ》を思《おも》い出《だ》し、頬《ほお》が緩《ゆる》む。

「そっか、うれしい。見《み》に行《い》きたいなー」

「見《み》ても楽《たの》しくねーだろ」

照《て》れ隠《かく》しの冷《つめ》たい言葉《ことば》は、むしろポカポカ温《あたた》かくて。

私《わたし》は、ふふ、と笑《わら》いを零《こぼ》す。

「……いっ……た」

視界《しかい》には家《いえ》の屋根《やね》が見《み》えて、あと少《すこ》しというところで、体《からだ》の痛《いた》みが酷《ひど》くなっていた。ゆっくり歩《ある》くので精一杯《せいいっぱい》になり、顔《かお》を歪《ゆが》める。

「澪音《みお》？　どうかした？」

歩《あゆ》みが遅《おそ》くなった私《わたし》に、旭陽《あさひ》はすぐに気《き》がついた。

私《わたし》は口角《こうかく》を上《あ》げて、適当《てきとう》に誤魔化《ごまか》す。

「ううん、なんかちょっと、筋肉痛《きんにくつう》で」

「運動不足《うんどうぶそく》かよ。野球《やきゅう》一緒《いっしょ》にするしかねーな」

「だね。入《い》れてもらおうかな」

信《しん》じてくれた旭陽《あさひ》に安心《あんしん》しつつ、私《わたし》は息切《いきぎ》れがバレないように小《ちい》さく呼吸《こきゅう》を繰《く》り返《かえ》した。

思《おも》いどおりに動《うご》かない体《からだ》に苛立《いらだ》つこともあったけれど、それもまあ仕方《しかた》ないと受《う》け入《い》れられている自分《じぶん》もいた。

私《わたし》の家《いえ》の前《まえ》まで来《き》て、足《あし》を止《と》めた旭陽《あさひ》。私《わたし》を送《おく》り届《とど》けてくれるみたい。

「じゃあね？　また明日《あした》」

守《まも》れないかもしれない約束《やくそく》をすることにもすっかり慣《な》れてしまっていた。

罪悪感《ざいあくかん》はあるけれど、こんなにも重《おも》たい真実《しんじつ》を伝《つた》えるよりはずっとマシだった。

なかなか動《うご》かず、何《なに》か言《い》いたげな旭陽《あさひ》に私《わたし》は首《くび》をかしげる。

少《すこ》しの間《ま》を置《お》いて、旭陽《あさひ》は覚悟《かくご》を決《き》めたように口《くち》を開《ひら》いた。

「澪音《みお》。七月十五日《しちがつじゅうごにち》、空《あ》いてる？」

突然《とつぜん》の予定《よてい》の確認《かくにん》に駆《か》け抜《ぬ》けていったうれしさはすぐになくなり、次《つぎ》に頭《あたま》をよぎるのは、私《わたし》はその日元気《ひげんき》だろうかという不安《ふあん》。

「今週《こんしゅう》の日曜日《にちようび》だよね？　空《あ》いてるよ」

平然《へいぜん》と答《こた》えたように見《み》えているだろうか。少《すこ》し不安《ふあん》に思《おも》いつつ、旭陽《あさひ》を見《み》る。

「花火大会《はなびたいかい》、行《い》かね？」

次《つぎ》に聞《き》こえたのは、大好《だいす》きな人《ひと》からの、思《おも》ってもみない誘《さそ》いだった。

行《い》きたい――。瞬間的《しゅんかんてき》に、そんな思《おも》いが浮《う》かぶ。

「……超《ちょう》いいじゃん！　行《い》こう！　空《あ》けとくよ」

同時《どうじ》に浮《う》かぶ考《かんが》えたくない未来《みらい》を、かき消《け》すように私《わたし》は旭陽《あさひ》に笑《わら》いかけた。

「よし、じゃあ約束《やくそく》な」

旭陽《あさひ》はホッとした様子《ようす》で、私《わたし》に背《せ》を向《む》けて自宅《じたく》へと入《はい》っていった。

私《わたし》はその姿《すがた》を見送《みおく》ったのち、勢《いきお》いよく玄関《げんかん》の扉《とびら》を閉《し》めてその場《ば》に倒《たお》れ込《こ》む。

立《た》っているのもギリギリの状態《じょうたい》だった。

「お母《かあ》さん、莉音《りお》ねぇ、いる……!?」

肩《かた》で息《いき》をしながら訴《うった》えると、すぐに母《はは》と莉音《りお》ねぇが玄関《げんかん》へと出《で》てきた。

「澪音《みお》!?　ほらだから迎《むか》えに行《い》くって言《い》ったじゃん……!!」

「お母《かあ》さん、薬《くすり》お願《ねが》い。澪音《みお》、ここ冷《ひ》えるからベッド行《い》こう」

莉音《りお》ねぇに連《つ》れられてベッドに上《あ》がり、私《わたし》は溢《あふ》れ出《だ》す涙《なみだ》を必死《ひっし》で隠《かく》すように布団《ふとん》をかぶった。

体《からだ》の痛《いた》みに耐《た》えながら私《わたし》は祈《いの》っていた。

次《つぎ》を望《のぞ》めばキリがないことはわかっている。

だけど、どうしても行《い》きたいと願《ねが》ってしまった。

お願《ねが》い、お願《ねが》いだから花火大会《はなびたいかい》だけでいい。これ以上《いじょう》は諦《あきら》めるから。最後《さいご》にするから。

——頑張《がんば》って戦《たたか》ってよ、私《わたし》。


それから約束《やくそく》の七月十五日《しちがつじゅうごにち》までも、登校《とうこう》できない日《ひ》が続《つづ》いていた。

「まさか……こんなに一気《いっき》に悪《わる》くなると思《おも》わなかった……」

食欲《しょくよく》も格段《かくだん》に落《お》ちていき、骨《ほね》が浮《う》き出《で》てきた体《からだ》にため息《いき》を零《こぼ》す。

【さすがに休《やす》みすぎだろ】

そんなメッセージをしてきた旭陽《あさひ》には、どう返《かえ》したらいいのかわからず、煽《あお》るような表情《ひょうじょう》で舌《した》を出《だ》すうさぎのスタンプを送《おく》り返《かえ》しておいた。

「明日《あした》、本当《ほんとう》に大丈夫《だいじょうぶ》？」

「うん……。好《す》きな人《ひと》と夏祭《なつまつ》りに行《い》くなんて、最高《さいこう》の思《おも》い出《で》になると思《おも》うの。最後《さいご》にするから」

縋《すが》るような瞳《ひとみ》を向《む》けると、莉音《りお》ねぇは優《やさ》しく私《わたし》の頭《あたま》を撫《な》でる。

「澪音《みお》がやりたいことは絶対否定《ぜったいひてい》しないよ。それに、望《のぞ》むなら最後《さいご》にしなくたっていい。旭陽《あさひ》に素直《すなお》に話《はな》したっていいんだよ？」

私《わたし》は、静《しず》かに首《くび》を横《よこ》に振《ふ》る。

「それはもうしないって決《き》めた。旭陽《あさひ》は優《やさ》しいから、きっと辛《つら》くさせる。だから、これ以《い》上《じょう》はもう巻《ま》き込《こ》まない。旭陽《あさひ》のためにも最後《さいご》にする」

本当《ほんとう》に旭陽《あさひ》のためなら、夏祭《なつまつ》りも行《い》くべきではないかもしれない。

だけど、最後《さいご》に思《おも》い出《で》が欲《ほ》しかった。これはまた、私《わたし》の勝手《かって》なわがままだ。

莉音《りお》ねぇは、無言《むごん》のまま私《わたし》を撫《な》で続《つづ》けた。

その手《て》の温《あたた》かさが心地《ここち》よくて、私《わたし》はすぐに眠《ねむ》ってしまった。

「浴衣着《ゆかたき》たかったのに……」

「浴衣《ゆかた》はだめ。少《すこ》しの時間《じかん》ならいいかもしれないけど、外《そと》に出《で》るんだから。お腹締《なかし》めつけるから絶対《ぜったい》だめ」

当日《とうじつ》、不思議《ふしぎ》と私《わたし》の体調《たいちょう》はここ最近《さいきん》で一番良好《いちばんりょうこう》だった。

薬《くすり》の効《き》きもよく、朝早《あさはや》くからリビングでお母《かあ》さんと言《い》い争《あらそ》えるくらいだった。

不満《ふまん》げに見《み》つめるけれど母《はは》も譲《ゆず》る気《き》はないようで、見《み》かねた莉音《りお》ねぇが可愛《かわい》い花柄《はながら》のワンピースを持《も》ってきて間《あいだ》に入《はい》る。

「服貸《ふくか》してあげるから浴衣《ゆかた》は諦《あきら》めな。これとかどう？　夏《なつ》っぽくてよくない？」

莉音《りお》ねぇが持《も》つワンピースは、悔《くや》しいけど私《わたし》のタイプど真《ま》ん中《なか》で、唇《くちびる》をとがらせながらも私《わたし》は頷《うなず》いた。

「ありがとうね、莉音《りお》」

「うん、任《まか》せてよ」

母《はは》と姉《あね》の内緒話《ないしょばなし》なんて聞《き》くこともなく、私《わたし》はそのワンピースに身《み》を包《つつ》み準備《じゅんび》を始《はじ》めた。髪《かみ》やメイクを莉音《りお》ねぇに手伝《てつだ》ってもらいながら完成《かんせい》させ、何度《なんど》も鏡《かがみ》を確認《かくにん》する。

そわそわして待《ま》つこと数十分《すうじっぷん》。

家《いえ》の前《まえ》についているとのメッセージを受《う》け取《と》り、私《わたし》はすぐに家《いえ》の扉《とびら》を開《あ》ける。

家の塀《へい》の前《まえ》に旭陽《あさひ》はいた。

「旭陽《あさひ》の私服《しふく》。久《ひさ》しぶりに見《み》た」

思《おも》わず呟《つぶや》いてしまうほど、新鮮《しんせん》でかっこいい姿《すがた》だった。

「そっちこそ」

旭陽《あさひ》も、どこか恥《は》ずかしそうにこちらを見《み》て呟《つぶや》く。

「……行《い》くか」

それまではどたばたと忙《せわ》しなく準備《じゅんび》をしていたのに、急《きゅう》にしおらしくなってしまう自《じ》分《ぶん》が恥《は》ずかしかった。

ふわふわそわそわした気持《きも》ちで歩《ある》き出《だ》した私《わたし》たち。

——旭陽《あさひ》と手《て》を繋《つな》ぎたい。

隣《となり》を歩《ある》く旭陽《あさひ》を見《み》ていたらそんな感情《かんじょう》が湧《わ》き出《だ》して、今《いま》もなお旭陽《あさひ》に恋《こい》をしているのだと改《あらた》めて自覚《じかく》した。

恋《こい》の胸《むね》の高鳴《たかな》りには、苦《くる》しいくらいに生《い》きていることを実感《じっかん》させられた。


「わあー！　屋台《やたい》！」

「別《べつ》に、そんな感動《かんどう》することじゃねーだろ」

屋台《やたい》の連《つら》なる通《とお》りに入《はい》り、感嘆《かんたん》の声《こえ》を上《あ》げた私《わたし》に旭陽《あさひ》は呆《あき》れた声《こえ》を出《だ》す。

たしかに見慣《みな》れた地域《ちいき》のお祭《まつ》りは、感動《かんどう》するほどではないのは事実《じじつ》だった。

だけど、今日《きょう》は隣《となり》に旭陽《あさひ》がいる。もう諦《あきら》めかけていた夏《なつ》の思《おも》い出《で》を感《かん》じられている。

その現実《げんじつ》は、私《わたし》を感動《かんどう》させるには十分《じゅうぶん》すぎるものだった。

「だって！　懐《なつ》かしいんだもん！　どうしよう、食《た》べたいものもやりたいこともたくさん！　全部《ぜんぶ》やろう！　旭陽《あさひ》！」

そう言《い》って、私《わたし》は旭陽《あさひ》の手《て》を取《と》った。

思《おも》い切《き》った行動《こうどう》だったから、顔《かお》が火照《ほて》って旭陽《あさひ》のことは振《ふ》り返《かえ》れない。

されるがままだった旭陽《あさひ》の手《て》はくるりと私《わたし》の手《て》の中《なか》で形《かたち》を変《か》えて、五本《ごほん》の指《ゆび》と指《ゆび》が交《こう》差《さ》した。赤《あか》くなる顔《かお》を隠《かく》すように、私《わたし》はそっぽを向《む》いて屋台《やたい》を眺《なが》める。

「わー、いっぱいあって最初《さいしょ》は悩《なや》んじゃうな」

「全部《ぜんぶ》やるんだろ？　迷《まよ》ったらいけばいいいんじゃね」

ドキドキを誤魔化《ごまか》すように発《はっ》した言葉《ことば》に、そんな声《こえ》が聞《き》こえて振《ふ》り返《かえ》る。

旭陽《あさひ》は楽《たの》しそうに口角《こうかく》を上《あ》げていた。

「さっすが旭陽《あさひ》、ついてきてね」

それから、私《わたし》たちはとにかくたくさんの屋台《やたい》を練《ね》り歩《ある》いた。

りんご飴《あめ》に、たこ焼《や》き、焼《や》きそば、イカ焼《や》き、冷《ひ》やしパインに、ベビーカステラ。

多《おお》くの量《りょう》を食《た》べられないことなんて忘《わす》れて、次《つぎ》から次《つぎ》へと屋台《やたい》を回《まわ》った。

買《か》うのは一《ひと》つだけにして旭陽《あさひ》と一緒《いっしょ》に食《た》べたから、いろいろなものをひと口《くち》ずつ楽《たの》しめた。満腹《まんぷく》になったあとは、輪《わ》投《な》げやひも引《ひ》き、型抜《かたぬ》きをして遊《あそ》ぶ。

「澪音《みお》、金魚《きんぎょ》すくいは？　好《す》きだったよな」

金魚《きんぎょ》すくいの屋台《やたい》に差《さ》しかかり、振《ふ》り返《かえ》った旭陽《あさひ》に私《わたし》は首《くび》を横《よこ》に振《ふ》る。

「きっと、お世話《せわ》できないから。あ、スーパーボールすくおー！」

不思議《ふしぎ》そうな顔《かお》をした旭陽《あさひ》を誤魔化《ごまか》すように、私《わたし》はまた屋台《やたい》を見渡《みわた》す。

そして花火《はなび》が始《はじ》まる十分前《じっぷんまえ》まで、私《わたし》たちは屋台《やたい》を楽《たの》しみ尽《つ》くした。


「はー……やりきった！」

穴場《あなば》スポットの小《ちい》さな丘《おか》へと移動《いどう》して、座《すわ》り込《こ》む。

慣《な》れない人《ひと》ごみと暑《あつ》さで倦怠感《けんたいかん》に襲《おそ》われる体《からだ》を騙《だま》すように、思《おも》いっきり地面《じめん》に体重《たいじゅう》を落《お》とした。放《ほう》り出《だ》した足《あし》は、もう動《うご》けないとでもいうようにわかりやすく脱力《だつりょく》していく。

気持《きも》ち悪《わる》いだるさを振《ふ》り払《はら》うように、私《わたし》は足《あし》をぱたぱたと動《うご》かした。

「花火大会《はなびたいかい》っつーのに、何《なに》が本命《ほんめい》だかわかんねーな」

旭陽《あさひ》の表情《ひょうじょう》は柔《やわ》らかくて、きっと楽《たの》しんでくれている。私《わたし》はそれがうれしかった。

「いよいよ開幕《かいまく》です！」

きれいな声《こえ》のアナウンスが流《なが》れ、大《おお》きな音《おと》とともに打《う》ち上《あ》げ花火《はなび》が視界《しかい》いっぱいに広《ひろ》がった。

「うーわあー！　きれい！　すごいねっ！　旭陽《あさひ》！」

横《よこ》を見《み》ると、旭陽《あさひ》は大人《おとな》な優《やさ》しい表情《ひょうじょう》でこちらを見《み》ていた。

「だな、きれい」

そう言《い》って花火《はなび》を見上《みあ》げながらそっと握《にぎ》られた手《て》に、私《わたし》は泣《な》きそうになった。

お祭《まつ》りの間《あいだ》、ずっと感《かん》じていたこの手《て》の温《ぬく》もり。そして、向《む》けられた優《やさ》しい笑顔《えがお》。

――この恋《こい》は、もしかしたら実《みの》るのかもしれない。

そんな都合《つごう》のいい考《かんが》えが脳裏《のうり》をよぎる。

だけどこれ以上《いじょう》を望《のぞ》んだら、きっと旭陽《あさひ》には誤魔化《ごまか》せない。

それなら、決《き》めていた覚悟《かくご》は絶対《ぜったい》に揺《ゆ》るがすわけにはいかない。

「……花火《はなび》の間《あいだ》だけ。あと少《すこ》しだけ、許《ゆる》してね」

小《ちい》さく呟《つぶや》いた声《こえ》は、花火《はなび》の音《おと》に覆《おお》われて消《き》えていく。

「澪音《みお》？　なんか言《い》ったー!?」

隣《となり》から聞《き》こえた大声《おおごえ》に振《ふ》り返《かえ》る。

何《なに》も知《し》らない笑顔《えがお》に苦《くる》しくなりながら、私《わたし》はにこりと微笑《ほほえ》み返《かえ》した。

「最高《さいこう》の景色《けしき》だね!!」

私《わたし》の笑顔《えがお》に、旭陽《あさひ》は幸《しあわ》せそうに笑《わら》っていた。

空《そら》いっぱいに花火《はなび》が上《あ》がり、大《おお》きな音《おと》が響《ひび》く。

色《いろ》とりどりの花火《はなび》が次々《つぎつぎ》と上《あ》がるフィナーレの演出《えんしゅつ》に、私《わたし》は目《め》を奪《うば》われた。

すぐ隣《となり》には、大好《だいす》きな旭陽《あさひ》の横顔《よこがお》がある。

ずっと近《ちか》くで見《み》たかった大好《だいす》きな笑顔《えがお》がある。

こんな夢《ゆめ》のような時間《じかん》が花火《はなび》のように儚《はかな》く散《ち》ってしまうのは、信《しん》じたくない現実《げんじつ》だった。

——嫌《いや》だ、終《お》わらないで。これが、最後《さいご》なの。

わかっていても辛《つら》すぎる現実《げんじつ》に、一筋《ひとすじ》の涙《なみだ》が頬《ほお》を伝《つた》った。

そんな私《わたし》の願《ねが》いも虚《むな》しく、空一面《そらいちめん》に上《あ》がった花火《はなび》は儚《はかな》く消《き》えていく。

残酷《ざんこく》な現実《げんじつ》を知《し》らせるように町《まち》には終演《しゅうえん》のお知《し》らせが鳴《な》り響《ひび》いた。

混雑《こんざつ》する前《まえ》に帰《かえ》る人々《ひとびと》が足早《あしばや》に去《さ》っていく中《なか》、私《わたし》はしばらく空《そら》を見《み》つめ続《つづ》けていた。

「終《お》わっちゃった……」

ぽつりと零《こぼ》した本音《ほんね》に、旭陽《あさひ》は私《わたし》の顔《かお》を覗《のぞ》き込《こ》む。

どうしても下《さ》がってしまう眉《まゆ》は、取《と》り繕《つくろ》うこともできなかった。

繋《つな》いでいた手《て》を離《はな》して、私《わたし》は目《め》に浮《う》かぶ涙《なみだ》を拭《ぬぐ》い取《と》る。

その様子《ようす》を心配《しんぱい》そうに見《み》つめながら、旭陽《あさひ》は私《わたし》の頭《あたま》に軽《かる》く触《ふ》れた。

その控《ひか》えめで優《やさ》しい手《て》のひらからは、少《すこ》しの緊張《きんちょう》が伝《つた》わってくる。

「また、来年《らいねん》も一緒《いっしょ》に来《こ》よう」

目《め》を合《あ》わせないままそう言《い》った旭陽《あさひ》の耳《みみ》は真《ま》っ赤《か》だった。

覚悟《かくご》を決《き》めるようにしてこちらを見《み》つめた瞳《ひとみ》が、熱《ねっ》ぽく私《わたし》を捕《とら》える。

私《わたし》は、大《おお》きく痛《いた》む胸《むね》と溢《あふ》れ出《だ》しそうな涙《なみだ》に、ふたをすることで精一杯《せいいっぱい》だった。

やっぱり、自惚《うぬぼ》れでも期待《きたい》でもなかった。

今日《きょう》の花火大会《はなびたいかい》は、私《わたし》の人生最初《じんせいさいしょ》で最後《さいご》の恋《こい》が、ほんの少《すこ》し実《みの》った時間《じかん》だった。

「終《お》わってほしくなかったな……」

どれだけ見上《みあ》げてももう上《あ》がることのない花火《はなび》に、私《わたし》は震《ふる》えそうな口角《こうかく》に力《ちから》を込《こ》める。

「澪音《みお》、俺《おれ》」

想像《そうぞう》できてしまったその先《さき》の言葉《ことば》に、私《わたし》は覚悟《かくご》を決《き》めるようにギュッと唇《くちびる》を噛《か》んだ。

「俺《おれ》、昔《むかし》も今《いま》も」

ごめん、旭陽《あさひ》。本当《ほんとう》は関《かか》わることだってなかったはずなのに、私《わたし》が中途半端《ちゅうとはんぱ》に近《ちか》づいたから。

「澪音《みお》が好《す》きだ。他《ほか》の何《なに》よりも、一番大切《いちばんたいせつ》なんだ」

自分勝手《じぶんかって》な思《おも》いで、旭陽《あさひ》の気持《きも》ちを揺《ゆ》さぶって巻《ま》き込《こ》んでしまった。

「だから、澪音《みお》が何《なに》かを抱《かか》えてるなら……」

旭陽《あさひ》の言葉《ことば》をこれ以上聞《いじょうき》いていられなくて、私《わたし》は溢《あふ》れ出《だ》しそうな感情《かんじょう》を抑《おさ》え、言葉《ことば》を重《かさ》ねた。

「私《わたし》も、旭陽《あさひ》のこと大好《だいす》きだよ」

すべての想《おも》いを込《こ》めて、嘘《うそ》のないその一言《ひとこと》は伝《つた》える。

ずっと伝《つた》えたかった。その気持《きも》ちだけは偽《いつわ》ることができなかった。

うれしそうに微笑《ほほえ》んだ旭陽《あさひ》を止《と》めるのは心《こころ》が痛《いた》かったけれど、私《わたし》は間髪《かんはつ》いれずに続《つづ》きの言葉《ことば》を口《くち》にした。

「だけど、私《わたし》の好《す》きは旭陽《あさひ》のとはきっと違《ちが》う」

旭陽《あさひ》は表情《ひょうじょう》を変《か》え、私《わたし》を見《み》つめた。

「旭陽《あさひ》の気持《きも》ちは受《う》け取《と》れない」

「そんなのこれから変《か》えて……」

「変《か》わらない」

説得《せっとく》するような旭陽《あさひ》の声《こえ》に、苦《くる》しくなりながら私《わたし》ははっきりとした口調《くちょう》で告《つ》げた。

「死《し》ぬまで、変《か》わらないの」

涙《なみだ》が零《こぼ》れそうになるのをグッと堪《こら》えて強《つよ》く言《い》い切《き》った私《わたし》に、旭陽《あさ ひ》は少《すこ》しだけ俯《うつむ》き、そして小《ちい》さく笑《わら》った。

「そっか」

強《つよ》がりの笑顔《えがお》。笑《わら》っていない瞳《ひとみ》。全部《ぜんぶ》わかっているのに、気《き》づかないふりをして笑《わら》い返《かえ》す。

それでもまだ何《なに》か言《い》いたげに、迷《まよ》っている旭陽《あさひ》の表情《ひょうじょう》があった。

徹底《てってい》して気《き》づかないふりをした私《わたし》は続《つづ》けて口《くち》を開《ひら》く。

「うん、ありがとう。じゃあ……帰《かえ》ろっか」

観客《かんきゃく》もかなり減《へ》っていた。

夏祭《なつまつ》りの終《お》わりの切《せつ》なさが、後《うし》ろ髪《がみ》を引《ひ》くようにまとわりつく。

それを振《ふ》り払《はら》うように私《わたし》たちはゆっくりと立《た》ち上《あ》がり、肩《かた》を並《なら》べて帰路《きろ》についた。

今日一日《きょういちにち》、たくさん触《ふ》れていた旭陽《あさひ》の手《て》のひらは、もうきっと繋《つな》がれることはない。

少《すこ》し前《まえ》を行《い》く旭陽《あさひ》の手《て》を見《み》つめながら、私《わたし》は痛《いた》む胸《むね》を押《お》さえていた。


無言《むごん》のまま歩《ある》き続《つづ》けていた。

家《いえ》までもう少《すこ》しというところで息《いき》が苦《くる》しくなり私《わたし》は足《あし》を止《と》める。

なんで……？　薬《くすり》はまだ切《き》れていないはずなのに、先生《せんせい》にも相談《そうだん》していつもより短《みじか》い間隔《かんかく》で飲《の》んだのに。

——痛《いた》い。息《いき》が、苦《くる》しい。

夏祭《なつまつ》りの空気《くうき》に絆《ほだ》されて気《き》づくのが遅《おく》れた私《わたし》は、荒《あら》く呼吸《こきゅう》をしながらカバンの中《なか》の薬《くすり》を探《さぐ》る。だけど、暗《くら》くて街灯《がいとう》の少《すく》ない道《みち》では上手《うま》く薬《くすり》が見《み》つけられず、私《わたし》はその場《ば》にしゃがみ込《こ》んでしまった。

旭陽《あさひ》はついてこなくなった私《わたし》に気《き》づき振《ふ》り返《かえ》る。

「澪音《みお》？　なんか失《な》くした？」

しゃがみ込《こ》んでカバンをあさる私《わたし》の姿《すがた》に、旭陽《あさひ》はゆっくりと近《ちか》づいてきた。

「……っ、はあ……、痛《いた》い……苦《くる》しい……っ」

すでに頭《あたま》が朦朧《もうろう》としていた私《わたし》は、旭陽《あさひ》の前《まえ》にもかかわらずそんなことを呟《つぶや》き、カバンをあさる手《て》を止めその場《ば》に膝《ひざ》をついた。

「え……？　澪音《みお》？」

異変《いへん》に気《き》づいた旭陽《あさひ》は私《わたし》の背中《せなか》をさすり、焦《あせ》ったように顔《かお》を覗《のぞ》き込《こ》む。

「真《ま》っ青《さお》。どうした？　どこが痛《いた》い？」

「……うぅ。り、莉音《りお》……莉音《りお》ねぇ……っ」

うわ言《ごと》のように、莉音《りお》ねぇを呼《よ》んだ私《わたし》。

「なあ、おい！」

「澪音《みお》！」

慌《あわ》ただしい足音《あしおと》とともに、聞《き》き慣《な》れた声《こえ》が響《ひび》く。

すぐ駆《か》け寄《よ》ってきた莉音《りお》ねぇに安心《あんしん》する。

きっと見《み》える範囲《はんい》で様子《ようす》を気《き》にしてくれていたんだろうなと想像《そうぞう》し、ぼんやりと申《もう》し訳《わけ》ない気持《きも》ちが浮《う》かんだ。

「莉音《りお》ねぇ、なんで……」

真《ま》っ青《さお》な顔《かお》をした旭陽《あさひ》は少《すこ》し離《はな》れ、代《か》わりに莉音《りお》ねぇが私《わたし》に薬《くすり》を飲《の》ませた。

「ばか澪音《みお》」

「莉音《りお》ねぇ、ごめん。旭陽《あさひ》、旭陽《あさひ》も……」

ぼんやりした意識《いしき》の中《なか》、莉音《りお》ねぇと旭陽《あさひ》に謝《あやま》り続《つづ》ける。

その様子《ようす》を、旭陽《あさひ》は戸惑《とまど》ったように見《み》つめていた。

「ごめん、旭陽《あさひ》。今日《きょう》は、何《なに》も聞《き》かずに帰《かえ》って」

「でも、澪音《みお》が」

「大丈夫《だいじょうぶ》だから」

旭陽《あさひ》を追《お》い返《かえ》す莉音《りお》ねぇの声《こえ》は、半分《はんぶん》くらいしか聞《き》こえていなかった。

最後《さいご》だと、決《き》めてきたのに、完璧《かんぺき》にできなかった。

悔《く》やまれる中《なか》、私《わたし》は迎《むか》えに来《き》た父《ちち》に背負《せお》われ、そのまま眠《ねむ》りについた。

残酷《ざんこく》な温《あたた》かさ

夏祭《なつまつ》りの日《ひ》から数日《すうじつ》。

私《わたし》は、昼間《ひるま》にもかかわらずベッドで寝込《ねこ》んでしまっていた。

「先生《せんせい》、ありがとうございました」

お母《かあ》さんの声《こえ》に目《め》を開《あ》けると、立《た》ち上《あ》がった主治医《しゅじい》の先生《せんせい》と視線《しせん》が合《あ》う。

「何《なに》かあればすぐ来《き》ますからね」

「ありがとうございます」

私《わたし》には通院《つういん》する体力《たいりょく》も完全《かんぜん》になくなり、往診《おうしん》の頻度《ひんど》が増《ふ》えていた。

学校《がっこう》は、あと二日《ふつか》で夏休《なつやす》みらしい。

本当《ほんとう》は少《すこ》しだけでも顔《かお》を出《だ》して、最後《さいご》に学校《がっこう》を楽《たの》しんで、それで終《お》わろうと思《おも》っていたのに。

動《うご》こうとしてくれない体《からだ》に抗《あらが》うこともなく、私《わたし》はただベッドに横《よこ》たわっていた。

旭陽《あさひ》と仲直《なかなお》りをして、最期《さいご》の日《ひ》まで仲良《なかよ》く一緒《いっしょ》に過《す》ごしたい。

旭陽《あさひ》への初恋《はつこい》の気持《きも》ちを、私《わたし》の人生《じんせい》において最初《さいしょ》で最後《さいご》になる尊《とうと》い経験《けいけん》を、いい思《おも》い出《で》にして持《も》っていたい。

その願《ねが》いは、信《しん》じられないくらい都合《つごう》よく叶《かな》ってしまった。

旭陽《あさひ》のことを考《かんが》えたら最低《さいてい》だし、応《こた》えることはできなかったけど。

好《す》きだった人《ひと》に告白《こくはく》されるなんて、夢《ゆめ》のような経験《けいけん》もできた。

自分《じぶん》で決《き》めたゴール以上《いじょう》の経験《けいけん》ができたのに。

どうしてこんなにも、ぽっかり穴《あな》が開《あ》いたみたいな気持《きも》ちになってしまったんだろう。

喪失感《そうしつかん》が拭《ぬぐ》えない。

やりきって清々《すがすが》しい気持《きも》ちで最期《さいご》を迎《むか》えられると信《しん》じて疑《うたが》わなかった私《わたし》の心《こころ》は、ふわふわと宙《ちゅう》に彷徨《さまよ》ってしまっていた。


「莉音《りお》ねぇ!!」

突然外《とつぜんそと》から大《おお》きな声《こえ》が聞《き》こえてきて、私《わたし》は閉《と》じていた瞼《まぶた》を開《ひら》く。

ぎしぎしと痛《いた》む体《からだ》をなんとか起《お》こして時計《とけい》を見《み》ると、ちょうど莉音《りお》ねぇが返《かえ》ってくるころの時間《じかん》だった。

「うるさいって旭陽《あさひ》。近所迷惑《きんじょめいわく》」

耳《みみ》を澄《す》ませば、微《かす》かに莉音《りお》ねぇの声《こえ》も聞《き》こえた。

「澪音《みお》、家《いえ》にいるんだろ。何《なに》があったのか教《おし》えてほしいんだよ」

所々《ところどころ》しか聞《き》こえない声《こえ》が気《き》になった。手《て》すりを両手《りょうて》で掴《つか》みながらベッドから起《お》き上《あ》がった私《わたし》は、震《ふる》える足《あし》で隣《となり》のリビングへと移動《いどう》した。

壁伝《かべづた》いでリビングから玄関《げんかん》を覗《のぞ》き込《こ》むと、ドアの外《そと》からさらに鮮明《せんめい》に聞《き》こえた声《こえ》。

「何回聞《なんかいき》いたって一緒《いっしょ》だよ。あの子《こ》は学校《がっこう》が嫌《きら》いなの。今《いま》だって、遊《あそ》び歩《ある》いてるし家《いえ》にもいないから」

莉音《りお》ねぇは私《わたし》の想《おも》いを聞《き》き入《い》れて、旭陽《あさひ》に真実《しんじつ》を話《はな》さないでくれていた。

ホッとするような申《もう》し訳《わけ》ないような、複雑《ふくざつ》な思《おも》いを抱《かか》えて壁《かべ》にもたれかかる。

「んなの納得《なっとく》いくわけねーだろ」

すぐに聞《き》こえてきた旭陽《あさひ》の低《ひく》い声《こえ》に、私《わたし》はビクリと体《からだ》を揺《ゆ》らした。

「事実《じじつ》なんだから仕方《しかた》ないでしょ。いいから帰《かえ》りな」

「嫌《いや》だ。いないっつーなら、家《いえ》に上《あ》げてください」

そんな強引《ごういん》な声《こえ》と同時《どうじ》にドスドスと荒《あら》い足音《あしおと》が近《ちか》づいてきた。

「ちょっと旭陽《あさひ》！」

焦《あせ》ったような莉音《りお》ねぇの声《こえ》に、私《わたし》は慌《あわ》ててベッドに戻《もど》ろうとする。

だけど、ほぼ寝《ね》たきりで筋肉《きんにく》がなくなってしまった足《あし》は、とっさのことに対応《たいおう》できず。

見事《みごと》にもつれて、リビングから玄関《げんかん》へと続《つづ》く廊下《ろうか》に倒《たお》れ込《こ》んでしまった。

それと同時《どうじ》に開《ひら》かれたドアは、誰《だれ》が開《ひら》いたのかはわからない。

だけど、私《わたし》が振《ふ》り返《かえ》る前《まえ》に、

「澪音《みお》‼」

旭陽《あさひ》が私《わたし》に駆《か》け寄《よ》った。

「大丈夫《だいじょうぶ》か？」

心底焦《しんそこあせ》った顔《かお》を見《み》せた旭陽《あさひ》に、私《わたし》の目《め》からはとめどなく涙《なみだ》が溢《あふ》れ出《だ》していた。

「……っ、莉音《りお》、莉音《りお》ねぇ……っ！」

旭陽《あさひ》の顔《かお》を見《み》て、安心《あんしん》した自分《じぶん》がいた。

途端《とたん》に満《み》たされる心《こころ》に気《き》づいてしまった。

でもこんなの……。もう、明日《あした》のことだってわからないのに、残酷《ざんこく》だよ……。

ぐちゃぐちゃの感情《かんじょう》を旭陽《あさひ》にぶつけるわけにはいかず、莉音《りお》ねぇの名前《なまえ》を呼《よ》んで泣《な》きじゃくる。

「澪音《みお》……」

嗚咽《おえつ》を漏《も》らすほど声《こえ》を上《あ》げて泣《な》いたのは、病気《びょうき》になってから初《はじ》めてだった。

ずっと、張《は》りつめていた強《つよ》い糸《いと》が切《き》れてしまったみたいに止《と》まらない涙《なみだ》。

莉音《りお》ねぇも顔《かお》を歪《ゆが》めて、私《わたし》を抱《だ》きしめる。

二階《にかい》のベランダで洗濯物《せんたくもの》を干《ほ》していたお母《かあ》さんが、私《わたし》の泣《な》き声《ごえ》に慌《あわ》てて駆《か》けおりてくる音《おと》が聞《き》こえた。

「澪音《みお》!?　って、旭陽《あさひ》くん？　莉音《りお》も、帰《かえ》ってたの？」

情報過多《じょうほうかた》な状況《じょうきょう》の玄関《げんかん》にフリーズしたお母《かあ》さんは、階段《かいだん》の途中《とちゅう》で一度《いちど》足《あし》を止《と》めた。

「とりあえず、澪音《みお》はベッド行《い》こうね」

冷静《れいせい》なお母《かあ》さんの声《こえ》に、私《わたし》たちはすぐにその場《ば》から動《うご》くこととなった。

お母《かあ》さんと莉音《りお》ねぇに抱《かか》えられてベッドへと戻《もど》る。

私《わたし》と莉音《りお》ねぇが並《なら》んで寝《ね》る寝室《しんしつ》は、リビングをスライドドアで仕切《しき》った隣《となり》の部屋《へや》。

もともとは広々《ひろびろ》としたリビングとして使《つか》っていた間取《まど》りを、私《わたし》が家《いえ》で過《す》ごすと言《い》った日《ひ》から変更《へんこう》して使《つか》うようになった、庭《にわ》の見《み》える一番《いちばん》いい部屋《へや》。

ベッドで寝《ね》ていても家族団欒《かぞくだんらん》の中《なか》に混《ま》ぜてもらえて、私《わたし》はいつも救《すく》われていた。

「お母《かあ》さん、莉音《りお》ねぇ、ごめん……」

ベッドに横《よこ》になってからも涙《なみだ》は止《と》まらなかった。

旭陽《あさひ》を上《あ》げようとぱたぱたとリビングへ戻《もど》っていったお母《かあ》さんを横目《よこめ》に、莉音《りお》ねぇはベッドに腰《こし》をおろして涙《なみだ》で濡《ぬ》れた私《わたし》の頬《ほお》を優《やさ》しく拭《ぬぐ》った。

「ううん、澪音《みお》もちゃんと泣《な》けるんだなって、ちょっとホッとした」

優《やさ》しい笑顔《えがお》に、私《わたし》はまた顔《かお》を歪《ゆが》める。

「旭陽《あさひ》には？」

意思確認《いしかくにん》をしてくれた莉音《りお》ねぇに、私《わたし》は黙《だま》って首《くび》を横《よこ》に振《ふ》った。

「わかった」

そう頷《うなず》いた莉音《りお》ねぇは、少《すこ》しだけドアを開《あ》けて、お母《かあ》さんと旭陽《あさひ》がいるリビングへと戻《もど》っていった。

「今《いま》までずっと誤魔化《ごまか》しててごめんね、旭陽《あさひ》。澪音《みお》ね、体《からだ》が弱《よわ》くて。だから最近学校《さいきんがっこう》を休《やす》みがちなんだけど、澪音《みお》が隠《かく》したいって言《い》うからサボりで誤魔化《ごまか》してたんだよね」

隣《となり》の部屋《へや》から聞《き》こえる会話《かいわ》は、耳《みみ》を澄《す》ます必要《ひつよう》もなくはっきりと私《わたし》の耳《みみ》に届《とど》いていた。

「そんなに悪《わる》いんすか？」

「ううん大丈夫《だいじょうぶ》。体調《たいちょう》が優《すぐ》れない時期《じき》があるだけだから」

私《わたし》の意思《いし》を貫《つらぬ》くように、莉音《りお》ねぇは病状《びょうじょう》を誤魔化《ごまか》して伝《つた》えた。

——これでいいんだ。

本当《ほんとう》は先《さき》ほど感《かん》じた旭陽《あさひ》の温《ぬく》もりがすでに恋《こい》しい。旭陽《あさひ》と一緒《いっしょ》にいることを心《こころ》から望《のぞ》む自分《じぶん》に気《き》がついてしまった。

だけど、そんな心《こころ》にはふたをしなければいけない。私《わたし》は必死《ひっし》でそう言《い》い聞《き》かせていた。

「澪音《みお》と直接話《ちょくせつはな》させてもらえませんか？」

そんな私《わたし》の決意《けつい》を揺《ゆ》るがすような旭陽《あさひ》の固《かた》い言葉《ことば》が聞《き》こえ、私《わたし》は布団《ふとん》に潜《もぐ》り込《こ》んだ。

納得《なっとく》していない様子《ようす》の旭陽《あさひ》の声《こえ》は、必死《ひっし》で閉《と》じようとする私《わたし》の心《こころ》に手《て》をかけているようだった。

莉音《りお》ねぇが伝《つた》えていた「話《はな》す気《き》はない」という意思《いし》を聞《き》き入《い》れる気《き》はなさそうだ。病状《びょうじょう》が急速《きゅうそく》に悪化《あっか》し、みんなと同《おな》じような日常《にちじょう》が送《おく》れなくなってきて、せめて旭陽《あさひ》や朱里《あかり》、大輝《だいき》には本当《ほんとう》のことを伝《つた》えたほうがいいのかもしれない、と思《おも》うこともあった。

みんなだって、絶対《ぜったい》に何《なに》かおかしいと感《かん》じていたはずだから。

だけど、花火《はなび》の日《ひ》に旭陽《あさひ》の想《おも》いを知《し》ってから、真実《しんじつ》を伝《つた》えてはいけないと思《おも》った。だって、こんな残酷《ざんこく》な真実《しんじつ》は、旭陽《あさひ》を苦《くる》しめ、悲《かな》しませるだけだから。

今《いま》ならまだ誤魔化《ごまか》せる。そして、旭陽《あさひ》とは離《はな》れることが正解《せいかい》だと言《い》い聞《き》かせていた。

「あのね、旭陽《あさひ》くん。澪音《みお》には澪音《みお》の想《おも》いがあるの」

静《しず》まり返《かえ》ったリビングで口《くち》を開《ひら》いたのは、それまで無言《むごん》を貫《つらぬ》いていたお母《かあ》さんだった。

私《わたし》は驚《おどろ》いて、閉《し》められたドアを見《み》つめる。

「それを私《わたし》たちの勝手《かって》で崩《くず》すことはできないから。とりあえず今日《きょう》は……」

冷静《れいせい》に大人《おとな》の口調《くちょう》で伝《つた》えるお母《かあ》さん。

泣《な》いてばかりのお母《かあ》さんを悲《かな》しませたくなくて、ずっと気《き》を張《は》っていたけど、そんな必要《ひつよう》はなかったのだと思《おも》い知《し》る。

まっすぐなお母《かあ》さんの言葉《ことば》に、旭陽《あさひ》も堪《こた》えたようだった。

ずっと引《ひ》き下《さ》がらなかった声《こえ》が聞《き》こえなくなり、私《わたし》は安心《あんしん》と寂《さび》しさが重《かさ》なる心《こころ》を押《お》し潰《つぶ》して涙《なみだ》をこらえていた。

「でも、俺《おれ》は……。思《おも》いがあるのならその思《おも》いを知《し》りたい。俺《おれ》、澪音《みお》が好《す》きなんです」

次《つぎ》に聞《き》こえた声《こえ》は、あまりにも突然《とつぜん》でまっすぐすぎる宣言《せんげん》だった。

私《わたし》は布団《ふとん》から顔《かお》を少《すこ》し出《だ》して、扉《とびら》の向《む》こうの様子《ようす》をうかがっていた。

閉《と》じられたドアからは何《なに》も見《み》えないけれど、数日前《すうじつまえ》の花火大会《はなびたいかい》の日《ひ》の旭陽《あさひ》の真剣《しんけん》な表情《ひょうじょう》を思《おも》い出《だ》していた。

花火大会《はなびたいかい》の日《ひ》は、私《わたし》にとってあまりにも都合《つごう》のいい出来事《できごと》が続《つづ》きすぎて、半分夢《はんぶんゆめ》なんじゃないかと思《おも》うようになっていた。

自分《じぶん》のいない場所《ばしょ》であの日《ひ》と変《か》わらない思《おも》いを告《つ》げた旭陽《あさひ》に、改《あらた》めて驚《おどろ》きが隠《かく》せない。

「振《ふ》られたけど、気持《きも》ちは変《か》わっていません。今思《いまおも》えば、昔《むかし》からずっと惹《ひ》かれていたと思《おも》います。まっすぐで少《すこ》しも濁《にご》っていない澪音《みお》の心《こころ》に、ずっと憧《あこが》れています。だから、何《なに》かを抱《かか》えているのなら話《はな》してほしいと思《おも》った。澪音《みお》が何《なに》かを隠《かく》しているなんてずっと気《き》づいてた。本当《ほんとう》はあの日《ひ》、それを伝《つた》えようとしていたんだ」

後半《こうはん》の言葉《ことば》は、驚《おどろ》くほどまっすぐに私《わたし》の心《こころ》に届《とど》いていた。

きっと、私《わたし》に対《たい》して話《はな》している。

何《なに》も見《み》えないけれどそう確信《かくしん》するくらいの旭陽《あさひ》の言葉《ことば》に、私《わたし》は涙《なみだ》が堪《こら》えられなかった。

「……何《なに》、それ」

思《おも》わず、閉《と》じられた扉《とびら》の前《まえ》で小《ちい》さく呟《つぶや》いてしまう。

リビングでもしばらく沈黙《ちんもく》が流《なが》れているようだった。

少《すこ》しして、私《わたし》に向《む》けた莉音《りお》ねぇの声《こえ》が響《ひび》いた。

「澪音《みお》、聞《き》こえた？」

小《ちい》さく開《ひら》かれたドアを、私《わたし》はすでに涙《なみだ》でぼろぼろの顔《かお》で見《み》つめた。

視線《しせん》がぶつかり、莉音《りお》ねぇはほんの少《すこ》しその表情《ひょうじょう》を歪《ゆが》める。

困《こま》ったように微笑《ほほえ》む泣《な》きそうなその笑顔《えがお》は、初《はじ》めて見《み》る表情《ひょうじょう》だった。

「話《はな》してみたら？　旭陽《あさひ》は大丈夫《だいじょうぶ》だよ」

「……っ、でも」

それでも覚悟《かくご》が決《き》まらない私《わたし》が躊躇《ためら》っている間《あいだ》に、莉音《りお》ねぇの後《うし》ろから伸《の》びてきた手《て》が、遠慮《えんりょ》なんて知《し》らない様子《ようす》でドアを広《ひろ》げる。

「澪音《みお》。話《はな》そう」

そのまっすぐな声《こえ》に、私《わたし》は涙《なみだ》で溢《あふ》れる顔《かお》を両手《りょうて》で覆《おお》った。

入《はい》ってきた莉音《りお》ねぇが、手《て》を伸《の》ばして私《わたし》の頭《あたま》に優《やさ》しく触《ふ》れる。

「お母《かあ》さん買《か》い物《もの》行《い》くよね？　私《わたし》も一緒《いっしょ》に行《い》こうかな。旭陽《あさひ》、ついでに留守番頼《るすばんたの》める？」

気《き》をつかった莉音《りお》ねぇによって、家《いえ》は旭陽《あさひ》と私《わたし》の二人《ふたり》きりになった。


莉音《りお》ねぇとお母《かあ》さんが家《いえ》を出《で》て、しばらく沈黙《ちんもく》の時間《じかん》が流《なが》れる。

本当《ほんとう》に話《はな》してもいいのだろうか。

……目《め》の前《まえ》に旭陽《あさひ》がいる、なんだか不思議《ふしぎ》だな。

正常《せいじょう》ではない頭《あたま》でぐるぐると考《かんが》えながらも正解《せいかい》はわからず、私《わたし》はよくわからないまま、ぽつりと口《くち》を開《ひら》いた。

「私《わたし》、余命《よめい》が宣告《せんこく》されてるの」

ふいに開《ひら》いた口《くち》からは、なんの前置《まえお》きもなく結論《けつろん》が飛《と》び出《だ》していた。

旭陽《あさひ》は一瞬《いっしゅん》瞳《ひとみ》を大《おお》きく揺《ゆ》らしたけれど、私《わたし》の隣《となり》に静《しず》かに腰《こし》をおろす。

「余命《よめい》って、えっと」

落《お》ちつかせるような声《こえ》だった。

静《しず》かに整理《せいり》するようにゆっくりと繰《く》り返《かえ》されたその言葉《ことば》に、私《わたし》も不思議《ふしぎ》と落《お》ちついた心《こころ》で続《つづ》きを説明《せつめい》していた。

「去年《きょねん》の二月《にがつ》に、持《も》ってあと半年《はんとし》だって宣告《せんこく》されたの。もう七月《しちがつ》だから、いつ、何《なに》が起《お》きたっておかしくない」

最初《さいしょ》に結論《けつろん》を言《い》ってしまったせいか、私《わたし》は落《お》ちついて話《はなし》ができていた。もうすぐこの世から消えてしまうかもしれないのに、どこか他人事《ひとごと》のような、不思議《ふしぎ》な感覚《かんかく》が流《なが》れていた。

「どうにもならないのかよ」

「うん。私《わたし》ね、小四《しょうよん》のとき……がんになったの」

気《き》づけば涙《なみだ》も収《おさ》まり、驚《おどろ》いている旭陽《あさひ》に笑《わら》いかけるようにして、私《わたし》は当時《とうじ》のことを話《はな》し始《はじ》めた。

「ちょうど、旭陽《あさひ》と話《はな》さなくなってすぐだったかな」

小学校四年生《しょうがっこうよねんせい》のころ、体《からだ》にがんが見《み》つかった。

『へえ……しょうにがん……？』

始《はじ》めはがんの怖《こわ》さなんてまったく知《し》らず、ただの病名《びょうめい》として素直《すなお》に聞《き》き入《い》れた私《わたし》。

だけど、詳細《しょうさい》な診断結果《しんだんけっか》を受《う》けて戻《もど》ってきた両親《りょうしん》の絶望《ぜつぼう》した表情《ひょうじょう》に、がんという病気《びょうき》の怖《こわ》さを子供《こども》ながらに察《さっ》していた。

『澪音《みお》っ、大丈夫《だいじょうぶ》なの？　ずっと一緒《いっしょ》にいるからね、毎日来《まいにちく》るから』

当時《とうじ》、中学受験《ちゅうがくじゅけん》を控《ひか》えていた優秀《ゆうしゅう》だった莉音《りお》ねぇも、勉強《べんきょう》そっちのけで私《わたし》のお見舞《みま》いに来《き》ていて、ほぼ確実《かくじつ》だった大学付属中学《だいがくふぞくちゅうがく》の受験《じゅけん》を諦《あきら》めることになった。

『ごめんね莉音《りお》ねぇ、澪音《みお》のせいで。お母《かあ》さんだってお父《とう》さんだって、毎日辛《まいにちつら》そうに笑《わら》ってる。澪音《みお》だってわかるよ。偽物《にせもの》の笑顔《えがお》くらい、見《み》てたらわかる』

正直《しょうじき》、自分《じぶん》ががんになったことではなく、私《わたし》の病気《びょうき》のせいで変《か》わっていく家族《かぞく》を見《み》ることが、幼《おさな》い私《わたし》には苦《くる》しいことだった。

「私《わたし》、そのころ必死《ひっし》でね。治《なお》るためにできることはなんでもしなきゃって思《おも》ってた。だから、治療《ちりょう》に専念《せんねん》するために学校《がっこう》も潔《いさぎよ》く病院内《びょういんない》にある院内学級《いんないがっきゅう》に変《か》えたの。旭陽《あさひ》たちが転校《てんこう》って聞《き》いてたのはそれで。先生《せんせい》にそう伝《つた》えてもらえるように頼《たの》んでた」

旭陽《あさひ》は、辛《つら》そうに顔《かお》をしかめた。

数か月前《すうげつまえ》、何《なに》も言《い》わずに去《さ》ったことを旭陽《あさひ》が気《き》にしていたと初《はじ》めて知《し》った。

「ごめん、俺《おれ》、知《し》らなくて」

そんな顔《かお》をさせてしまうことが申《もう》し訳《わけ》なくて、私《わたし》は小《ちい》さく口角《こうかく》を上《あ》げ手首《てくび》を振《ふ》る。

「ううん、旭陽《あさひ》だけじゃないの。朱里《あかり》にも大輝《だいき》にも、他《ほか》の誰《だれ》にも本当《ほんとう》のことは言《い》ってないから。言《い》わないって決《き》めたのは私《わたし》だったから」

「大丈夫《だいじょうぶ》だよ」と、そう伝《つた》えるために笑顔《えがお》を作《つく》ってしまうのはあのころから癖《くせ》になってしまっていた。

『早《はや》くよくなりませんか？　早《はや》く治《なお》したくて！』

『ねえ！　こういう治療《ちりょう》があるんだって！　澪音《みお》がんばろっかな！』

『手術《しゅじゅつ》？　全然怖《ぜんぜんこわ》くないよ！　絶対成功《ぜったいせいこう》するし！　澪音強《みおつよ》いし！』

家族《かぞく》の笑顔《えがお》のため、小学生《しょうがくせい》ながらに私《わたし》は必死《ひっし》だった。

明《あか》るく前向《まえむ》きに、自分《じぶん》の気持《きも》ちさえ見失《みうしな》ってしまうほど、必死《ひっし》で治療《ちりょう》に向《む》き合《あ》っていた。

『澪音《みお》！　よく頑張《がんば》ったね！』

がんが完治《かんち》して退院《たいいん》した日《ひ》に見《み》えた家族《かぞく》の笑顔《えがお》は、私《わたし》が願《ねが》った笑顔《えがお》そのもので、すごくすごく安心《あんしん》したのを覚《おぼ》えている。

退院《たいいん》してからの数年間《すうねんかん》は治《なお》った私《わたし》を祝《いわ》うように、闘病中《とうびょうちゅう》できなかったことをたくさんした。二《に》か月《げつ》に一回《いっかい》は旅行《りょこう》へ行《い》ったし、遊園地《ゆうえんち》や水族館《すいぞくかん》。思《おも》いつく限《かぎ》りの行《い》きたいところへ行《い》った。

行《い》く先々《さきざき》で『来《こ》れてよかったね』と幸《しあわ》せそうに笑《わら》う家族《かぞく》がうれしかった。

「だけどね、今年《ことし》の二月《にがつ》に、再発《さいはつ》と転移《てんい》したがんが見《み》つかったの。ほら、手術《しゅじゅつ》をした関係《かんけい》で運動《うんどう》も制限《せいげん》されてたし、体調《たいちょう》が優《すぐ》れないのも運動不足《うんどうぶそく》のせいにしちゃってて、気《き》づくのが遅《おく》れたの」

本当《ほんとう》は、違《ちが》うと言《い》い聞《き》かせていた気持《きも》ちもあったのかもしれない。

もしこれで再発《さいはつ》だったら。またあの苦《くる》しい日々《ひび》が来《く》るとしたら。

そんな想像《そうぞう》を一切《いっさい》しなかったといえば、もちろん嘘《うそ》になるから。

「病院《びょういん》に行《い》ったときには、もう手遅《ておく》れだった。延命治療《えんめいちりょう》も望《のぞ》めたけど、その先《さき》に可能性《かのうせい》がなかったわけじゃないけど。治療《ちりょう》はしないって私《わたし》が決《き》めたの。学校《がっこう》に行《い》けずに治療《ちりょう》だけをして死《し》ぬのが嫌《いや》だったから。私《わたし》のわがままで余命《よめい》を受《う》け入《い》れたの」

再発《さいはつ》から今日《きょう》までの経緯《けいい》を説明《せつめい》すると、旭陽《あさひ》は黙《だま》り込《こ》む。

悔《くや》しそうな表情《ひょうじょう》に、固《かた》く握《にぎ》られた手《て》。

私《わたし》はそれが悲《かな》しくて、頬《ほお》を緩《ゆる》めながらも目《め》を逸《そ》らした。

話《はな》してしまったのだからもう遅《おそ》いけれど、心《こころ》の奥《おく》で後悔《こうかい》が募《つの》る。

また私《わたし》のせいで、悲《かな》しい思《おも》いをさせてしまった。この顔《かお》を見《み》るのが一番苦《いちばんくる》しかった。

「私《わたし》は納得《なっとく》してるんだ。だから後悔《こうかい》がないようにって毎日必死《まいにちひっし》で楽《たの》しんできた。ごめんね。旭陽《あさひ》と無理《むり》やり仲直《なかなお》りをしようとしたのも私《わたし》の自分勝手《じぶんかって》。完全《かんぜん》に私《わたし》の都合《つごう》で旭陽《あさひ》に近《ちか》づいたの。こんなふうに巻《ま》き込《こ》んじゃうなんて想像《そうぞう》できなかった。本当《ほんとう》にごめん」

私《わたし》の手《て》を握《にぎ》る力《ちから》がグッと強《つよ》まる。

痛《いた》いほどの力《ちから》に旭陽《あさひ》を見上《みあ》げると、彼《かれ》は泣《な》きそうな表情《ひょうじょう》で顔《かお》を横《よこ》に振《ふ》っていた。

その表情《ひょうじょう》に、私《わたし》の涙腺《るいせん》は再《ふたた》び刺激《しげき》される。

話《はな》していないと出《だ》してはいけない感情《かんじょう》が溢《あふ》れ出《だ》す気《き》がして、私《わたし》はとにかく話《はな》し続《つづ》けた。

「旭陽《あさひ》と仲直《なかなお》りできて、昔《むかし》みたいに話《はな》せるようになってうれしかったよ。もうこれで心残《こころのこ》りは何《なに》もないって思《おも》ってた。だけど、関《かか》われば関《かか》わるほど旭陽《あさひ》のことが好《す》きになる。そしたら、どんどん自分《じぶん》の未来《みらい》がないことが辛《つら》くなった。一緒《いっしょ》にいたい。もっと生《い》きたい。

満足《まんぞく》してたはずなのに願望《がんぼう》が止《と》まらなくなって。今度《こんど》は逆《ぎゃく》に、早《はや》く離《はな》れないとって思《おも》うようになった」

適当《てきとう》に開《ひら》いた口《くち》は、驚《おどろ》くほど素直《すなお》に自分《じぶん》の感情《かんじょう》を伝《つた》えていく。

自分《じぶん》ですら明確《めいかく》には自覚《じかく》できていなかったような気持《きも》ちが言語化《げんごか》されて、私《わたし》の胸《むね》に落《お》ちていった。

——ああ、私《わたし》はそんなふうに思《おも》っていたんだ。だから辛《つら》くて、でも離《はな》れなきゃいけなくて。離《はな》れてしまったら何《なに》もやる気《き》が出《で》ないくらいに悲《かな》しくなって。

酷《ひど》く納得《なっとく》して、今日《きょう》までの苦《くる》しい気持《きも》ちが腑《ふ》に落《お》ちていた。

「だけど、そんなときに旭陽《あさひ》から夏祭《なつまつ》りに誘《さそ》ってもらえて、私《わたし》、どうしても行《い》きたくて。とっくに限界《げんかい》だったのに無理《むり》して行《い》ったの。本当《ほんとう》はね、旭陽《あさひ》からの告白《こくはく》はうれしかった。夢《ゆめ》みたいだって思《おも》った。でも、同時《どうじ》に申《もう》し訳《わけ》なかった。だって私《わたし》が近《ちか》づかなかったら、旭陽《あさひ》は私《わたし》のこと好《す》きになんてならなかったのに……。そんな辛《つら》い顔《かお》、させないで済《す》んだのに。私《わたし》もずっと大好《だいす》きだよ。でも、私《わたし》はいなくなるから、辛《つら》いのに巻《ま》き込《こ》みたくないから。だから、断《ことわ》ったの。もう、今《いま》さら遅《おそ》いけど。ほんとにごめん」

次第《しだい》に俯《うつむ》いてぽつぽつと零《こぼ》す私《わたし》の話《はなし》を、旭陽《あさひ》は最後《さいご》まで黙《だま》って聞《き》いていた。

冷静《れいせい》だったはずの気持《きも》ちが揺《ゆ》れ動《うご》き、再《ふたた》び涙《なみだ》が止《と》まらなくなったその顔《かお》を両手《りょうて》で掴《つか》まれて、まっすぐな旭陽《あさひ》の瞳《ひとみ》と視線《しせん》が交《まじ》わる。

「謝《あやま》るなよ。俺《おれ》だってずっと澪音《みお》と話《はな》したかった。変《か》わらない澪音《みお》に出会《であ》えてうれしかったんだ。やっぱり好《す》きだって、そう思《おも》えて幸《しあわ》せなんだよ」

強《つよ》すぎるくらいの力《ちから》で頭《あたま》を引《ひ》き寄《よ》せられて、旭陽《あさひ》の肩《かた》に頭《あたま》がぶつかる。

私《わたし》はその温《あたた》かさに身《み》を預《あず》けて、涙《なみだ》を押《お》し出《だ》すようにギュッと目《め》を閉《と》じた。

「舐《な》めんなよ。澪音《みお》がいなくなっても俺《おれ》は折《お》れない。強《つよ》く生《い》き続《つづ》けてみせるし、絶対《ぜったい》に心配《しんぱい》なんてさせない。だから、澪音《みお》は諦《あきら》めなくていい」

体《からだ》が離《はな》れたと思《おも》ったら、まっすぐに視線《しせん》をぶつけられる。

私《わたし》のことをまっすぐだと言《い》った。

そう言《い》う旭陽《あさひ》の瞳《ひとみ》は、私《わたし》を捕《と》らえて離《はな》さず、誰《だれ》よりもまっすぐで穢《けが》れのないものだった。

「一緒《いっしょ》にいたい。最後《さいご》まで好《す》きでいたい。好《す》きでいてほしい」

その目《め》に絆《ほだ》されるように、ぽつりと溢《あふ》れた本音《ほんね》。

「ありがとう。最後《さいご》の最後《さいご》まで、俺《おれ》が一緒《いっしょ》にいるから」

それに寄《よ》り添《そ》うように、旭陽《あさひ》は私《わたし》を引《ひ》き寄《よ》せて、優《やさ》しく優《やさ》しく抱《だ》きしめてくれた。

後悔《こうかい》のない道《みち》を【旭陽《あさひ》side】

澪音《みお》が眠《ねむ》りにつくまでお邪魔《じゃま》して、そのあと澪音《みお》の家族《かぞく》と少《すこ》し話《はなし》をした。

涙《なみだ》を浮《う》かべながら、これまでの経緯《けいい》を話《はな》す澪音《みお》の両親《りょうしん》に耳《みみ》を傾《かたむ》ける。

強《つよ》がりの澪音《みお》と、彼女《かのじょ》を支《ささ》える家族《かぞく》の強《つよ》さに、俺《おれ》のほうが泣《な》いてしまいそうだった。

「いつ来《き》てくれてもいいから、また澪音《みお》に会《あ》いに来《き》てあげて」

そう涙《なみだ》ながらに伝《つた》えてくれたお母《かあ》さんに、俺《おれ》はしっかりと頷《うなず》く。

「ありがとうございます。うれしいです。夏休《なつやす》みになるので、できる限《かぎ》りの時間《じかん》を一緒《いっしょ》にいさせてください」

そう答《こた》えた俺《おれ》に、澪音《みお》のお母《かあ》さんは再《ふたた》び涙《なみだ》を零《こぼ》した。

何度《なんど》も何度《なんど》も「ありがとう」と繰《く》り返《かえ》す姿《すがた》に、俺《おれ》の心《こころ》は締《し》めつけられていた。

澪音《みお》や澪音《みお》の家族《かぞく》の手前《てまえ》しっかりした姿《すがた》を保《たも》とうとしているものの、実際《じっさい》のところは、澪音《みお》が抱《かか》えていたものの大《おお》きさについていくので精一杯《せいいっぱい》だった。

「旭陽《あさひ》。無理《むり》しないでね」

帰《かえ》り際《ぎわ》、外《そと》まで送《おく》ってくれた莉音《りお》ねぇの言葉《ことば》に振《ふ》り返《かえ》る。

「澪音《みお》のことを大切《たいせつ》に思《おも》ってくれるのはうれしいし、私《わたし》たちは旭陽《あさひ》が来《き》てくれることに感謝《かんしゃ》してる。だけど、自分《じぶん》のことも大切《たいせつ》にして。辛《つら》いときは無理《むり》しないで」

莉音《りお》ねぇは、俺《おれ》がなんとか自分《じぶん》を保《たも》っていたことに気《き》がついていたようだった。

途端《とたん》に泣《な》きそうになってしまう弱《よわ》い気持《きも》ちを押《お》さえ、グッと口角《こうかく》に力《ちから》を入《い》れる。

「俺《おれ》は大丈夫《だいじょうぶ》。一緒《いっしょ》にいないほうが辛《つら》いから。今日《きょう》は、生意気《なまいき》ばっかり言《い》ってすみませんでした」

頭《あたま》を下《さ》げると、少《すこ》し口角《こうかく》を上《あ》げた莉音《りお》ねぇに軽《かる》く肩《かた》を殴《なぐ》られた。

「ほんとに生意気《なまいき》だなー。ありがとね」

その言葉《ことば》にもう一度《いちど》頭《あたま》を下《さ》げ、背《せ》を向《む》ける。

夜遅《よるおそ》くになり、両親《りょうしん》がすでに帰《かえ》っている自宅《じたく》に入《はい》るのは憂鬱《ゆううつ》だった。けれど、莉音《りお》ねぇが見送《みおく》っているからと強《つよ》がりの一心《いっしん》で、そのまま自宅《じたく》の扉《とびら》を開《あ》けた。

扉《とびら》を閉《し》め、俺《おれ》は深《ふか》く息《いき》を吐《は》き出《だ》した。

ずっと張《は》りつめていた心《こころ》の糸《いと》が今《いま》にも切《き》れそうになっていて、気持《きも》ちを緩《ゆる》めたい一心《いっしん》で呼吸《こきゅう》を繰《く》り返《かえ》す。

途中《とちゅう》からずっと悪《わる》い夢《ゆめ》を見《み》ているようだった。

おかしいとは思《おも》っていた。休《やす》みが多《おお》い割《わり》には先生《せんせい》も何《なに》も言《い》わない。

だからきっと、何《なに》か先生《せんせい》も知《し》っている事情《じじょう》があるのだろうと。

だけどそれは、もっといろいろなことが想像《そうぞう》できた。

例《たと》えば、家庭《かてい》の事情《じじょう》で働《はたら》かないといけないとか、昼間《ひるま》はバイトをしているとか。

何《なに》か別《べつ》の公休扱《こうきゅうあつか》いになる活動《かつどう》をしているとか。

「いっちばん最悪《さいあく》……」

体調《たいちょう》が悪《わる》いことも想像《そうぞう》していないわけではなかった。

ふらつく場面《ばめん》もあったし、妙《みょう》に細《ほそ》くなったと感《かん》じるときもあったし。

だけどそれも、忙《いそが》しいのかな、とか、大変《たいへん》なのかな、とか。

別《べつ》の原因《げんいん》があったっておかしくないと思《おも》っていた。

ぐるぐると頭《あたま》がおかしくなりそうな感覚《かんかく》に襲《おそ》われて、玄関《げんかん》の壁《かべ》にもたれかかる。

立《た》っているのも精一杯《せいいっぱい》の状態《じょうたい》だった。

「旭陽《あさひ》？　何《なに》やってんの？」

扉《とびら》を開《あ》けたにもかかわらず、ちっとも入《はい》ってこない俺《おれ》を不審《ふしん》に思《おも》ったのか、母《はは》が玄関《げんかん》まで顔《かお》を出《だ》した。

仕事着《しごとぎ》にさっとつけたエプロン姿《すがた》で顔《かお》を覗《のぞ》かせる母《はは》の姿《すがた》があまりにも平凡《へいぼん》な日常《にちじょう》の光景《こうけい》で、俺《おれ》は小《ちい》さく笑《わら》いを零《こぼ》した。

「……はは」

力《ちから》なく笑《わら》った俺《おれ》に、母《はは》はさらに不思議《ふしぎ》そうにこちらを見《み》つめ、玄関《げんかん》へと出《で》てくる。

「何《なに》よ、何《なに》かあったの？」

話《はなし》を聞《き》くという意思《いし》を示《しめ》すように、俯《うつむ》きがちだった俺《おれ》の顔《かお》を覗《のぞ》き込《こ》んだ。

その母《はは》のいつもどおりの姿《すがた》を合図《あいず》に、ギリギリで保《たも》たれていた強《つよ》がりな俺《おれ》の心《こころ》は一《いっ》瞬《しゅん》で途切《とぎ》れ、大粒《おおつぶ》の涙《なみだ》が零《こぼ》れ落《お》ちていった。

「……っ、うう、嫌《いや》だ、嘘《うそ》だ。なんで……っ」

――受《う》け入《い》れられるわけがない。

大好《だいす》きだったんだ。もうずっと、長《なが》い間《あいだ》。

今《いま》も変《か》わらずに大好《だいす》きな人《ひと》が、もうすぐいなくなる。
そんなの、信《しん》じたくない。逃《に》げてしまいたい。
カバンを投《な》げるようにして玄関《げんかん》に落《お》とし、両手《りょうて》で頭《あたま》を抱《かか》えこむ。
その様子《ようす》を驚《おどろ》いたようにして見《み》ていた母《はは》は、いつかのように俺《おれ》を静《しず》かに抱《だ》きしめた。
俺《おれ》はその腕《うで》の中《なか》で、どうしようもない悔《くや》しさや悲《かな》しさをぶつけた。
ただ涙《なみだ》にするしかない残酷《ざんこく》な現実《げんじつ》を振《ふ》りほどくことはできなかった。

しばらくの間《あいだ》泣《な》き崩《くず》れていた俺《おれ》の肩《かた》を叩《たた》いたのは、お風呂《ふろ》から上《あ》がった父《とう》さんだった。
「いったん上《あ》がったらどうだ？」
いつもどおりの声《こえ》のトーンに、少《すこ》し冷静《れいせい》を取《と》り戻《もど》し、俺《おれ》は鼻《はな》をすすりながら靴《くつ》を脱《ぬ》ぐ。
母《かあ》さんもリビングへと戻《もど》り、夕《ゆう》ご飯《はん》を温《あたた》め直《なお》していた。
静《しず》まり返《かえ》ったリビングに、俺《おれ》の残《のこ》った嗚咽《おえつ》が響《ひび》く。
頭《あたま》もガンガンと痛《いた》み、思《おも》い切《き》り泣《な》いたあとの気分《きぶん》の悪《わる》さを久《ひさ》しぶりに感《かん》じていた。
何《なに》も聞《き》くわけでもないけれど、いつもどおりを作《つく》ろうと意識《いしき》してくれているのを感《かん》じ、
俺《おれ》は小《ちい》さく口《くち》を開《ひら》いた。

「澪音《みお》、が、死《し》ぬんだって……」

口《くち》にするだけでぶり返《かえ》しそうになる苦《くる》しみ。信《しん》じたくもない、最悪《さいあく》な現実《げんじつ》。

押《お》し殺《ころ》しながらそれを口《くち》にすると二人《ふたり》は、目《め》を見合《みあ》わせて小《ちい》さく頷《うなず》いた。

「澪音《みお》ちゃんから聞《き》いたの？」

俺《おれ》は小《ちい》さく首《くび》を横《よこ》に振《ふ》る。

「俺《おれ》から聞《き》き出《だ》した。莉音《りお》ねぇに無理《むり》言《い》って、家《いえ》に上《あ》がって、それで……」

冷静《れいせい》に考《かんが》えたらとんでもないことをしている。

けれど、両親《りょうしん》はそれを叱《しか》ることもなく頷《うなず》いた。


「そう……」

「旭陽《あさひ》」

表情《ひょうじょう》を暗《くら》くした母《はは》と、黙《だま》って隣《となり》に座《すわ》り肩《かた》を抱《だ》いてくれる父《ちち》。

だけど、初《はじ》めて聞《き》くにしては理解《りかい》の早《はや》い二人《ふたり》に、俺《おれ》は小《ちい》さく疑問《ぎもん》をぶつけた。

「もしかして知《し》ってた……？」

その質問《しつもん》に二人《ふたり》は視線《しせん》を合《あ》わせてから、譲《ゆず》り合《あ》うようにして父《ちち》が口《くち》を開《ひら》いた。

「澪音《みお》ちゃんが転校《てんこう》したときがあっただろ？　そのときから事情《じじょう》は聞《き》いていたんだ」

「お隣《となり》だし実際《じっさい》は数年家《すうねんいえ》を空《あ》けるだけだったから、私《わたし》たちには本当《ほんとう》のことを伝《つた》えてくれたんだって。旭陽《あさひ》には言《い》わないでって。澪音《みお》ちゃん本人《ほんにん》から頼《たの》まれてたの」

ここにも知《し》らない事実《じじつ》があり、俺《おれ》はため息《いき》をついた。

こんなにも辛《つら》い現実《げんじつ》を知《し》りながら、まわりには悟《さと》られないようにいつもどおりを作《つく》るみんなに、騙《だま》されていたような気分《きぶん》にもなっていた。

父《とう》さんと母《かあ》さんは、澪音《みお》の気持《きも》ちを尊重《そんちょう》して俺《おれ》にいつもどおりを。

莉音《りお》ねぇや澪音《みお》の両親《りょうしん》は、澪音《みお》を安心《あんしん》させるために変《か》わらない毎日《まいにち》を。

澪音《みお》は、まわりみんなに辛《つら》い思《おも》いをさせないために、いつもの笑顔《えがお》を。

みんな辛《つら》いはずなのに、まわりのために真実《しんじつ》を隠《かく》していた。

それなのに俺《おれ》はこんなにも辛《つら》い。正直逃《しょうじきに》げてしまいたい。明日《あした》から、澪音《みお》に笑顔《えがお》を向《む》けられる自信《じしん》がない。

そんな自分《じぶん》が情《なさ》けなくて涙《なみだ》が出《で》る。

「なんで、なんでそんなことできるんだよ……？　こんなにも辛《つら》い俺《おれ》がばかみたいじゃねーかよ!!　耐《た》えられない俺《おれ》が悪《わる》いのかよ……っ」

ぶつけたって仕方《しかた》がないのに声《こえ》を荒《あら》げた俺《おれ》を、父《とう》さんは強《つよ》い力《ちから》で抱《だ》き寄《よ》せた。

「辛《つら》いのが悪《わる》いんじゃない。耐《た》えられないのなんて当《あ》たり前《まえ》だ。辛《つら》いことは認《みと》めて泣《な》いたらいい。受《う》け入《い》れようなんて思《おも》わなくていい」

再《ふたた》び涙《なみだ》が溢《あふ》れ出《だ》し、目《め》の前《まえ》で聞《き》いていた母《はは》の目《め》も赤《あか》くにじんでいた。

「でも……それじゃあ、俺《おれ》だけが弱《よわ》い」

「みんな同《おな》じ。その弱《よわ》さの中《なか》で自分《じぶん》が後悔《こうかい》しないように動《うご》いているだけなんだと思《おも》うよ」

目《め》には明《あき》らかに涙《なみだ》を浮《う》かべている母《かあ》さんが凛《りん》とした言葉《ことば》で俺《おれ》に伝《つた》えた。

俺《おれ》は、涙《なみだ》でボロボロのまま母《かあ》さんを見上《みあ》げる。

「会《あ》うのが辛《つら》いなら行《い》かなくたっていいと思《おも》う。辛《つら》い気持《きも》ちを隠《かく》さないで会《あ》いに行《い》くのも、嘘《うそ》でもいいから笑顔《えがお》をつけて行《い》くのも、どれも正解《せいかい》だと思《おも》う。旭陽《あさひ》が、後悔《こうかい》しないように。何《なに》を選《えら》んだって、私《わたし》たちはそれを応援《おうえん》するよ」

両親《りょうしん》の答《こた》えに、俺《おれ》は泣《な》きじゃくり続《つづ》けた。

そんなの答《こた》えなんて決《き》まっている。

強《つよ》がりの俺《おれ》が、さっきまで澪音《みお》の家《いえ》で取《と》り繕《つくろ》っていた俺自身《おれじしん》が、俺《おれ》の答《こた》えだった。

——嘘《うそ》でもいいのなら。

最期《さいご》までかっこいい姿《すがた》で澪音《みお》を幸《しあわ》せにするのが、俺《おれ》の後悔《こうかい》しない道《みち》だった。

第五章《だいごしょう》

奇跡《きせき》のような八月《はちがつ》 君《きみ》がくれた時間《じかん》

「最後《さいご》まで、俺《おれ》が一緒《いっしょ》にいる」

そう宣言《せんげん》したとおり、夏休《なつやす》みに入《はい》った旭陽《あさひ》は毎日私《まいにちわたし》の家《いえ》にやってきた。

夏祭《なつまつ》りのあと、力《ちから》が抜《ぬ》けたように寝込《ねこ》んでしまい体力《たいりょく》も一気《いっき》に落《お》ちた私《わたし》は、正直《しょうじき》もう数日《すうじつ》だろうと覚悟《かくご》を決《き》めていた。

「澪音《みお》、何《なに》がしたい？　やりたいこと全部叶《ぜんぶかな》えてやる！」

だから、そう言《い》う旭陽《あさひ》に対《たい》して、

「旭陽《あさひ》と一緒《いっしょ》にいられたらそれだけでいい」

微笑《ほほえ》むことが精一杯《せいいっぱい》で、希望《きぼう》は何《なに》も出《で》てこなかった。

どうせ、筋力《きんりょく》も落《お》ちてしまったこの体《からだ》じゃ、できることも限《かぎ》られている。

そんなマイナス思考《しこう》の私《わたし》を元気《げんき》づけるように、旭陽《あさひ》は毎日何《まいにちなに》かを持《も》ってやってきて明《あか》るい声《こえ》をかけ続《つづ》けてくれていた。

心配《しんぱい》していたような辛《つら》そうな表情《ひょうじょう》は、真実《しんじつ》を伝《つた》えた日《ひ》から一度《いちど》も見《み》ることはない。

「澪音《みお》、昔《むかし》よくスノーボール作《つく》ってたの覚《おぼ》えてる？」

「あぁ……おいしくできたらいつも届《とど》けてたよね」

幼《おさな》いころの私《わたし》の得意料理《とくいりょうり》はスノーボールだった。

『澪音《みお》、天才《てんさい》！　めっちゃおいしい！』

『すごいなー澪音《みお》は。お母《かあ》さんより上手《じょうず》なんじゃないか？』

『比《くら》べないでよ！　澪音《みお》のほうが上手《じょうず》に決《き》まってるじゃん、ねえ澪音《みお》』

今思《いまおも》い返《かえ》すとべた褒《ぼ》めする家族《かぞく》たちに浮《う》かれていただけかもしれないけれど、自分《じぶん》で食《た》べてもおいしいスノーボールが大好《だいす》きだった。

『おいしくできたから、旭陽《あさひ》にも届《とど》けてくるっ！』

褒《ほ》められた日《ひ》は、たくさんのスノーボールをプラスチックの容器《ようき》に詰《つ》め込《こ》んで家《いえ》を飛《と》び出《だ》すのもお決《き》まりだった。

『旭陽《あさひ》！　お菓子《かし》！』

『まじ？　うわ、スノーボールじゃん！』

小学生《しょうがくせい》のころ、無邪気《むじゃき》に喜《よろこ》んでくれる旭陽《あさひ》がうれしくて、毎週《まいしゅう》のように作《つく》っては旭《あさ》陽《ひ》に送《おく》り届《とど》けていた時期《じき》もあった。

「毎週《まいしゅう》スノーボール食《た》べてる時期《じき》あったよな」

「あったあった、どう考《かんが》えても作《つく》りすぎだよね」

おかしくて笑《わら》ってしまうと、旭陽《あさひ》は優《やさ》しい笑顔《えがお》を向《む》けて何《なに》かを手《て》に取《と》った。

「懐《なつ》かしくて、俺《おれ》も作《つく》ってみたんだけど上手《うま》くできなくてさ」

そう言《い》った旭陽《あさひ》の手元《てもと》を見《み》ると、崩《くず》れてしまったスノーボールがお皿《さら》に乗《の》っていた。

不器用《ぶきよう》な旭陽《あさひ》らしい見《み》た目《め》に、また口角《こうかく》が上《あ》がってしまう。

「食《た》べたい」

そう呟《つぶや》くと、旭陽《あさひ》は小《ちい》さな欠片《かけら》を手《て》に取《と》り口元《くちもと》に近《ちか》づけた。

口《くち》を開《ひら》くと、優《やさ》しく甘《あま》い味《あじ》が放《ほう》り込《こ》まれる。

一瞬《いっしゅん》で溶《と》けていくスノーボールは、とてもおいしかった。

「え、おいしいよ？　旭陽《あさひ》すごい」

「いやでも澪音《みお》のと全然違《ぜんぜんちが》うから」

自分《じぶん》のスノーボールを見《み》つめ笑《わら》いながら食《た》べる彼《かれ》に、私《わたし》は少《すこ》し考《かんが》えてから口《くち》を開《ひら》く。

「たぶん、油《あぶら》の量《りょう》が違《ちが》うんだよ。まとまりが結構《けっこう》変《か》わるから」

「油《あぶら》？　すげえ、見《み》ただけでわかんの？　さすがだな」

「たぶんだけどね」

「えー今《いま》からちょっと作《つく》ろうかな。キッチン借《か》りてもいい？　てか、澪音《みお》も見《み》ながら教《おし》えてよ」

そんな旭陽《あさひ》に、私《わたし》は自然《しぜん》とベッドの外《そと》へと連《つ》れ出《だ》されていた。

旭陽《あさひ》の手《て》を借《か》りてベッドからおりる。

掴《つか》まるものがないと立《た》っていられないくらい、私《わたし》の体《からだ》はすでに弱《よわ》ってしまっていた。

上手《うま》く力《ちから》が入《はい》らず、おぼつかない足取《あしど》りで立《た》ち上《あ》がった私《わたし》の手《て》を優《やさ》しく引《ひ》いて、旭陽《あさひ》はキッチンへ向《む》かった。用意《ようい》された椅子《いす》に座《すわ》って、旭陽《あさひ》のお菓子作《かしづく》りを見《み》つめる。

「澪音《みお》、バターって」

「あっ、ちょっとレンジで溶《と》かしてからのほうが」

「五十《ごじゅう》グラム……ってこんくらいか？」

「お菓子作《かしづく》りはちゃんと計《はか》らないとだめだよ！」

気《き》づけば旭陽《あさひ》からボウルを奪《うば》い取《と》って、一緒《いっしょ》にお菓子作《かしづく》りを始《はじ》めていた。

旭陽《あさひ》がいなかったら、こんなふうに動《うご》くことなんてなかったと思《おも》う。

旭陽《あさひ》の存在《そんざい》は、間違《まちが》いなく私《わたし》に生《い》きる活力《かつりょく》を与《あた》えていた。

リビングから微笑《ほほえ》ましそうにこちらを見《み》つめるお母《かあ》さんと莉音《りお》ねぇに、笑顔《えがお》を向《む》ける。

「すっげえ、見映《みば》えも味《あじ》も完璧《かんぺき》……！　やっぱり澪音《みお》の作《つく》ったスノーボールはうめぇわ！」

「私《わたし》はちょっと口出《くちだ》ししただけじゃん、旭陽《あさひ》のだよ」

「いいから、澪音《みお》も食《た》べて」

ころんと口《くち》に入《い》れられたスノーボールは、さっきよりもさくさくとした食感《しょっかん》が残《のこ》り、ほどよいところで溶《と》けてなくなる、私《わたし》のスノーボールだった。

「ふふ、おいしい」

最近《さいきん》は、食《た》べ物《もの》をおいしいと思《おも》うことも減《へ》っていた。栄養《えいよう》のために口《くち》に入《い》れる日々《ひび》が続《つづ》いていて、悲《かな》しいと思《おも》うことが多《おお》かった。

そんな日々《ひび》の中《なか》で、自然《しぜん》とおいしいと思《おも》えた自分《じぶん》にうれしくなる。

「旭陽《あさひ》、今日《きょう》もありがとう」

「もちろん、毎日《まいにち》を幸《しあわ》せに、だろ？」

優《やさ》しく頭《あたま》を撫《な》でてくれる旭陽《あさひ》に、私《わたし》は安心《あんしん》して今日《きょう》も目《め》を閉《と》じた。

それぞれの答《こた》え【旭陽《あさひ》side】

澪音《みお》が眠《ねむ》りについたのを確認《かくにん》し、俺《おれ》は静《しず》かに扉《とびら》を閉《し》めた。

リビングで座《すわ》ってスノーボールを食《た》べていた莉音《りお》ねぇと澪音《みお》のお母《かあ》さんに会釈《えしゃく》をする。

「寝《ね》た？」

「寝《ね》ました」

「今日《きょう》もありがとうね、旭陽《あさひ》くん。ちょっと休《やす》んでいって」

夏休《なつやす》みになり、毎日《まいにち》お邪魔《じゃま》するようになった俺《おれ》は、花岡家《はなおかけ》で過《す》ごす時間《じかん》が増《ふ》えていた。

お茶《ちゃ》をいれるためキッチンへ入《はい》っていったお母《かあ》さんを見送《みおく》り、莉音《りお》ねぇの視線《しせん》を感《かん》じて隣《となり》へと腰《こし》をおろす。

「旭陽《あさひ》、前《まえ》までこっちが心配《しんぱい》するような、めちゃくちゃ無理《むり》してますーって笑顔《えがお》だったのに、澪音《みお》の前《まえ》では全然《ぜんぜん》出《だ》さないよね。私《わたし》も見習《みなら》わなきゃな」

莉音《りお》ねぇが本当《ほんとう》のお姉《ねえ》さんのような顔《かお》でこちらを見《み》つめてくるから、俺《おれ》は反応《はんのう》に困《こま》って思《おも》わず視線《しせん》を逸《そ》らす。

「無理《むり》してるよ。ただ、俺《おれ》は俺《おれ》のために、かっこいい自分《じぶん》でいたいだけ。ただのかっこつけだよ」

あの日《ひ》、ボロボロだった俺《おれ》を勇気《ゆうき》づけてくれたのは俺《おれ》の両親《りょうしん》だった。

その受《う》け売《う》りだけど、偉《えら》そうに背伸《せの》びをして伝《つた》えると、莉音《りお》ねぇは驚《おどろ》いたように目《め》を見開《みひら》いてから意地悪《いじわる》に笑《わら》う。

「かっこいいじゃん、さすが澪音《みお》の初恋《はつこい》の人《ひと》♡」

「うるさいっす」

取《と》り繕《つくろ》いだらけだった。

ほんの少《すこ》しつつかれたら崩《くず》れてしまいそうなギリギリの状態《じょうたい》で、俺《おれ》らは明《あか》るい毎日《まいにち》を本物《ほんもの》にするために必死《ひっし》だった。

今《いま》ならわかる。きっとそれは、澪音《みお》も莉音《りお》ねぇも澪音《みお》の両親《りょうしん》も同《おな》じだと思《おも》う。

だけど、そんなふうに作《つく》られた明《あか》るい毎日《まいにち》が偽物《にせもの》だとは思《おも》わない。

みんながみんな前《まえ》を向《む》くために少《すこ》し無理《むり》をしているだけ。それはかっこいいことだと今《いま》の俺《おれ》は感《かん》じていた。

三人《さんにん》でお茶《ちゃ》をしている最中《さいちゅう》、スマホの通知音《つうちおん》が鳴《な》り響《ひび》く。

【旭陽《あさひ》、絶対来《ぜったいこ》いよ】

【ずっと待《ま》ってるから】

重《おも》い彼女《かのじょ》からのようなメッセージに、思《おも》わず苦笑《にがわら》いを零《こぼ》す。

スマホから顔《かお》を上《あ》げ、俺《おれ》は莉音《りお》ねぇと澪音《みお》のお母《かあ》さんに向《む》かって真剣《しんけん》な表情《ひょうじょう》を見《み》せた。

「あの、このあと朱里《あかり》と大輝《だいき》に会《あ》ってきます」

二人《ふたり》は顔《かお》を見合《みあ》わせて、いかにも親子《おやこ》らしく同《おな》じタイミングでコーヒーを机《つくえ》に置《お》く。

「ずっと、迷《まよ》ってました。心配《しんぱい》する二人《ふたり》にどう返《かえ》したらいいのか。けど、伝《つた》えようと思《おも》います。澪音《みお》は望《のぞ》んでいないかもしれないけど、俺《おれ》は知《し》らないままいるより今《いま》のほうがいいって思《おも》えているから。二人《ふたり》のために、そうさせてください」

澪音《みお》のお母《かあ》さんの表情《ひょうじょう》は迷《まよ》っているように見《み》えた。

けれど、莉音《りお》ねぇがそっとその背中《せなか》を押《お》す。

「友達《ともだち》のことは旭陽《あさひ》に任《まか》せるよ。とくに朱里《あかり》も大輝《だいき》も昔《むかし》から知《し》ってる大切《たいせつ》な友達《ともだち》だし。そこは旭陽《あさひ》のほうが気持《きも》ちわかると思《おも》うから。澪音《みお》はもちろんだけど、二人《ふたり》のことも大切《たいせつ》にしてあげて」

「そうね、そこは私《わたし》たちには止《と》める権利《けんり》はないから」

澪音《みお》のお母《かあ》さんも、莉音《りお》ねぇの言葉《ことば》に納得《なっとく》したように頷《うなず》く。

「ありがとうございます」

そして、俺《おれ》は夏休《なつやす》みに入《はい》ってから初《はじ》めて、朱里《あかり》と大輝《だいき》にまともな返信《へんしん》をした。

【行《い》くから。十五時《じゅうごじ》にファミレスで】

俺《おれ》の決意《けつい》は固《かた》まっていた。後悔《こうかい》しない道《みち》へ、そして、大切《たいせつ》な人《ひと》を後悔《こうかい》させない道《みち》へ。

それで、間違《まちが》いないと今《いま》は信《しん》じている。


「旭陽《あさひ》！」

「あ、本当《ほんとう》に来《き》た」

慣《な》れ親《した》しんだファミレスに入《はい》ると、夏《なつ》らしく涼《すず》しげな恰好《かっこう》をした朱里《あかり》と大輝《だいき》が席《せき》に座《すわ》っていた。

なんだか酷《ひど》く久《ひさ》しぶりな気《き》がする変《か》わらない二人《ふたり》に、少《すこ》しだけ安心感《あんしんかん》を覚《おぼ》える。

四人席《よにんせき》で対面《たいめん》に座《すわ》る二人《ふたり》に近寄《ちかよ》り、大輝《だいき》の隣《となり》へと腰《こし》をおろした。

座《すわ》った途端《とたん》に、文化祭《ぶんかさい》の準備期間《じゅんびきかん》に四人《よにん》で訪《おとず》れたファミレスの思《おも》い出《で》が蘇《よみがえ》る。

まわりを見渡《みわた》すと、そこはあのときとまったく同《おな》じ席《せき》で、澪音《みお》がいてもなんら不思議《ふしぎ》ではない景色《けしき》だった。

「……あれからたったの三《さん》か月《げつ》だもんな」

思《おも》わずそんなことを呟《つぶや》いてしまい、気持《きも》ちを落《お》ちつかせるために深《ふか》く息《いき》を吐《は》く。

やっぱりふと現実味《げんじつみ》を帯《お》びる時間《じかん》は、耐《た》えがたいものだった。

「引退後《いんたいご》の夏休《なつやす》みは、デート三昧《ざんまい》なの？　お前《まえ》らは」

妙《みょう》な空気《くうき》を取《と》り払《はら》うために無理《むり》やり話題《わだい》を振《ふ》った。それがまた、いつもとは違《ちが》う雰囲気《ふんいき》を作《つく》り出《だ》し、朱里《あかり》と大輝《だいき》も困惑《こんわく》しながらノリを合《あ》わせる。

「え、あー、いや、まあそうかもな？」

「結構会《けっこうあ》ってるよね？」

いつもなら『余計《よけい》なお世話《せわ》』とでも言《い》って軽《かる》く殴《なぐ》られそうな話題《わだい》だった。けれど変《へん》に肯定《こうてい》されるから俺《おれ》も困《こま》って妙《みょう》な笑《わら》いを零《こぼ》してしまい、その話《はなし》はあっという間《ま》に終《お》わってしまった。

「聞《き》いても、いい？」

普段《ふだん》どおりの雑談《ざつだん》は無理《むり》だと判断《はんだん》したのか、朱里《あかり》が重《おも》い口《くち》を開《ひら》いた。

「澪音《みお》から何《なに》か聞《き》いたんだよね？　返信《へんしん》が来《こ》なくなったし、そういうことでしょ？」

なんだかすでに朱里《あかり》は泣《な》きそうなように見《み》えて、俺《おれ》と同《おな》じくいろいろな想像《そうぞう》をしてきてしまっているようだった。

「澪音《みお》には、言《い》わないでほしいって言《い》われてる。だから、ずっと迷《まよ》ってた」

揃《そろ》って強張《こわば》った表情《ひょうじょう》を見《み》せた二人《ふたり》に、俺《おれ》は再《ふたた》び迷《まよ》いそうになる。

だけど……。

両親《りょうしん》の言葉《ことば》と澪音《みお》の家族《かぞく》の言葉《ことば》を思《おも》い出《だ》し、二人《ふたり》を見《み》つめた。

「だけど、俺《おれ》は二人《ふたり》は知《し》っていたほうがいいと思《おも》う。もしかしたら、聞《き》かなければよかったって思《おも》うかもしれないけど……」

「俺《おれ》は、聞《き》くよ」

迷《まよ》いのない声《こえ》は大輝《だいき》からだった。すぐに朱里《あかり》も小《ちい》さく頷《うなず》く。

二人《ふたり》の目《め》を見《み》てから、俺《おれ》は長《なが》く息《いき》を吐《は》いて、その言葉《ことば》を口《くち》にした。

「澪音《みお》、余命《よめい》が宣告《せんこく》されてた。たぶんもう長《なが》くない」

聞《き》いた途端《とたん》に両手《りょうて》で顔《かお》を覆《おお》ってしまった朱里《あかり》と、ギュッと目《め》を閉《と》じた大輝《だいき》。

二人《ふたり》の様子《ようす》をうかがいながら、俺《おれ》は簡単《かんたん》に澪音《みお》から聞《き》いた経緯《けいい》や思《おも》いを二人《ふたり》に伝《つた》えた。

「俺《おれ》は、残《のこ》りのすべての時間《じかん》を澪音《みお》に使《つか》うって決《き》めた。大輝《だいき》と朱里《あかり》は、どうしたいかわからないけど、でも知《し》らずにそのときが来《く》るのはよくないと思《おも》った」

泣《な》きじゃくり何《なに》も言《い》えない様子《ようす》の朱里《あかり》と、感情《かんじょう》を必死《ひっし》で噛《か》み殺《ころ》そうとしている大輝《だいき》の姿《すがた》に、俺《おれ》も涙腺《るいせん》を刺激《しげき》されていた。

伝《つた》え終《お》えてからも沈黙《ちんもく》が続《つづ》いていた。

【旭陽《あさひ》、夜《よる》も来《く》るならゼリー買《か》ってきて】

莉音《りお》ねぇからのメッセージ通知《つうち》が鳴《な》り、気《き》づかないうちに薄暗《うすぐら》くなっていた外《そと》を見上《みあ》げる。

「じゃあ、俺《おれ》そろそろ行《い》くから」

泣《な》き続《つづ》ける朱里《あかり》を気《き》にしつつ控《ひか》えめにそう伝《つた》えると、大輝《だいき》が小《ちい》さく頷《うなず》いた。

「さんきゅ旭陽《あさひ》。俺《おれ》は、聞《き》けてよかった。また連絡《れんらく》する。朱里《あかり》のことは大丈夫《だいじょうぶ》だから」

最後《さいご》は小声《こごえ》だった。

震《ふる》える声《こえ》で話《はな》しながらも必死《ひっし》で強《つよ》くあろうとする大輝《だいき》に、やっぱり強《つよ》がりは嘘《うそ》とは違《ちが》うとぼんやり思《おも》う。

「ありがとう。またな」

「おう」

朱里《あかり》の隣《となり》に座《すわ》り直《なお》す大輝《だいき》を見《み》て、俺《おれ》は安心《あんしん》して店《みせ》を出《で》た。

俺《おれ》にとっての正解《せいかい》が、二人《ふたり》にとっての正解《せいかい》であるかはわからない。

だけど、二人《ふたり》にとっての正解《せいかい》が見《み》える手助《てだす》けになればいい。

そう思《おも》いながら俺《おれ》はスーパーに寄《よ》り、買《か》い物《もの》をすませて澪音《みお》の元《もと》へと急《いそ》いだ。

自分勝手《じぶんかって》な優《やさ》しさ

半年《はんとし》と宣告《せんこく》されていた七月《しちがつ》を超《こ》え、八月《はちがつ》に入《はい》ろうとする中《なか》、私《わたし》の命《いのち》は間違《まちが》いなく旭陽《あさひ》に支《ささ》えられていた。

「そんなに毎日来《まいにちこ》なくていいからね？　せっかくの夏休《なつやす》みだし、私《わたし》と違《ちが》って勉強《べんきょう》もしなきゃでしょ？　それに草野球《くさやきゅう》のチームにも入《はい》るって言《い》ってたじゃん」

「いいんだよ俺《おれ》が澪音《みお》といたいんだから。今日《きょう》は何《なに》する？　元気《げんき》なら少《すこ》し外《そと》に出《で》るか？」

「……縁側《えんがわ》で、スイカ食《た》べよ？」

毎日《まいにち》やってくる旭陽《あさひ》に元気《げんき》づけられていた私《わたし》は、少《すこ》しずつやりたいことが思《おも》いつくようになっていた。自分《じぶん》でも少《すこ》し歩《ある》くようにしたり、調子《ちょうし》よく毎日《まいにち》を過《す》ごしていた。

旭陽《あさひ》のおかげで元気《げんき》になれる。だけどその分《ぶん》、旭陽《あさひ》に申《もう》し訳《わけ》ない気《き》がしてしまう。考《かんが》えても仕方《しかた》ないことはわかっているけれど、ヤキモキする気持《きも》ちを抱《かか》えていた。

「おっけ、ちょっと準備《じゅんび》してくるわ」

ポンポンと優《やさ》しく私《わたし》の頭《あたま》を撫《な》でて部屋《へや》を出《で》ていった旭陽《あさひ》に、切《せつ》なくなった。

縁側《えんがわ》で旭陽《あさひ》とお母《かあ》さんと並《なら》んでスイカを食《た》べる。足《あし》には冷《つめ》たい水《みず》が溜《た》められたバケツが置《お》かれて、涼《すず》みながら幸《しあわ》せなひとときを過《す》ごしていた。

「私《わたし》、旭陽《あさひ》が野球《やきゅう》してる姿《すがた》、見《み》たいな」

毎日《まいにち》来《き》てくれて、きっと自分《じぶん》のことを何《なに》もできていない旭陽《あさひ》を想像《そうぞう》した私《わたし》は、ぽつりとそんなことを呟《つぶや》く。

「野球《やきゅう》？　なんだよ今日《きょう》そんなことばっか言《い》って。気《き》つかってる？」

「だって昔《むかし》から好《す》きだったんだもん。だから、野球《やきゅう》また始《はじ》めるって聞《き》いて私《わたし》すごくうれしかった。私《わたし》のせいでやめてほしくないんだ」

旭陽《あさひ》は戸惑《とまど》った顔《かお》で、私《わたし》を見《み》つめた。

「野球《やきゅう》なんていつでもできるし、今《いま》は俺《おれ》が澪音《みお》と一緒《いっしょ》にいたいから」

「いつでもできるの？　草野球《くさやきゅう》のチームにはもう入《はい》ったの？」

わかりやすく声《こえ》を弾《はず》ませた私《わたし》に、旭陽《あさひ》は戸惑《とまど》いながら頷《うなず》いた。

「ああ、まだ行《い》ってはないけど。大輝《だいき》から伝《つた》えてもらってる。少年野球《しょうねんやきゅう》クラブのころからの知《し》り合《あ》いも多《おお》いし、割《わり》と自由《じゆう》に参加《さんか》したらいい感《かん》じだから」

その言葉《ことば》に、私《わたし》は目《め》を輝《かがや》かせた。

「莉音《りお》ねぇ、今度《こんど》グラウンドに連《つ》れていって？　旭陽《あさひ》を見《み》に行《い》く!!」

冷《つめ》たいジュースを持《も》ってきた莉音《りお》ねぇを振《ふ》り返《かえ》りながら言《い》うと、莉音《りお》ねぇは旭陽《あさひ》を見《み》てから、柔《やわ》らかく頷《うなず》いた。

「もちろん。旭陽《あさひ》も手伝《てつだ》ってくれるよね？」

「もちろんっす。澪音《みお》、ありがとう」

旭陽《あさひ》はやっぱり戸惑《とまど》ってはいたけれど、最後《さいご》にはうれしそうに笑《わら》っていて安心《あんしん》した。


そして、念願《ねんがん》の野球観戦《やきゅうかんせん》の日《ひ》はすぐに訪《おとず》れた。

八月初旬《はちがつしょじゅん》。夏休《なつやす》みの一番楽《いちばんたの》しい時期《じき》に草野球《くさやきゅう》チームの大会《たいかい》が行《おこな》われるそうで、それに旭陽《あさひ》が参加《さんか》することになったのだ。

私《わたし》は夏祭《なつまつ》りの夜以来《よるいらい》、久《ひさ》しぶりに家《いえ》の外《そと》へ出《で》る準備《じゅんび》をしていた。

「うん、熱《ねつ》も大丈夫《だいじょうぶ》。楽《たの》しんできてくださいね。無理《むり》はだめだよ」

「はーい、ありがとうございます」

外出前《がいしゅつまえ》ということで、往診《おうしん》を頼《たの》んでいた先生《せんせい》からも無事許可《ぶじきょか》がおりて安心《あんしん》する。

楽《たの》しみなことというのは体《からだ》も心《こころ》も元気《げんき》にさせてくれて、旭陽《あさひ》の存在《そんざい》の偉大《いだい》さを身《み》をもって感《かん》じていた。

「天気《てんき》も晴《は》れたね」

「ね。野球日和《やきゅうびより》。お弁当《べんとう》も楽《たの》しみだね」

玄関《げんかん》の外《そと》で車椅子《くるまいす》を押《お》してくれる莉音《りお》ねぇと、穏《おだ》やかな会話《かいわ》をする。

朝方《あさがた》、お母《かあ》さんと莉音《りお》ねぇで作《つく》っていたお弁当《べんとう》。

私《わたし》も少《すこ》しだけお手伝《てつだ》いをして、そのお弁当《べんとう》は可愛《かわい》らしくできあがっていた。

「うっす。おはようございます」

隣《となり》の家《いえ》から出《で》てきた旭陽《あさひ》は、ラフな運動着姿《うんどうぎすがた》だった。

「え、大会《たいかい》なのにユニフォームじゃないの？」

「草野球《くさやきゅう》でそんなんないよ」

莉音《りお》ねぇと言《い》い合《あ》う旭陽《あさひ》は、弟《おとうと》っぽくてなんだか可愛《かわい》い。

にこにこしながら二人《ふたり》の様子《ようす》を眺《なが》めていると、すっと旭陽《あさひ》の視線《しせん》が私《わたし》に向《む》かって下《さ》げられた。

「澪音《みお》、今日《きょう》は体調《たいちょう》は？」

「大丈夫《だいじょうぶ》。楽《たの》しみにしてたから。超元気《ちょうげんき》」

笑顔《えがお》を見《み》せると、旭陽《あさひ》はホッとしたように眉《まゆ》を下《さ》げて笑《わら》った。

外《そと》へ出《で》ることなんてないから、きっと不安《ふあん》なんだろう。

それを隠《かく》すような笑顔《えがお》に、私《わたし》はにこりと微笑《ほほえ》み返《かえ》した。


「お！　旭陽《あさひ》、来《き》た来《き》た！」

「うーっす！」

グラウンドの観客席《かんきゃくせき》で車椅子《くるまいす》を止《と》めてもらい、チームの輪《わ》に入《はい》っていった旭陽《あさひ》を見《み》つめる。

旭陽《あさひ》は、入《はい》った途端《とたん》に多《おお》くの人《ひと》に囲《かこ》まれて笑《わら》っていた。

「お前《まえ》、誘《さそ》ってから全然来《ぜんぜんこ》ねーんだもん、振《ふ》られたと思《おも》ったわ！」

「旭陽《あさひ》さん！　お久《ひさ》しぶりです！」

「え、お前部活《まえぶかつ》もあんのに、草野球《くさやきゅう》にも来《き》てんの？　野球好《やきゅうず》きすぎんだろ！」

先輩《せんぱい》や後輩《こうはい》に囲《かこ》まれて話《はな》す姿《すがた》はクラスの中心《ちゅうしん》にいる旭陽《あさひ》と重《かさ》なって、懐《なつ》かしい気持《きも》ちになった。

ずいぶん前《まえ》のことにも感《かん》じる学生生活《がくせいせいかつ》。

楽《たの》しかった文化祭《ぶんかさい》はたったの二《に》か月前《げつまえ》の話《はなし》なのに、不思議《ふしぎ》な感覚《かんかく》だった。

「澪音《みお》」

「あ、え……？」

突然横《とつぜんよこ》から顔《かお》を覗《のぞ》かれ、私《わたし》は驚《おどろ》きと緊張《きんちょう》で体《からだ》を固《かた》くした。

「久《ひさ》しぶり」

そこには、変《か》わらない様子《ようす》の大輝《だいき》と朱里《あかり》がいた。

二人《ふたり》には結局何《けっきょくなに》も言《い》えないまま夏休《なつやす》みに入《はい》ってしまい、どうしたらいいかもわからなくて連絡《れんらく》も返《かえ》せていなかった。

私《わたし》は、驚《おどろ》きで固《かた》まったまま言葉《ことば》を返《かえ》すこともできず、静《しず》かに自分《じぶん》の腕《うで》に触《ふ》れる。

最後《さいご》に学校《がっこう》に行《い》けたのはいつだっただろうか……。

きっとそのころよりもずっと痩《や》せ細《ほそ》っている私《わたし》の体《からだ》と誤魔化《ごまか》しようのない車椅子《くるまいす》。

どうしたって言《い》い訳《わけ》のできない状況《じょうきょう》に、私《わたし》は笑顔《えがお》さえ忘《わす》れてただ固《かた》まってしまっていた。

「旭陽《あさひ》の野球《やきゅう》姿《すがた》なんて、ほんっと久《ひさ》しぶりだね」

沈黙《ちんもく》を壊《こわ》した朱里《あかり》は、グラウンドの旭陽《あさひ》を眺《なが》めていた。

その横顔《よこがお》が私《わたし》を捉《とら》え、にこりと微笑《ほほえ》まれる。

「……うん。どうしても、旭陽《あさひ》の野球《やきゅう》する姿《すがた》が見《み》たくて」

「俺《おれ》も。部活《ぶかつ》はやり切《き》ったし楽《たの》しかったけど、旭陽《あさひ》がいたらなってずっと思《おも》ってた。今日《きょう》超楽《ちょうたの》しみだよ。連《つ》れてきてくれてサンキュ！」

大輝《だいき》の笑顔《えがお》も変《か》わらない。

何《なに》も聞《き》かない二人《ふたり》の笑顔《えがお》が、信《しん》じられないほど苦《くる》しかった。

穏《おだ》やかに会話《かいわ》をする私《わたし》たちに、莉音《りお》ねぇは静《しず》かに席《せき》を立《た》って離《はな》れていった。

「あの、草野球《くさやきゅう》に誘《さそ》ってくれたの大輝《だいき》なんでしょ？　大輝《だいき》こそ、ありがとう」

「うん。旭陽《あさひ》と野球《やきゅう》がしたかったからさ」

「大輝《だいき》のおかげで、旭陽《あさひ》はまた野球《やきゅう》ができるんだ」

グラウンドを見《み》つめる大輝《だいき》は、心《こころ》からうれしそうな表情《ひょうじょう》をしていた。

「大輝《だいき》!?　お前来《まえき》てるならさっさと来《こ》いよ！」

グラウンドにいるコーチらしき人《ひと》の大声《おおごえ》に目《め》を向《む》けると、同時《どうじ》にこちらを見上《みあ》げた旭陽《あさひ》と視線《しせん》が合《あ》った。

不安《ふあん》そうな表情《ひょうじょう》をした旭陽《あさひ》に、私《わたし》は大丈夫《だいじょうぶ》との意味《いみ》を込《こ》めて手《て》を振《ふ》る。

「やっべ、じゃあ行《い》ってくるわ！　無理《むり》せず楽《たの》しんで」

柔《やわ》らかく微笑《ほほえ》む大輝《だいき》の優《やさ》しさは間違《まちが》いない。

この先《さき》もずっと、旭陽《あさひ》と一緒《いっしょ》にいてくれると信《しん》じられる彼《かれ》に、私《わたし》は思《おも》わず正直《しょうじき》な思《おも》いを口《くち》にしていた。

「大輝《だいき》。これからも旭陽《あさひ》と野球《やきゅう》続《つづ》けてね。野球《やきゅう》辞《や》めさせないで」

大輝《だいき》は一瞬《いっしゅん》表情《ひょうじょう》を固《かた》くした。だけどすぐに親指《おやゆび》を立《た》てて歯《は》を見《み》せて笑《わら》った。

「当然《とうぜん》！」と笑《わら》う彼《かれ》の笑顔《えがお》ほど、頼《たの》もしいものはない。

胸《むね》につかえていた一部分《いちぶぶん》が取《と》れた気《き》がしてうれしくなる。

すがすがしい思《おも》いで、走《はし》っていく大輝《だいき》の背中《せなか》を見送《みおく》った。

「ごめん、澪音《みお》。私《わたし》やっぱだめだっ……」

そのとき、横《よこ》から震《ふる》える声《こえ》が聞《き》こえて私《わたし》は驚《おどろ》いて目《め》を向《む》けた。

大輝《だいき》と話《はな》している間《あいだ》、ずっと堪《こら》えていたのかもしれない。

横《よこ》を見《み》ると、朱里《あかり》が泣《な》いていた。

「……何《なに》か、聞《き》いた？」

もしかして、とは思《おも》っていた。

偶然《ぐうぜん》じゃなさそうだった。それに、不自然《ふしぜん》ないつもどおりだったから。

「実《じつ》は、旭陽《あさひ》から聞《き》いてた。きっと知《し》らずにいたら後悔《こうかい》するからって。だけどずっと、どうしても、受《う》け入《い》れられなくて……会《あ》いに行《い》けなくて。やっと今日覚悟《きょうかくご》を決《き》めて会《あ》いにきたのに……」

ギュッと抱《だ》きしめられる。応《こた》えるように手《て》を背中《せなか》に回《まわ》すと、朱里《あかり》は嗚咽《おえつ》を漏《も》らした。

――やっぱり、こうさせてしまうんだ。

莉音《りお》ねぇも、旭陽《あさひ》も。まわりにいる人《ひと》が強《つよ》いから。目《ま》の当《あ》たりにすることは少《すく》なかったけど。きっとみんなに、苦《くる》しい思《おも》いをさせてしまっている。

知《し》らないところで泣《な》かせてしまっている。

私《わたし》だって、嫌《いや》だ。苦《くる》しい、信《しん》じたくない。なんで私《わたし》が、なんてずっと思《おも》ってる。

だけど……先《さき》にいなくなる私《わたし》は――。

こんなにも苦《くる》しい思《おも》いをさせながら、想《おも》われていることをうれしいと思《おも》ってしまうような私《わたし》は、みんなよりもずっと幸《しあわ》せで楽《らく》なんだ。

「朱里《あかり》、ごめん。ごめんね」

「謝《あやま》らないで、澪音《みお》の前《まえ》でこんなふうになって、だめだって思《おも》ってるのに」

「ううん、私《わたし》はうれしいの。朱里《あかり》がそんなにも私《わたし》のこと思《おも》ってくれてるってうれしいって思《おも》うの。だから朱里《あかり》、ごめん、辛《つら》いのは朱里《あかり》だよ」

「違《ちが》うっ……嫌《いや》だ……澪音《みお》……っ！」

戻《もど》ってきた莉音《りお》ねぇと目《め》が合《あ》い、困《こま》ったように微笑《ほほえ》まれた。

かける言葉《ことば》が見《み》つからず、迷《まよ》いながらただ朱里《あかり》の手《て》を握《にぎ》りしめる。

そのとき、カキーンといい音《おと》が響《ひび》いて、ボールが空《そら》に浮《う》かび上《あ》がるのが見《み》えた。

バッターボックスを見《み》ると、そこに立《た》っていたのは旭陽《あさひ》で、ボールを見上《みあ》げた彼《かれ》と視線《しせん》が合《あ》う。

私《わたし》のいる客席《きゃくせき》のほうへと飛《と》んだボールは、トンっと少《すこ》し前《まえ》でバウンドして私《わたし》の足元《あしもと》へと転《ころ》がった。

「うおおお!!　旭陽《あさひ》ー!!」

グラウンドから歓声《かんせい》が聞《き》こえる。

「もう見《み》られないと思《おも》ってた……」

その笑顔《えがお》が眩《まぶ》しくて、気《き》づけば私《わたし》はそう呟《つぶや》いて笑顔《えがお》になっていた。

「朱里《あかり》、そのボール取《と》って」

私《わたし》の声《こえ》に朱里《あかり》は顔《かお》を上《あ》げて、鼻《はな》をすりながらボールを拾《ひろ》ってくれた。

「やっぱ野球《やきゅう》をしてる旭陽《あさひ》は最高《さいこう》だね。自《じ》分勝手《ぶんかって》に旭陽《あさひ》を巻《ま》き込《こ》んで辛《つら》い思《おも》いさせて申《もう》し訳《わけ》ないと思《おも》ってたけど、あの笑顔《えがお》を見《み》られてよかった。私《わたし》、絶対忘《ぜったいわす》れない」

楽《たの》しそうに野球《やきゅう》をする旭陽《あさひ》の笑顔《えがお》に少《すこ》しだけ安心《あんしん》した。

『舐《な》めんなよ』と、あの日《ひ》言《い》ってくれた旭《あさ》陽《ひ》の言葉《ことば》を信《しん》じてもいいと思《おも》った。

野球《やきゅう》があれば、大輝《だいき》と朱里《あかり》がいれば、旭《あさ》陽《ひ》は笑顔《えがお》でいてくれるはずだ。

朱里《あかり》は、私《わたし》が左手《ひだりて》で持《も》っていたボールに手《て》を重《かさ》ねる。

「旭陽《あさひ》、言《い》ってたよ。まっすぐな澪音《みお》を見《み》てたら、逃《に》げている自分《じぶん》が嫌《いや》になったって。だから、野球《やきゅう》もまた始《はじ》めるって言《い》ってた。大輝《だいき》が推薦《すいせん》で決《き》まってる高校《こうこう》に普通入試《ふつうにゅうし》で受《う》かるために勉強《べんきょう》も頑張《がんば》ってるんだって」

右手《みぎて》には莉音《りお》ねぇの手《て》が重《かさ》なり、柔《やわ》らかく包《つつ》み込《こ》まれる。

「自分勝手《じぶんかって》だけじゃないよ。旭陽《あさひ》にとっても澪音《みお》と関《かか》わったのはいい方向《ほうこう》に進《すす》むきっかけになってる。澪音《みお》、いいことしたんだよ」

その温《あたた》かい手《て》に微笑《ほほえ》み返《かえ》して、大好《だいす》きな二人《ふたり》の手《て》のひらにギュッと力《ちから》を込《こ》めた。

「笑顔《えがお》が一番《いちばん》うれしいんだ……。こんなこと言《い》って酷《ひど》いかもしれないけど、みんなには笑《わら》っててほしいの」

朱里《あかり》も莉音《りお》ねぇも、私《わたし》の言葉《ことば》に微笑《ほほえ》んでグラウンドに視線《しせん》を戻《もど》した。

念願叶《ねんがんかな》った野球観戦《やきゅうかんせん》は、私《わたし》の心《こころ》を少《すこ》し救《すく》われた気持《きも》ちにさせてくれた。

笑顔《えがお》を忘《わす》れないで

「澪音《みお》、来《き》たよ！」

「今日《きょう》は俺《おれ》も！」

それからの数週間《すうしゅうかん》は、毎日《まいにち》代《か》わる代《が》わるお見舞《みま》いに来《き》てくれる大輝《だいき》と朱里《あかり》の顔《かお》を見《み》て過《す》ごしていた。

そして、八月《はちがつ》も中旬《ちゅうじゅん》にさしかかろうとしているころ。

もう私《わたし》は薬《くすり》の判断《はんだん》もわからなくなっていて、飲《の》むタイミングも量《りょう》も全部《ぜんぶ》莉音《りお》ねぇに任《まか》せるようになっていた。だけどなんとなくわかる、きっと薬《くすり》は日々《ひび》強《つよ》くなっている。

ずっと夢《ゆめ》を見《み》ているような、すっきりとしない毎日《まいにち》で、私《わたし》は一日《いちにち》の大半《たいはん》を寝《ね》て過《す》ごすようになっていった。

今日《きょう》が何日《なんにち》で、どれだけ寝《ね》ていて、朝《あさ》なのか夜《よる》なのかもわからない。生《い》きているのかすらもはっきりとしないような頭《あたま》で、ただただ苦《くる》しみは大《おお》きくなっていく。

「澪音《みお》、起《お》きた？」

それでも、目《め》を覚《さ》ますと、いつもベッドの近《ちか》くには旭陽《あさひ》がいた。

向《む》けられる変《か》わらない笑顔《えがお》に私《わたし》は酷《ひど》く安心《あんしん》して、縋《すが》るように手《て》を伸《の》ばす。

ぎゅーっと強《つよ》くすべての力《ちから》を込《こ》めてその手《て》を握《にぎ》ると、応《こた》えるように強《つよ》めに握《にぎ》り返《かえ》してくれる。その温《あたた》かい手《て》に安心《あんしん》して私《わたし》はまた眠《ねむ》りに落《お》ちていくのだ。

●　●　●　●　●　●　●　●　●　●　●　●　●　●　●

もやがかかったようにぼんやりとしている頭《あたま》の外《そと》で、わずかに聞《き》こえる声《こえ》。

どうやら、莉音《りお》ねぇと旭陽《あさひ》がベッドの近《ちか》くで話《はな》しているようだった。

「澪音《みお》、寝《ね》てる？」

「ああ……少《すこ》し前《まえ》に寝《ね》ました」

トーンを落《お》として伝《つた》える旭陽《あさひ》の声《こえ》は優《やさ》しく、声《こえ》が聞《き》こえるだけで安心《あんしん》していた。莉音《りお》ねぇが静《しず》かに扉《とびら》を閉《し》めて私《わたし》の顔《かお》を覗《のぞ》き込《こ》む。

ここ数日《すうじつ》、私《わたし》の容態《ようだい》は芳《かんば》しくないようだった。

主治医《しゅじい》の先生《せんせい》や家族《かぞく》がバタついて出入《でい》りが多《おお》いのを、私《わたし》も夢《ゆめ》うつつで感《かん》じていた。

「ありがとね。いつも見《み》ててくれて」

息《いき》を吐《は》くように座《すわ》った莉音《りお》ねぇ。

ほとんど食事《しょくじ》もとれていない私《わたし》が、唯一《ゆいいつ》おいしいと言《い》って食《た》べるフルーツゼリーを今日《きょう》も買《か》い足《た》してくれていたようで、そっとテーブルにゼリーが並《なら》べられた。

「いえ、逆《ぎゃく》にすみません。家族《かぞく》でもないのにずっといて」

旭陽《あさひ》の言葉《ことば》に莉音《りお》ねぇは首《くび》を横《よこ》に振《ふ》る。

「ううん、澪音《みお》って目覚《めさ》ましたとき部屋《へや》を見渡《みわた》すでしょ？　あれ、旭陽《あさひ》のこと探《さが》してるんだよ。旭陽《あさひ》がいないと、すっごい不安《ふあん》そうな顔《かお》するの。だから、旭陽《あさひ》がいてくれて、私《わたし》たちも安心《あんしん》してる」

ふんわりと聞《き》こえる会話《かいわ》には、普段聞《ふだんき》くことのできない、旭陽《あさひ》と莉音《りお》ねぇの不安《ふあん》そうな感情《かんじょう》が含《ふく》まれていた。

「あー、強《つよ》くいないといけないのにね。澪音《みお》が一番強《いちばんつよ》いんだから嫌《いや》になるよね」

「本当《ほんとう》に。弱《よわ》い心《こころ》が澪音《みお》にバレないように、毎日必死《まいにちひっし》」

弱々《よわよわ》しく笑《わら》い合《あ》う二人《ふたり》の声《こえ》は、少《すこ》しずつ鮮明《せんめい》になっていく。

うっすらと開《あ》けた視線《しせん》の先《さき》。

ゆっくり広《ひろ》がっていく視界《しかい》で見慣《みな》れた笑顔《えがお》を探《さが》すと、その笑顔《えがお》は後《うし》ろを向《む》いていた。

「旭陽《あさひ》。もう十一時《じゅういちじ》だしそろそろ帰《かえ》んな？」

「あーもうそんな時間《じかん》か」

私《わたし》の手《て》には気《き》づかない二人《ふたり》の会話《かいわ》は進《すす》んでいき、私《わたし》は必死《ひっし》の思《おも》いで立《た》ち上《あ》がろうとする旭陽《あさひ》へと手《て》を伸《の》ばした。

「あ、澪音《みお》、起《お》きちゃったね」

先《さき》に、目《め》の合《あ》った莉音《りお》ねぇが微笑《ほほえ》み、その後《うし》ろ姿《すがた》はこちらを振《ふ》り返《かえ》る。

もう一度《いちど》視線《しせん》を合《あ》わせるように座《すわ》り直《なお》してくれた彼《かれ》の微笑《ほほえ》みに私《わたし》は安堵《あんど》の息《いき》をつき、その彼《かれ》に再《ふたた》び手《て》を伸《の》ばした。

「澪音《みお》、のど乾《かわ》くでしょ。何《なに》か飲《の》む？」

「水《みず》……？」

「おっけー」

部屋《へや》を出《で》ていった莉音《りお》ねぇに向《む》けて、旭陽《あさひ》は話《はなし》の続《つづ》きを返《かえ》す。

「澪音《みお》が寝《ね》たら帰《かえ》ります」

「ん、ありがと」

小声《こごえ》の会話《かいわ》に、私《わたし》は柔《やわ》らかに握《にぎ》られていた手《て》を必死《ひっし》で動《うご》かして旭陽《あさひ》の手《て》を強《つよ》く握《にぎ》りしめた。

「……らないで……」

「ん？」

莉音《りお》ねぇがいなくなり、すぐこちらに顔《かお》を向《む》けた旭陽《あさひ》は聞《き》き返《かえ》す。

「帰《かえ》らないで。いなくならないで」

気《き》づいたら、私《わたし》は感情《かんじょう》のままにそんなことを呟《つぶや》いていた。

珍《めずら》しく感情的《かんじょうてき》な私《わたし》に、旭陽《あさひ》は繋《つな》いでいた手《て》を両手《りょうて》で掴《つか》み微笑《ほほえ》む。

「どうした？　澪音《みお》。なんか嫌《いや》な夢《ゆめ》でも見《み》た？」

優《やさ》しい声《こえ》に私《わたし》は首《くび》を振《ふ》る。

「もう目《め》が覚《さ》めないかもしれない。旭陽《あさひ》がいると安心《あんしん》する。だから、ずっといて」

震《ふる》える手《て》を旭陽《あさひ》はギュッと握《にぎ》った。

表情《ひょうじょう》はいつもどおりに笑《わら》っていたけれど、その目《め》の奥《おく》は不安《ふあん》そうに揺《ゆ》れていて、私《わたし》は少《すこ》し冷静《れいせい》さを取《と》り戻《もど》す。

「……あ……ごめん旭陽《あさひ》、私《わたし》、大丈夫《だいじょうぶ》、大丈夫《だいじょうぶ》だから」

旭陽《あさひ》に迷惑《めいわく》をかけたくない、その心《こころ》から溢《あふ》れ出《だ》す言葉《ことば》。

だけどそれとは裏腹《うらはら》に、強《つよ》く握《にぎ》ってしまう手《て》のひらは止《と》められない。

「澪音《みお》。お水持《みずも》ってきたよ」

戻《もど》ってきた莉音《りお》ねぇが口元《くちもと》にストローの入《はい》った容器《ようき》を運《はこ》んでくれて、ひんやりとした感覚《かんかく》でその口《くち》は塞《ふさ》がれた。

「莉音《りお》ねぇ」

「うちは大丈夫《だいじょうぶ》だよ。旭陽《あさひ》さえよければだけど。無理《むり》はしないでほしいし」

話《はなし》を聞《き》いていたらしい莉音《りお》ねぇがそう言《い》うと、旭陽《あさひ》は安心《あんしん》したように「俺《おれ》は大丈夫《だいじょうぶ》です」と呟《つぶや》く。

「澪音《みお》、大丈夫《だいじょうぶ》。ずっといるから。安心《あんしん》して寝《ね》ていいから」

その柔《やわ》らかい微笑《ほほえ》みに、私《わたし》は安心《あんしん》してもう一度《いちど》目《め》を閉《と》じた。


その次《つぎ》に目《め》を覚《さ》ましたとき、旭陽《あさひ》は私《わたし》のベッドの横《よこ》に置《お》かれたソファで眠《ねむ》っていた。

ずっと靄《もや》がかかったみたいにぼんやりとしていて、夢《ゆめ》の中《なか》のような、起《お》きているのか寝《ね》ているのかわからないような感覚《かんかく》が続《つづ》いていた。

だけど、その時間《じかん》は不思議《ふしぎ》とすっきりとした目覚《めざ》めで、私《わたし》は彼《かれ》の寝顔《ねがお》を見《み》つめる。

起《お》きるたび、旭陽《あさひ》はそこにいてくれていた。起《お》きている時間《じかん》なんて多《おお》くないはずなのにずっといてくれるから、きっと彼《かれ》の生活《せいかつ》は私《わたし》のせいで無茶苦茶《むちゃくちゃ》だ。

「旭陽《あさひ》……？　ごめんね……」

思《おも》わず呟《つぶや》くと、その目《め》はすぐに開《ひら》かれた。

「あ……澪音《みお》起《お》きてる？　悪《わる》い、俺《おれ》、寝《ね》てたな……」

少《すこ》しかすれた彼《かれ》の声《こえ》は新鮮《しんせん》で、私《わたし》は小《ちい》さく首《くび》を振《ふ》る。

「ううん。旭陽《あさひ》の寝顔《ねがお》を見《み》られてうれしい」

「何《なに》それ」

旭陽《あさひ》は笑《わら》いながら一度《いちど》席《せき》を立《た》ち、すぐにストローのついた容器《ようき》を渡《わた》してくれた。

「ありがと」

水《みず》を少《すこ》しだけ口《くち》に含《ふく》み、私《わたし》は旭陽《あさひ》を見《み》つめる。

「眠《ねむ》たい？」

「いや？　大丈夫《だいじょうぶ》」

無理《むり》をさせているかもしれない。だけど、せっかくすっきりと起《お》きられたから。

こんな目覚《めざ》め、もうないかもしれないから……。

「少《すこ》し話《はな》そう。ベッド起《お》こしてほしい」

「え……大丈夫《だいじょうぶ》かよ……？　じゃあ動《うご》かすぞ？」

そんなこと言《い》うのは本当《ほんとう》に久《ひさ》しぶりで、旭陽《あさひ》は驚《おどろ》きながらベッドの背《せ》もたれを起《お》こしてくれた。

「あー、旭陽《あさひ》の顔《かお》を正面《しょうめん》から見《み》られるの久《ひさ》しぶりだなあ」

ずっと下《した》から見《み》ていたから、そんなことまでうれしくて呟《つぶや》くと旭陽《あさひ》も笑《わら》う。

「なんだそれ、そんなんいつでも見《み》せてやるよ」

「あはは、ほんとにー？」

軽口《かるくち》を叩《たた》く余裕《よゆう》まであって、話《はな》しているうちにどんどん楽《たの》しい記憶《きおく》が溢《あふ》れてくる。

「いま急《きゅう》に、旭陽《あさひ》がすっごい寝癖《ねぐせ》で登校《とうこう》して怒《おこ》られてるの思《おも》い出《だ》した」

「変《へん》なこと覚《おぼ》えてんなよ……。それ、セットかと思《おも》われて反省文書《はんせいぶんか》かされたやつな」

不思議《ふしぎ》と眠《ねむ》たくもなくて、体《からだ》は自分《じぶん》のものじゃないみたいに酷《ひど》く重《おも》たいのに、頭《あたま》は信《しん》じられないほどすっきりしていた。

「俺《おれ》は、行事《ぎょうじ》のたびに感極《かんきわ》まってぼろぼろ泣《な》く澪音《みお》が好《す》き」

「いつも旭陽《あさひ》は泣《な》き顔《がお》が変《へん》って意地悪《いじわる》言《い》ってたけどね。覚《おぼ》えてるよ」

「うん、照《て》れ隠《かく》し」

旭陽《あさひ》らしかぬストレートな一言《ひとこと》に、私《わたし》は驚《おどろ》く。

視線《しせん》を合《あ》わせた旭陽《あさひ》は、余裕《よゆう》のある笑《え》みを見《み》せて懐《なつ》かしそうに目《め》を細《ほそ》めた。

「照《て》れ隠《かく》しだよ。心《こころ》から泣《な》いてる澪音《みお》がすっげえ可愛《かわい》く思《おも》えて。今思《いまおも》えば、それが澪音《みお》を意識《いしき》する始《はじ》まりだったのかもな」

本当《ほんとう》に大切《たいせつ》そうに、優《やさ》しく私《わたし》の頬《ほお》に触《ふ》れた手《て》のひら。

痛《いた》いほどに伝《つた》わってくる旭陽《あさひ》の想《おも》いに、私《わたし》は苦《くる》しくなってその手《て》のひらを握《にぎ》って頬《ほお》から離《はな》した。

冷《ひ》えた手《て》で触《さわ》るカイロのように、気持《きも》ちいいほど温《あたた》かいその手《て》をギュッと握《にぎ》りしめて、私《わたし》はずっと心《こころ》に秘《ひ》めていた思《おも》いを告《つ》げる。

「旭陽《あさひ》、あのね……私《わたし》がいなくなったら、私《わたし》のことは忘《わす》れて幸《しあわ》せになってね。絶対《ぜったい》、絶対忘《ぜったいわす》れて？」

旭陽《あさひ》の笑顔《えがお》が一瞬《いっしゅん》で崩《くず》れた。その目《め》に光《ひか》るものを感《かん》じて、私《わたし》も苦《くる》しくなる。

だけど私《わたし》は、彼《かれ》を残《のこ》していなくなってしまう私《わたし》は、旭陽《あさひ》の前《まえ》で泣《な》くわけにはいかない。

「そんな辛《つら》そうな顔《かお》するなら、言《い》うなよ」

旭陽《あさひ》の腕《うで》が私《わたし》を引《ひ》き寄《よ》せて、温《あたた》かい体温《たいおん》に包《つつ》まれた。

「言《い》ったよな。俺《おれ》は強《つよ》いから、澪音《みお》のわがまま全部《ぜんぶ》受《う》け止《と》めるって。俺《おれ》には強《つよ》がらなくていいって」

「でも、でもいなくなってから辛《つら》いのは旭陽《あさひ》だもん。だから」

ギュッと痛《いた》いほどに腕《うで》の力《ちから》が強《つよ》められて、私《わたし》の言葉《ことば》は止《と》められた。

「忘《わす》れない。絶対忘《ぜったいわす》れない。でも、忘《わす》れないままちゃんと前向《まえむ》いて生《い》きるから。俺《おれ》は大《だい》丈夫《じょうぶ》だから。だから、忘《わす》れてほしいなんて言《い》うなよ」

その声《こえ》は震《ふる》えていて、私《わたし》の涙腺《るいせん》は刺激《しげき》される。

「……っ」

噛《か》み殺《ころ》していた涙《なみだ》を、旭陽《あさひ》の優《やさ》しく背中《せなか》を撫《な》でる手《て》のひらが溢《あふ》れさせた。

「本音《ほんね》でいいんだ。頼《たの》むから強《つよ》がるな」

そしてまた、私《わたし》の弱《よわ》い覚悟《かくご》は崩《くず》されて、旭陽《あさひ》の重荷《おもに》になることを言《い》ってしまう。

「私《わたし》は、私《わたし》だって本当《ほんとう》は……。旭陽《あさひ》のことが大好《だいす》きだった私《わたし》がいたって、覚《おぼ》えててくれたらうれしい……けど」

「絶対《ぜったい》に覚《おぼ》えてるよ。こんなにもまっすぐな澪音《みお》に想《おも》われてることは、ずっと俺《おれ》の誇《ほこ》りになるんだから」

こんなことを言《い》えてしまう旭陽《あさひ》のほうが、私《わたし》なんかよりずっとずっとまっすぐだ。旭陽《あさひ》と最後《さいご》に一緒《いっしょ》にいられたことが私《わたし》の人生《じんせい》の誇《ほこ》りだと、本気《ほんき》で思《おも》った。

さらに溢《あふ》れ出《だ》す涙《なみだ》を、そっと親指《おやゆび》で拭《ぬぐ》われる。

そして近《ちか》づいてきた旭陽《あさひ》の顔《かお》に自然《しぜん》と目《め》を閉《と》じると、優《やさ》しく温《あたた》かい感触《かんしょく》が唇《くちびる》に落《お》とされた。

「こんな幸《しあわ》せなキス。一生忘《いっしょうわす》れられるわけねーわ」

意地悪《いじわる》な笑顔《えがお》に、私《わたし》も涙《なみだ》を零《こぼ》しながら目《め》を細《ほそ》めた。

「ありがとう、旭陽《あさひ》。大好《だいす》き」

「俺《おれ》も大好《だいす》き」

そんな恥《は》ずかしい言葉《ことば》を言《い》い合《あ》って同時《どうじ》に照《て》れた私《わたし》たちは、照《て》れ隠《かく》しをするように、また面白《おもしろ》おかしい思《おも》い出話《でばなし》を繰《く》り返《かえ》した。

敵《かな》わない笑顔《えがお》【旭陽《あさひ》side】

「今日《きょう》は元気《げんき》なのね。一緒《いっしょ》にスープでも飲《の》む？」

「ありがとう。夜《よる》にうるさくてごめんね」

あまりにも元気《げんき》に話《はな》す澪音《みお》の声《こえ》に起《お》きてきた家族《かぞく》と俺《おれ》の五人《ごにん》で、他愛《たあい》のない話《はなし》をした。

この日《ひ》の夜《よる》は、すごく長《なが》くて短《みじか》い不思議《ふしぎ》な時間《じかん》だった。

「旭陽《あさひ》、眠《ねむ》かったら代《か》わるから」

「はい、澪音《みお》が寝《ね》たら一回帰《いっかいかえ》ります」

朝方《あさがた》になって、澪音《みお》の両親《りょうしん》が眠《ねむ》りに戻《もど》ってからも、莉音《りお》ねぇと三人《さんにん》で澪音《みお》が眠《ねむ》くなるまで話《はな》し続《つづ》けた。

「それでね莉音《りお》ねえ、そのときの旭陽《あさひ》がね……」

そして、話《はな》し疲《つか》れるようにして眠《ねむ》ってしまった澪音《みお》に、莉音《りお》ねぇと笑《わら》い合《あ》う。

「びっくりするくらい元気《げんき》だったね。さすがに旭陽《あさひ》も疲《つか》れたでしょ。いったん帰《かえ》って寝《ね》ておいで」

「そうする。ありがとうございます」

信《しん》じられないほど元気《げんき》で楽《たの》しかった、奇跡《きせき》みたいな夜《よる》。

そしてこのあと、澪音《みお》は目《め》を覚《さ》ますことはなく、本当《ほんとう》にあっけなくその人生《じんせい》を終《お》えた。


莉音《りお》ねぇからその連絡《れんらく》を受《う》けたのは、翌日《よくじつ》のお昼《ひる》ごろだった。

「旭陽《あさひ》、来《こ》れる？　澪音《みお》が……っ……」

朝方《あさがた》に眠《ねむ》った澪音《みお》を見届《みとど》けて、一度《いちど》家《いえ》に帰《かえ》ってシャワーを浴《あ》びた。それからほんの少《すこ》しだけ仮眠《かみん》を取《と》って。

あれからほんの数時間後《すうじかんご》のことだった。

その知《し》らせの意味《いみ》を俺《おれ》はまったく理解《りかい》できなかった。

またすぐに、会《あ》いに行《い》くつもりだった。

次《つぎ》、澪音《みお》が目《め》を覚《さ》ましときにそばにいられるように。

安心《あんしん》すると言《い》ってくれた澪音《みお》を、抱《だ》きしめられるように。

だけど、想像《そうぞう》していたその次《つぎ》の機会《きかい》はもう来《こ》ないらしい。

状況《じょうきょう》が掴《つか》めないままとりあえず電話《でんわ》を切《き》って、身《み》だしなみも整《ととの》えないまま家《いえ》を飛《と》び出《だ》した。

チャイムも押《お》さず、いつものリビングへと入《はい》る。

最初《さいしょ》に目《め》に入《はい》ったのは見慣《みな》れた寝室《しんしつ》で、何《なに》か書類《しょるい》を書《か》く医師《いし》と悔《くや》しそうに泣《な》きつくお母《かあ》さん。そして、その姿《すがた》を少《すこ》し離《はな》れたところから見《み》つめるお父《とう》さんと莉音《りお》ねぇの姿《すがた》だった。

その真《ま》ん中《なか》でいつもどおり寝《ね》ている澪音《みお》は、もう目《め》を覚《さ》まさないのだという。

ついさっきまで楽《たの》しそうに話《はな》して、余命《よめい》なんて感《かん》じさせないほどに元気《げんき》だった。

今日《きょう》は調子《ちょうし》がいい日《ひ》なんだと思《おも》って、昼《ひる》は庭《にわ》へ出《で》られるかななんて考《かんが》えていたところだった。

「澪音《みお》……なんで……？　さっきまではあんなに元気《げんき》だったのに……」

澪音《みお》のお母《かあ》さんの泣《な》き声《ごえ》を聞《き》きながら、俺《おれ》はリビングの入《い》り口《ぐち》でただ立《た》ち尽《つ》くしていた。

悪《わる》い夢《ゆめ》を見《み》ているみたいだった。頭《あたま》がふわふわしていて、ここが現実《げんじつ》という確証《かくしょう》が持《も》てない。

眠《ねむ》っている澪音《みお》の口《くち》はまだ呼吸《こきゅう》をしているように見《み》えて、俺《おれ》は震《ふる》える足《あし》で澪音《みお》の元《もと》へと近《ちか》づいた。

そっと触《ふ》れた澪音《みお》は、まだ温《あたた》かかった。

まだ温《あたた》かい。澪音《みお》はまだ生《い》きているんじゃないか。医師《いし》の誤診《ごしん》なんじゃないか。

「……澪音《みお》？　澪音《みお》、起《お》きろよ。……なぁ」

震《ふる》える手《て》で肩《かた》から腕《うで》をさすってもピクリとも動《うご》かない澪音《みお》に、俺《おれ》の心臓《しんぞう》はずっと不愉快《ふゆかい》な音《おと》を立《た》てる。

「……起《お》きろって」

「旭陽《あさひ》」

もう一度《いちど》力《ちから》を込《こ》めて澪音《みお》を揺《ゆ》すりそうになった俺《おれ》を、後《うし》ろから莉音《りお》ねぇの腕《うで》が止《と》めた。

優《やさ》しい手《て》に支《ささ》えられて、少《すこ》し澪音《みお》から離《はな》れる。

泣《な》きわめくほどにも現実《げんじつ》を受《う》け入《い》れられていなかった俺《おれ》は、ただ呆然《ぼうぜん》とその場《ば》に立《た》ち尽《つ》くしていた。

「先生《せんせい》、本当《ほんとう》にお世話《せわ》になりました。先生《せんせい》のおかげで澪音《みお》の思《おも》いどおりにさせてやることができました」

往診《おうしん》のカバンを片《かた》づける先生《せんせい》に、澪音《みお》の父《ちち》が挨拶《あいさつ》をする。

その様子《ようす》を横目《よこめ》で見《み》ていた莉音《りお》ねぇの目《め》から、ぶわっと大粒《おおつぶ》の涙《なみだ》が溢《あふ》れ出《だ》した。

医師《いし》が言《い》うんだから、間違《まちが》いない。

だけど、勘違《かんちが》いだと心《こころ》のどこかで思《おも》っていた。そう思《おも》っていたかった。

「莉音《りお》ねぇ、俺《おれ》らさっきまで」

「うん。あれが最期《さいご》だったの。あのまま、目《め》を覚《さ》まさずに……っ、いっちゃった」

「そんな……」

もう一度《いちど》改《あらた》めて眺《なが》めても、今《いま》にも目《め》を開《あ》けそうな澪音《みお》。

「私《わたし》たち、ここにいたのに気《き》づかなかった。いつ、息《いき》を引《ひ》き取《と》ったのかわからないの。それくらい静《しず》かで……」

莉音《りお》ねぇは顔《かお》を歪《ゆが》め、俺《おれ》を支《ささ》える手《て》に力《ちから》が入《はい》る。反対《はんたい》に支《ささ》えなければいけないほど、莉音《りお》ねぇはギリギリの力《ちから》で立《た》っているように見《み》えた。

「最期《さいご》に見《み》せた姿《すがた》が元気《げんき》な姿《すがた》なんて。澪音《みお》らしいよね」

そう言《い》って糸《いと》が切《き》れたように泣《な》き崩《くず》れた莉音《りお》ねぇ。その隣《となり》で、俺《おれ》はただぼんやりと澪《み》音《お》の顔《かお》を見《み》つめていた。

その後、葬儀《そうぎ》までが慌《あわ》ただしく過《す》ぎていくのを、俺《おれ》は何《なに》をするわけでもなくぼんやりと過《す》ごしていた。

こんなときでも残《のこ》された遺族《いぞく》には仕事《しごと》が多《おお》いらしい。

親戚《しんせき》や葬儀関係者《そうぎかんけいしゃ》、近所《きんじょ》の人《ひと》など次々《つぎつぎ》と大人《おとな》が出入《でい》りする中《なか》で、俺《おれ》はただ澪音《みお》の隣《となり》に座《すわ》っていた。

「旭陽《あさひ》。写真選《しゃしんえら》ぶの手伝《てつだ》って」

莉音《りお》ねぇが笑《わら》っている澪音《みお》のたくさんの写真《しゃしん》を並《なら》べるのを確認《かくにん》しながら、隣《となり》で眠《ねむ》る澪《み》音《お》を見《み》つめる。

不思議《ふしぎ》な感覚《かんかく》だった。本当《ほんとう》に起《お》きないのかなって、ずっとそのただ一《ひと》つの疑問《ぎもん》を抱《かか》えていた。

三日間《みっかかん》ほどが慌《あわ》ただしく過《す》ぎていき、落《お》ちついて自分《じぶん》のベッドに寝《ね》そべってからは、しばらくの間《あいだ》まったく動《うご》くことができなかった。

澪音《みお》と約束《やくそく》したのに、強《つよ》く前《まえ》を向《む》いて生《い》きるって。

わかってはいても重《おも》くて動《うご》かない体《からだ》。

眠《ねむ》りたくても、眠《ねむ》ることさえできず、俺《おれ》はただ天井《てんじょう》を見《み》つめ続《つづ》けていた。


『俺《おれ》は強《つよ》いから、前《まえ》を向《む》いて生《い》きるから』

澪音《みお》と約束《やくそく》した自分《じぶん》の言葉《ことば》が脳内《のうない》に流《なが》れ続《つづ》けること数週間《すうしゅうかん》。

時間《じかん》だけがどんどん過《す》ぎていき、早《はや》くも九月《くがつ》を迎《むか》えていた。

夏休《なつやす》みも終《お》わったというのに真夏《まなつ》のような猛暑日《もうしょび》が続《つづ》き、ニュースはそれで持《も》ち切《き》りだった。

毎日毎日《まいにちまいにち》、飽《あ》きることもなく鳴《な》り続《つづ》ける何度目《なんどめ》かもわからない大輝《だいき》からの通知音《つうちおん》を合図《あいず》に、その日《ひ》の俺《おれ》はやっとの思《おも》いで体《からだ》を起《お》こした。

「何《なに》、学校《がっこう》行《い》くの？　今《いま》から？」

お昼近《ひるちか》くに制服《せいふく》を着《き》て一階《いっかい》におりてきた俺《おれ》に、リビングにいた母《はは》はいつもどおりの様子《ようす》で尋《たず》ねてくる。

澪音《みお》が亡《な》くなってから、部屋《へや》から出《で》ることも少《すく》なかった俺《おれ》に両親《りょうしん》は何《なに》も言《い》わなかった。

学校《がっこう》を休《やす》んでも責《せ》めることなく、ただ俺《おれ》が動《うご》くのを待《ま》っていてくれた。

「うん、大輝《だいき》うるせーし」

「ご飯《はん》は？」

「いい」

重《おも》い体《からだ》を無理《むり》やり動《うご》かし玄関《げんかん》の扉《とびら》に手《て》をかける。俺《おれ》は久《ひさ》しぶりに太陽《たいよう》の陽《ひかり》を浴《あ》びた。

冷房《れいぼう》の効《き》いた部屋《へや》で過《す》ごし続《つづ》けていた俺《おれ》には眩《まぶ》しすぎるほど、真夏《まなつ》の太陽《たいよう》はギラギラと街《まち》を照《て》らしている。

魂《たましい》が抜《ぬ》けたように引《ひ》きこもっていた俺《おれ》にはその刺激《しげき》は強《つよ》すぎて、頭《あたま》がガンガンと揺《ゆ》れるような気《き》さえした。

あまりの眩《まぶ》しさに眉《まゆ》をひそめたあと、ふらふらと中学《ちゅうがく》までの通学路《つうがくろ》を辿《たど》って歩《ある》き出《だ》す。

小学校《しょうがっこう》までの通学路《つうがくろ》、中学校《ちゅうがっこう》からの帰《かえ》り道《みち》。途中《とちゅう》で寄《よ》り道《みち》した河川敷《かせんしき》。

野球《やきゅう》の試合《しあい》をしたグラウンド。

俺《おれ》が暮《く》らす町《まち》には苦《くる》しいほどに澪音《みお》の存在《そんざい》が残《のこ》っていて、最期《さいご》の日《ひ》の澪音《みお》との思《おも》い出《で》話《ばなし》を一人《ひとり》で繰《く》り返《かえ》していた。

気《き》づけば、思《おも》い出《で》を辿《たど》るように通学路《つうがくろ》から逸《そ》れて歩《ある》き出《だ》していた。

ふらふらと辿《たど》りついたのは、花火大会《はなびたいかい》の日《ひ》、二人《ふたり》で空《そら》を見上《みあ》げた小《ちい》さな丘《おか》だった。

一《いっ》か所一《しょいっ》か所《しょ》で澪音《みお》の面影《おもかげ》ははっきりと残《のこ》り、俺《おれ》はついにその場《ば》にしゃがみ込《こ》んだ。

「ずりーわ、澪音《みお》」

思《おも》い出《だ》される澪音《みお》の顔《かお》は、全部笑顔《ぜんぶえがお》だった。

一緒《いっしょ》に下校《げこう》したとき、手《て》を差《さ》し出《だ》した俺《おれ》に向《む》けられた照《て》れ隠《かく》しの笑顔《えがお》。花火《はなび》を見上《みあ》げ、幸《しあわ》せそうに目《め》を輝《かがや》かせていた笑顔《えがお》。

次々《つぎつぎ》と鮮明《せんめい》に思《おも》い出《だ》されるたくさんの笑顔《えがお》が苦《くる》しかった。

「……っ」

小《ちい》さく漏《も》れる嗚咽《おえつ》。澪音《みお》が亡《な》くなってからずっと現実味《げんじつみ》がなくて、一度《いちど》も流《なが》れることのなかった涙《なみだ》が、ここぞとばかりに溢《あふ》れ出《だ》す。

「澪音《みお》……っ」

会《あ》いたい、会《あ》いたい。忘《わす》れられるわけがない。

もう会《あ》えないだなんて、信《しん》じられないし信《しん》じたくもない。

止《と》まらなくなってしまった思《おも》いに、俺《おれ》はどうしようもなく顔《かお》を歪《ゆが》めて泣《な》き続《つづ》けた。

「——旭陽《あさひ》」

一瞬《いっしゅん》、澪音《みお》の声《こえ》がしたと思《おも》った。

だけどすぐに、澪音《みお》より少《すこ》しだけ低《ひく》いその声《こえ》の主《ぬし》がわかり、俯《うつむ》いたままギュッと唇《くちびる》を噛《か》む。

「莉音《りお》ねぇ」

泣《な》き顔《がお》を見《み》せるわけにもいかず声《こえ》だけで返事《へんじ》をすると、莉音《りお》ねぇはこちらを見《み》ることなく隣《となり》に座《すわ》った。

「夏休《なつやす》み終《お》わってから一回《いっかい》も学校《がっこう》行《い》ってないんだって？」

からかうように言《い》うけれど、その口調《くちょう》にいつもの明《あか》るさはなく、平日《へいじつ》の昼間《ひるま》にここにいるあたり莉音《りお》ねぇも俺《おれ》と変《か》わらないように見《み》えた。

「莉音《りお》ねぇは？　制服着《せいふくき》てるけど」

「んー、お母《かあ》さんたちに心配《しんぱい》かけたくなくて。学校《がっこう》行《い》くふり？　しちゃった」

小《ちい》さく笑《わら》った莉音《りお》ねぇに、俺《おれ》も弱《よわ》く笑《わら》いを返《かえ》す。

しばらくの沈黙《ちんもく》のあと、俺《おれ》は小《ちい》さく口《くち》を開《ひら》いた。

「ずっと、澪音《みお》がいないことを実感《じっかん》するのが怖《こわ》かった」

鼻《はな》をすすりながら俺《おれ》は小《ちい》さく呟《つぶや》いた。

何《なに》をする気力《きりょく》も起《お》こらず、ただ現実《げんじつ》から目《め》を背《そむ》けるように毎日《まいにち》を過《す》ごしていた。

莉音《りお》ねぇは何《なに》も言《い》わず隣《となり》で地面《じめん》に生《は》える草《くさ》に触《ふ》れる。

「ずるいんだよ。笑顔《えがお》ばっかり置《お》いていって。前向《まえむ》けって言《い》われてるみたいで。そうしたくてもできない自分《じぶん》が情《なさ》けなくて、辛《つら》い」

涙《なみだ》を隠《かく》してその横顔《よこがお》を見《み》つめると、莉音《りお》ねぇの目《め》は人《ひと》のことを言《い》えないほど腫《は》れ上《あ》がっていた。それに気《き》づいてしまった俺《おれ》はまた涙《なみだ》を零《こぼ》す。

「澪音《みお》の前《まえ》では強気《つよき》なことばかり言《い》ったけど、そんなふうになれるわけなかった。澪音《みお》に申《もう》し訳《わけ》が立《た》たない」

澪音《みお》に会《あ》いたくて仕方《しかた》なくて、すべてがどうでもよく感《かん》じてしまう世《よ》の中《なか》を抜《ぬ》け出《だ》す方法《ほうほう》は、俺《おれ》にはわかりようがなかった。

莉音《りお》ねぇは少《すこ》しの間《ま》を置《お》いて、ぐしゃぐしゃと豪快《ごうかい》に俺《おれ》の髪《かみ》を撫《な》でながら呟《つぶや》いた。

「澪音《みお》は、旭陽《あさひ》の弱《よわ》さもちゃんとわかってたよ。きっと私《わたし》や家族《かぞく》のことも」

そして、感情《かんじょう》を誤魔化《ごまか》すように前髪《まえがみ》をかき上《あ》げ、そのあと苦《くる》しそうに顔《かお》を歪《ゆが》める。

「ずっと言《い》ってたの。最期《さいご》まで笑顔《えがお》でいたいって」

絶《た》えられそうにない涙《なみだ》をこらえるようにそっぽを向《む》いていた俺《おれ》の肩《かた》を、莉音《りお》ねぇが優《やさ》しく叩《たた》いた。

か細《ぼそ》いその腕《うで》は小《ちい》さく震《ふる》えており、俺《おれ》の視線《しせん》を奪《うば》う。

「これ、ベッドの下《した》に隠《かく》してあった。旭陽宛《あさひあ》て」

差《さ》し出《だ》されたのは一通《いっつう》の封筒《ふうとう》だった。

余白《よはく》を十分《じゅうぶん》に残《のこ》し、か弱《よわ》い小《ちい》さい字《じ》で書《か》かれた**【旭陽《あさひ》へ】**という文字《もじ》がすでに愛《いと》おしい。

「こんなの、読《よ》めない」

「だめ、絶対読《ぜったいよ》んで」

圧《あっ》さえ感《かん》じる強《つよ》い瞳《ひとみ》に、俺《おれ》は一瞬《いっしゅん》ひるんでその手紙《てがみ》を見《み》つめた。

震《ふる》える手《て》で手紙《てがみ》を受《う》け取《と》り、止《と》められているシールを剥《は》がす。

それを見《み》て安心《あんしん》したように立《た》ち上《あ》がろうとした、莉音《りお》ねぇの腕《うで》を掴《つか》んで引《ひ》き止《と》めた。

自分《じぶん》でも驚《おどろ》くほどに不安《ふあん》で怖《こわ》くて仕方《しかた》がなかった。

きっと縋《すが》るような目《め》をしていた。

莉音《りお》ねぇは、一瞬《いっしゅん》迷《まよ》いながらももう一度《いちど》俺《おれ》の隣《となり》に腰《こし》をおろした。

俺《おれ》はそれを確認《かくにん》してから、深呼吸《しんこきゅう》をしてその手紙《てがみ》と見《み》つめ合《あ》う。

震《ふる》える手《て》で開《ひら》いた手紙《てがみ》は、少《すこ》し弱々《よわよわ》しく崩《くず》れてはいるものの、見慣《みな》れた可愛《かわい》らしい字《じ》でいっぱいだった。

旭陽《あさひ》へ

その三文字《さんもじ》だけで涙《なみだ》が溢《あふ》れ出《で》る。

俺《おれ》は静《しず》かにその続《つづ》きの文字《もじ》へと視線《しせん》を動《うご》かしていった。


旭陽《あさひ》。ありがとう。本当《ほんとう》にありがとう。

最期《さいご》の時間《じかん》を旭陽《あさひ》と過《す》ごせて私《わたし》は本当《ほんとう》に幸《しあわ》せだった。

始《はじ》めから限界《げんかい》だった。

涙《なみだ》が手紙《てがみ》に落《お》ちないように、少《すこ》し前《まえ》に持《も》ち直《なお》して再《ふたた》び手紙《てがみ》を見《み》つめる。


今年《ことし》の春《はる》。

余命《よめい》を宣告《せんこく》された私《わたし》にとって、旭陽《あさひ》と同《おな》じクラスになったことも小《ちい》さな奇跡《きせき》でした。


クラス替《が》えの一覧《いちらん》を見《み》たとき、すぐに見《み》つけた【花岡澪音《はなおかみお》】という名前《なまえ》。

五年《ごねん》ぶりに同《おな》じクラスになった幼《おさな》なじみに、一瞬《いっしゅん》戸惑《とまど》った当時《とうじ》の感情《かんじょう》を思《おも》い出《だ》す。

過去《かこ》みたいに話《はな》せるのだろうか、なんて少《すこ》し期待《きたい》をしていたかもしれない。

だけど、実際《じっさい》クラスメイトになると、なんとなく距離《きょり》を感《かん》じ、俺《おれ》を避《さ》けるような態度《たいど》を見《み》せる澪音《みお》に、俺《おれ》も接《せっ》し方《かた》がわからず避《さ》ける日々《ひび》を送《おく》っていた。


仲直《なかなお》りがしたいって自分勝手《じぶんかって》に動《うご》いていたのは話《はな》したよね。

文化祭委員《ぶんかさいいいん》をやって旭陽《あさひ》と幼《おさな》なじみの関係《かんけい》に戻《もど》れて、それだけで私《わたし》の目標《もくひょう》は叶《かな》ってた。本当《ほんとう》にうれしくて幸《しあわ》せだった。

不自然《ふしぜん》だった会話《かいわ》が、昔《むかし》を取《と》り戻《もど》すように少《すこ》しずつ自然《しぜん》になっていった。

二人《ふたり》での下校《げこう》は、新鮮《しんせん》で懐《なつ》かしい不思議《ふしぎ》なひとときだった。

思《おも》い出《だ》すと、たしかに楽《たの》しそうな笑顔《えがお》を俺《おれ》に向《む》けていた彼女《かのじょ》が浮《う》かび、また胸《むね》の奥《おく》がギュッと苦《くる》しくなる。


でも、旭陽《あさひ》はその何倍以上《なんばいいじょう》も私《わたし》に幸《しあわ》せをくれた。

旭陽《あさひ》、私《わたし》を好《す》きだと言《い》ってくれてありがとう。

大切《たいせつ》にしてくれてありがとう。

それが嘘《うそ》じゃないってわかるから、今《いま》の旭陽《あさひ》を辛《つら》くさせちゃっているのはなんとなく想像《そうぞう》ができてやっぱり申《もう》し訳《わけ》ない気持《きも》ちでいっぱいです。


最期《さいご》まで病気《びょうき》であることを隠《かく》し通《とお》そうとしたり、告白《こくはく》を誤魔化《ごまか》したり、自分《じぶん》のことを忘《わす》れてほしいと言《い》ったり、澪音《みお》がたまに出《だ》していた俺《おれ》を突《つ》き放《はな》すような言動《げんどう》。

素直《すなお》に受《う》け取《と》って傷《きず》ついたものもあったけれど、どれもこれもが澪音《みお》の精一杯《せいいっぱい》の俺《おれ》への気持《きも》ちだった。

それはわかっているつもりだったけれど、その事実《じじつ》が改《あらた》めて心《こころ》に重《おも》く響《ひび》く。

余命宣告《よめいせんこく》なんてものをされて、自分《じぶん》の未来《みらい》を突然奪《とつぜんうば》われて。

そんなの、自分《じぶん》が一番辛《いちばんつら》くてやりきれない気持《きも》ちになるものではないのだろうか。

その中《なか》でもずっとまわりを考《かんが》えている澪音《みお》はなんて心《こころ》のきれいな人《ひと》なんだろうと、どうしてそんな澪音《みお》がこんなにも早《はや》くこの世界《せかい》を去《さ》らなければならなかったのかと、悔《くや》しさが溢《あふ》れ出《だ》す。


私《わたし》に我慢《がまん》をさせないようにって、たくさん強《つよ》い姿《すがた》を見《み》せてくれてありがとう。

うれしかった。そのおかげで私《わたし》は最期《さいご》まで自分勝手《じぶんかって》でいられた。

だから旭陽《あさひ》。これからは、自分《じぶん》のために自分勝手《じぶんかって》に生《い》きて。


辛《つら》いはずなのに、俺《おれ》のことばかり気《き》にする澪音《みお》に当時《とうじ》の俺《おれ》は苛立《いらだ》ちさえ覚《おぼ》えて、自分《じぶん》を強《つよ》く見《み》せることに必死《ひっし》だった。

でもその思《おも》いさえ澪音《みお》にはバレていたようで、俺《おれ》は涙《なみだ》を押《お》し出《だ》すようにギュッと目《め》を閉《と》じた。

辛《つら》くてもいい、我慢《がまん》しなくていいよ。弱《よわ》いなんて笑《わら》わないから。旭陽《あさひ》がすぐに立《た》ち直《なお》らなくたって、私《わたし》のこと大切《たいせつ》に思《おも》ってくれてたんだなってうれしいんだから。だから、自分《じぶん》のペースでゆっくり生《い》きていってね。

まるで今《いま》の俺《おれ》を見《み》ているかのような手紙《てがみ》に頭《あたま》が上《あ》がらず、小《ちい》さな笑《え》みさえ浮《う》かんでしまう。

澪音《みお》はやっぱりすごい。俺《おれ》なんかじゃ全然敵《ぜんぜんかな》わない。

私《わたし》は、旭陽《あさひ》が思《おも》い出《だ》す私《わたし》が笑顔《えがお》であってほしくて、一緒《いっしょ》にいてくれるって聞《き》いたときから最期《さいご》まで無理《むり》にでも笑顔《えがお》でいようって決《き》めていました。

でもそんなの考《かんが》えなくても、旭陽《あさひ》がいてくれたら自然《しぜん》と笑顔《えがお》になれてた。きっと、思《おも》い出《だ》す私《わたし》は笑顔《えがお》ばっかりでしょ？　うっとうしいくらいに笑《わら》ってるでしょ？

それ全部《ぜんぶ》、旭陽《あさひ》のせいだからね？

まるで近《ちか》くで話《はな》しているかのように、鮮明《せんめい》に澪音《みお》の声《こえ》で再生《さいせい》される文章《ぶんしょう》だった。

いたずらっ子《こ》のような笑顔《えがお》が見《み》えた。

「……なんだよ」

小《ちい》さく呟《つぶや》いた俺《おれ》の言葉《ことば》に、莉音《りお》ねぇは優《やさ》しく笑《え》みを零《こぼ》す。


今《いま》は泣《な》いていてもいい。でもいつか、本気《ほんき》で笑《わら》えるときが来《き》たら、そのときも私《わたし》の笑顔《えがお》を思《おも》い出《だ》してね。旭陽《あさひ》の笑顔《えがお》が見《み》えたら、私《わたし》も一緒《いっしょ》に笑《わら》えるから。

ずっと大好《だいす》きだよ旭陽《あさひ》、私《わたし》の人生《じんせい》を幸《しあわ》せなものにしてくれてありがとう。


優《やさ》しく締《し》められた手紙《てがみ》に、俺《おれ》は大《おお》きく息《いき》を吐《は》いた。

隣《となり》で気《き》をつかわせないようにスマホを見《み》つめていた莉音《りお》ねぇを見《み》つめる。

「ほんと、澪音《みお》って澪音《みお》だよな」

「何《なに》その感想《かんそう》」

莉音《りお》ねぇは、おかしそうに口角《こうかく》を上《あ》げた。

「ぜーんぶバレてた。今《いま》のこのだめだめな俺《おれ》も全部《ぜんぶ》」

草《くさ》むらに寝転《ねころ》んで空《そら》を見上《みあ》げる。

また思《おも》い出《だ》す澪音《みお》との思《おも》い出《で》に、俺《おれ》は流《なが》れていく涙《なみだ》を覆《おお》うように右腕《みぎうで》を目元《めもと》に重《かさ》ねた。

「すごいよねー澪音《みお》って。必死《ひっし》で無理《むり》して笑《わら》ってたのが、ばかみたいに思《おも》える」

莉音《りお》ねぇの手紙《てがみ》にも同《おな》じようなことが書《か》いてあったのだろうか。

困《こま》ったように笑《わら》いながら一筋《ひとすじ》の涙《なみだ》を流《なが》した莉音《りお》ねぇ。

「まじで嘘《うそ》つけないし、ずっと監視《かんし》されてるんじゃないかって気《き》さえする」

「わかる」

悪口《わるぐち》のようなことを言《い》い合《あ》って、俺《おれ》と莉音《りお》ねぇは涙目《なみだめ》のまま笑《わら》った。

「でもこのままでも受《う》け止《と》めてくれるんだよ、澪音《みお》は」

優《やさ》しい声《こえ》に俺《おれ》は起《お》き上《あ》がって、もう一度《いちど》空《そら》を見上《みあ》げた。
澪音《みお》が大切《たいせつ》にしたいと願《ねが》った俺《おれ》たちの初恋《はつこい》を、俺《おれ》も大切《たいせつ》にしまって歩《ある》いていく。
「それで、いいんだろ？」
澪音《みお》に嘘《うそ》のない笑顔《えがお》を見《み》せることは当分《とうぶん》できそうにない。
正直《しょうじき》な、涙《なみだ》でボロボロの表情《ひょうじょう》のまま空《そら》を見上《みあ》げた。
その先《さき》に見《み》える苦《くる》しいくらいに快晴《かいせい》の空《そら》さえ、澪音《みお》の笑顔《えがお》に見《み》えた。

エピローグ【旭陽《あさひ》side】

ストレートに投《な》げられたボールが、気持《きも》ちのいい音《おと》を立《た》てて空《そら》へと放《はな》たれた。

軌道《きどう》を追《お》い見上《みあ》げた先《さき》には、雲一《くもひと》つない快晴《かいせい》の空《そら》が広《ひろ》がっている。

太陽《たいよう》に重《かさ》なった白《しろ》いボールは、眩《まばゆ》い光《ひかり》に包《つつ》まれた。


「うおおお！」

「甲子園《こうしえん》だあー‼」

鳴《な》り響《ひび》く歓声《かんせい》と吹奏楽部《すいそうがくぶ》の演奏《えんそう》が心地《ここち》いい。

昂《たかぶ》る感情《かんじょう》をそのままに、俺《おれ》はホームベースを踏《ふ》んだ。

それを待《ま》ち構《かま》えていた部員《ぶいん》が走《はし》り出《だ》し、揉《も》みくちゃにされる。汗《あせ》も泥《どろ》も気《き》にせず抱《だ》き合《あ》って喜《よろこ》びを露《あら》わにする集団《しゅうだん》に、会場《かいじょう》の歓声《かんせい》も鳴《な》りやむことはなかった。

「旭陽《あさひ》……！」

「大輝《だいき》」

顔《かお》を見《み》ただけで、溢《あふ》れ出《だ》す感情《かんじょう》はきっと同《おな》じだった。

胸《むね》いっぱいにつっかえて、言葉《ことば》では到底言《とうていい》い表《あらわ》せない気持《きも》ちをぶつけ合《あ》うように、俺《おれ》たちは勢《いきお》いよく抱《だ》き合《あ》った。

高校三年間《こうこうさんねんかん》の努力《どりょく》が思《おも》い返《かえ》される最高《さいこう》の瞬間《しゅんかん》だった。

まわりを取《と》り囲《かこ》むチームの笑顔《えがお》の中《なか》には光《ひか》るものが見《み》え、俺《おれ》も大声《おおごえ》で喜《よろこ》びを噛《か》みしめる。

輪《わ》の中《なか》から、まだ歓声《かんせい》の鳴《な》りやまない観客席《かんきゃくせき》を見上《みあ》げた。

ベンチから近《ちか》い、家族《かぞく》や友人《ゆうじん》が集《あつ》まる特等席《とくとうせき》。三年間《さんねんかん》の試合《しあい》を重《かさ》ねるうちに、見慣《みな》れた顔《かお》が増《ふ》えたその席《せき》に、俺《おれ》は太陽《たいよう》のような笑顔《えがお》を見《み》せる君《きみ》を探《さが》した。

麦《むぎ》わら帽子《ぼうし》を被《かぶ》ってこちらを見《み》つめる君《きみ》の笑顔《えがお》は、あまりにも鮮明《せんめい》に映《うつ》った。

柔《やわ》らかく細《ほそ》められる、大《おお》きな目《め》。口角《こうかく》が上《あ》がり、頬《ほお》に作《つく》られる可愛《かわい》らしい窪《くぼ》み。

距離《きょり》があるのに、スローモーションのようにはっきりと目《め》に映《うつ》るその姿《すがた》に、俺《おれ》は静《しず》かに笑《え》みを零《こぼ》した。

「旭陽《あさひ》。挨拶《あいさつ》」

「わかってる」

大輝《だいき》に肩《かた》を叩《たた》かれ、俺《おれ》はその笑顔《えがお》から視線《しせん》を外《はず》す。

「ありがとうございました!!」

試合《しあい》の挨拶《あいさつ》を終《お》えて応援《おうえん》の感謝《かんしゃ》を述《の》べるため近《ちか》くからもう一度《いちど》見上《みあ》げた観客席《かんきゃくせき》に、彼《かの》女《じょ》の姿《すがた》はない。

それでも、太陽《たいよう》のような笑顔《えがお》を向《む》ける君《きみ》は、あの日《ひ》からたったの一度《いちど》も、俺《おれ》の心《こころ》から離《はな》れることはなかった。


「旭陽《あさひ》。ナイスホームラン!」

球場《きゅうじょう》を出《で》ると、真《ま》っ先《さき》に両手《りょうて》を差《さ》し出《だ》してくる朱里《あかり》がいた。

その両手《りょうて》に勢《いきお》いよく自分《じぶん》の両手《りょうて》をぶつけると、彼女《かのじょ》は痛《いた》そうに顔《かお》をひそめた。

「あいっかわらず容赦《ようしゃ》ないなあ……!!」

「朱里《あかり》もな」

同《おな》じ高校《こうこう》に入学《にゅうがく》した朱里《あかり》は、毎年《まいとし》欠《か》かさず野球部《やきゅうぶ》の応援《おうえん》に駆《か》けつけている。

そして、今日《きょう》も変《か》わらず特等席《とくとうせき》から応援《おうえん》の声《こえ》を上《あ》げていた。

変《か》わらないなあ、と昔《むかし》を思《おも》い出《だ》し、苦笑《にがわら》いを零《こぼ》しながら少《すこ》し会話《かいわ》を続《つづ》ける。

「あっ、大輝《だいき》！　おめっでとー!!」

少《すこ》しして球《きゅう》場《じょう》から出《で》てきた大輝《だいき》に勢《いきお》いよく抱《だ》きつく朱里《あかり》を、大輝《だいき》は慣《な》れたように受《う》け止《と》めた。

二人《ふたり》は相変《あいか》わらず仲《なか》がよく、付《つ》き合《あ》い始《はじ》めてもう四年《よねん》になる。

高校生《こうこうせい》になり何《なに》かが吹《ふ》っ切《き》れたように、カップルらしい様子《ようす》も見《み》せるようになった二人《ふたり》。文句《もんく》はないけれど、小学生《しょうがくせい》から知《し》っている俺《おれ》としてはどこか恥《は》ずかしい気持《きも》ちになり苦笑《にがわら》いで視線《しせん》を逸《そ》らす。

「旭陽《あさひ》、おつ！　おめでとう！」

「おーさんきゅ！」

県大会《けんたいかい》の決勝《けっしょう》ともなれば本当《ほんとう》に多《おお》くの応援《おうえん》が集《あつ》まっていて、見慣《みな》れたクラスメイトの姿《すがた》もあった。

高校《こうこう》から親《した》しくなった友人《ゆうじん》たちに揉《も》みくちゃにされながらも、荷物《にもつ》をバスの荷台《にだい》へと詰《つ》め込《こ》む。

「あ、あの、三浦先輩《みうらせんぱい》！　おめでとうございます!!　これあの、よかったら!!」

見知《みし》らぬ後輩《こうはい》に話《はな》しかけられ、可愛《かわい》らしく包装《ほうそう》されたプレゼントを押《お》しつけられた。

その勢《いきお》いに思《おも》わず受《う》け取《と》ると、その女《おんな》の子《こ》は逃《に》げるように駆《か》け出《だ》してしまい、それを合図《あいず》に数人《すうにん》の後輩《こうはい》が近《ちか》くに駆《か》け寄《よ》ってきた。

「あー、いや、俺《おれ》こういうのは……」

友人《ゆうじん》に助《たす》けを求《もと》めるけど、こういうときには余計《よけい》な空気《くうき》を呼《よ》んで離《はな》れていくようなやつらばかりで、俺《おれ》はため息《いき》をつく。

「……ありがとう」

一《ひと》つ受《う》け取《と》ってしまったから仕方《しかた》ないかと、その日は諦《あきら》めて受《う》け取《と》ることにした。

タオルやリストバンド、甲子園《こうしえん》のお守《まも》りなどが手渡《てわた》され、その中《なか》には思《おも》いを伝《つた》えるような手紙《てがみ》を入《い》れてくれている子《こ》もいた。

強豪校《きょうごうこう》の野球部《やきゅうぶ》で彼女《かのじょ》がいない俺《おれ》は、憧《あこが》れの対象《たいしょう》として格好《かっこう》の餌食《えじき》らしい。

好《す》かれることがうれしくないわけではないけれど、応《こた》えようのない思《おも》いに申《もう》し訳《わけ》なさが募《つの》るからこういう時間《じかん》は正直苦手《しょうじきにがて》だった。

「あの、旭陽先輩《あさひせんぱい》……」

熱《ねっ》つぽい視線《しせん》を向《む》けられ、困《こま》っていたところに遠《とお》くから明《あか》るくて澄《す》んだ声《こえ》が響《ひび》く。

「旭陽《あさひ》いるー？」

声《こえ》のほうに視線《しせん》を向《む》けると、慌《あわ》てたような顔《かお》をして背《せ》を向《む》ける無邪気《むじゃき》な女性《じょせい》がいた。

「ごめん、呼《よ》ばれてるから」

申《もう》し訳《わけ》ないけれど言《い》い訳《わけ》に使《つか》って後輩《こうはい》を振《ふ》り切《き》り、その女性《じょせい》の前《まえ》に回《まわ》る。

「まじごめん、邪魔《じゃま》した？」

顔《かお》の前《まえ》に掲《かか》げたカバンから少《すこ》しだけ目《め》を出《だ》してからかうのは、莉音《りお》ねぇだった。

「んなわけ。助《たす》かりました」

「相変《あいか》わらず、もったいないくらいのモテ具合《ぐあい》だね」

「なんでだよ」

冗談半分《じょうだんはんぶん》でからかってくる莉音《りお》ねぇに、俺《おれ》も慣《な》れてしまった適当《てきとう》を返《かえ》す。

「見《み》てたよ。おめでとう」

大学二年生《だいがくにねんせい》になる莉音《りお》ねぇは、長《なが》かった黒髪《くろかみ》をバッサリと切《き》って茶髪《ちゃぱつ》に染《そ》めており、ずいぶんと垢抜《あかぬ》けて、大人《おとな》びて見《み》えた。

「あざす、来《き》てたんだな」

「甲子園《こうしえん》決《き》まったんでしょ!?　もっとうれしそうにしなさいよ！　可愛《かわい》くないなあ」

トンっと軽《かる》い力《ちから》で、肩《かた》を叩《たた》かれる。
美人《びじん》で大人《おとな》っぽいイメージを崩《くず》す、無邪気《むじゃき》な笑《え》みは昔《むかし》から変《か》わっていなかった。
きれいな莉音《りお》ねぇと可愛《かわい》い澪音《みお》は、あまり似《に》ていない。
だけど、まわりを華《はな》やかにする無邪気《むじゃき》な笑顔《えがお》だけは、昔《むかし》も今《いま》もそっくりだった。
鮮明《せんめい》に思《おも》い出《だ》される彼女《かのじょ》の面影《おもかげ》を探《さが》してしまい、俺《おれ》はキャップを被《かぶ》り直《なお》した。
莉音《りお》ねぇは、見透《みす》かしたように優《やさ》しい目《め》で俺《おれ》を見《み》つめる。
「澪音《みお》も来《き》てるよ。旭陽《あさひ》の活躍《かつやく》、ずっと見《み》たがってたからね」
その切《せつ》ない表情《ひょうじょう》は、一瞬《いっしゅん》で俺《おれ》を当時《とうじ》の気持《きも》ちに引《ひ》き戻《もど》した。
先《さき》ほど見《み》えた、俺《おれ》の中《なか》にいる澪音《みお》を思《おも》い返《かえ》す。
——消《き》えたわけではないのだ。
彼女《かのじょ》がいないという苦《くる》しみは今《いま》もまだ心《こころ》を締《し》めつける。
「旭陽《あさひ》。笑《わら》って」
彼女《かのじょ》のような口調《くちょう》で、笑顔《えがお》で、そう言《い》う莉音《りお》ねぇはずるい。
柔《やわ》らかく口角《こうかく》を緩《ゆる》めると、莉音《りお》ねぇはうれしそうに空《そら》を見上《みあ》げた。
苦《くる》しいくらいに快晴《かいせい》の空《そら》。眩《まばゆ》い太陽《たいよう》に澪音《みお》を探《さが》すのは、莉音《りお》ねぇも同《おな》じようだった。

「すげーよ、澪音《みお》」

どうしようもない喪失感《そうしつかん》もやるせない気持《きも》ちも、消《き》えたわけじゃない。

それでも腐《くさ》らずに歩《ある》き続《つづ》ける原動力《げんどうりょく》は、最期《さいご》の最期《さいご》まで笑顔《えがお》を失《うしな》わなかった彼女《かのじょ》が残《のこ》した、淡《あわ》く美《うつく》しい初恋《はつこい》の思《おも》い出《で》だった。

「甲子園《こうしえん》、行《い》くぞ」

改《あらた》めてうれしさを噛《か》みしめながら空《そら》を見上《みあ》げれば、自然《しぜん》と笑《え》みが零《こぼ》れる。

今《いま》の俺《おれ》は、ちゃんと笑《わら》えているのだろうか。

見栄《みえ》っ張《ぱ》りな強《つよ》がりなんて簡単《かんたん》に見透《みす》かしてしまう澪音《みお》に、偽《いつわ》りの笑顔《えがお》は意味《いみ》がない。

そう感《かん》じたあの日《ひ》から、俺《おれ》は無理《むり》に笑顔《えがお》を作《つく》ることをやめた。

澪音《みお》が見《み》たいと言《い》った俺《おれ》の笑顔《えがお》は、いま、届《とど》いているのだろうか。

視界《しかい》いっぱいに広《ひろ》がる快晴《かいせい》の空《そら》に、君《きみ》の笑顔《えがお》を探《さが》す。

雲一《くもひと》つない快晴《かいせい》の空《そら》は澪音《みお》の笑顔《えがお》さながらで、ちっぽけな俺《おれ》の考《かんが》えをすべてのみ込《こ》むように、太陽《たいよう》が眩《まぶ》しく輝《かがや》いていた。

END

あとがき

こんにちは。はじめまして。咲妃《さき》です。

このたびは、『あの夏《なつ》の花火《はなび》と、きみの笑顔《えがお》をおぼえてる。』を手《て》に取《と》っていただきありがとうございます。

後悔《こうかい》のないように。そして、大切《たいせつ》な人《ひと》にも後悔《こうかい》をさせないように。

旭陽《あさひ》の決意《けつい》は、私自身《わたしじしん》が憧《あこが》れた大切《たいせつ》な考《かんが》えでもありました。

少《すこ》し前《まえ》、私《わたし》の祖父《そふ》が余命宣告《よめいせんこく》を受《う》けました。残《のこ》された時間《じかん》はわずか数《すう》か月《げつ》。

突然《とつぜん》のことに、私《わたし》たち家族《かぞく》は言葉《ことば》を失《うしな》いました。長年寄《ながねんよ》り添《そ》ってきた祖母《そぼ》の悲《かな》しみは計《はか》り知《し》れません。それでも祖母《そぼ》は、祖父《そふ》の前《まえ》では前向《まえむ》きな言葉《ことば》をかけ続《つづ》けていました。

本当《ほんとう》の気持《きも》ちを隠《かく》してでも相手《あいて》を思《おも》いやることは、とても難《むずか》しいことだと思《おも》います。

自分《じぶん》より相手《あいて》を大切《たいせつ》に思《おも》うからこそできること。

祖父母《そふぼ》を見《み》ていると、そんなふうに人《ひと》を思《おも》いやれる人《ひと》、そして相手《あいて》にそう思《おも》わせる人《ひと》は、なんて素敵《すてき》でかっこいいのだろうと感《かん》じました。

旭陽《あさひ》と澪音《みお》の関係《かんけい》、そして祖父母《そふぼ》のような繋《つな》がりは、私《わたし》の憧《あこが》れです。

この本《ほん》を手《て》に取《と》ってくださったみなさんにも、そんな温《あたた》かい繋《つな》がりが少《すこ》しでも届《とど》いていたらうれしいです。


最後《さいご》になりますが、素敵《すてき》なイラストで物語《ものがたり》を彩《いろど》ってくださった三湊《みなと》かおり先生《せんせい》をはじめ、この本《ほん》を出版《しゅっぱん》するにあたり、ご尽力《じんりょく》いただきましたすべての方《かた》に、心《こころ》より感謝《かんしゃ》申《もう》し上《あ》げます。何《なに》より、本作《ほんさく》に出会《であ》い、手《て》に取《と》ってくださったみなさん、本当《ほんとう》にありがとうございました。

再《ふたた》び、大好《だいす》きな野《の》いちごジュニア文庫《ぶんこ》からの出版《しゅっぱん》が叶《かな》い、楽《たの》しい時間《じかん》を過《す》ごさせていただきました。また、このような機会《きかい》をいただけますよう、創作活動《そうさくかつどう》を楽《たの》しんで参《まい》ります。

みなさんの日常《にちじょう》が、記憶《きおく》に残《のこ》るような温《あたた》かい笑顔《えがお》に包《つつ》まれますよう願《ねが》いを込《こ》めて。

二〇二五年三月二十日　咲妃《さき》

著・咲妃（さき）
地元は温泉地。趣味はパン作りと旅行。そして大好きな推したちを見ること。のんびりマイペースな性格。『星空の下、キミとの約束。【涙200%シリーズ】この「好き」をずっと覚えてる』にて「第7回野いちご大賞」特別賞を受賞し、初の書籍化。

絵・三湊かおり（みなと　かおり）
神奈川県出身・在住。大学時代にイラスト活動を始める。2021年よりフリーのイラストレーターとして活躍中。

あの夏の花火と、きみの笑顔をおぼえてる。

2025年3月20日 初版第1刷発行

著　　者　咲妃
発 行 人　菊地修一
デザイン　北國ヤヨイ（ucai）
発 行 所　スターツ出版株式会社
〒104-0031 東京都中央区京橋1-3-1 八重洲口大栄ビル7F
TEL 03-6202-0386（出版マーケティンググループ）
TEL 050-5538-5679（書店様向けご注文専用ダイヤル）
https://starts-pub.jp/
印 刷 所　大日本印刷株式会社

Printed in Japan
ISBN 978-4-8137-8204-9 C8293

この物語はフィクションです。
実在の人物、団体等とは一切関係がありません。

ファンレターのあて先

〒104-0031　東京都中央区京橋1-3-1 八重洲口大栄ビル7F
スターツ出版（株）書籍編集部 気付
咲妃先生
いただいたお便りは編集部から先生におわたしいたします。